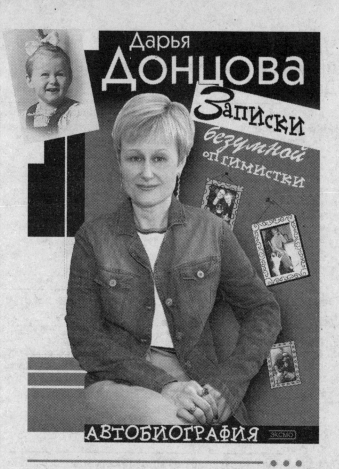

### "Записки безумной оптимистки"

«Прочитав огромное количество печатных изданий, я,
Дарья Донцова, узнала о себе много интересного. Например, что
я была замужем десять раз, что у меня искусственная нога... Но
более всего меня возмутило сообщение, будто меня и в природе-то
нет, просто несколько предприимчивых людей пишут иронические
детективы под именем «Дарья Донцова».
Так вот, дорогие мои читатели, чаша моего
терпения лопнула, и я решила
написать о себе сама».

# Дарья Донцова открывает свои секреты!

# ЗА ВСЕМИ
# ЗАЙЦАМИ

Москва
ЭКСМО
2 0 0 4

ПОВЕСТЬ

# ЗА ВСЕМИ ЗАЙЦАМИ

## Глава 1

Телефонный звонок прозвучал в кромешной тьме. Я лежала, как труп, и никак не могла раскрыть глаз, а противный звук повторялся с редким постоянством: дзинь, дзинь. Наконец мозги зашевелились, и, поднимая трубку, я глянула на будильник — пять утра. Кому же это пришло в голову позвонить в такую несусветную рань? Голос оказался до боли знакомым:

— Дашенька, деточка, наверное, не узнаешь меня? Беспокоит Анна Михайловна Петрова из Москвы.

Даже при желании не забудешь профессора Петрову. Высокая, полная, с величественной осанкой и серебристой укладкой, она полностью и абсолютно хозяйствовала на кафедре, где уныло протекала моя преподавательская деятельность.

Не то чтобы Анна Михайловна меня не любила, нет, просто не замечала: не хвалила и не ругала. Я была исправной преподавательской единицей, безропотной и до ужаса скучной. Я не имела мужа-генерала, как Леночка Костина, или папу-академика, как Милочка Любавина, я не ездила за границу, как Женя Славин. Даже Катя Артамонова, вышедшая замуж за парикмахера, пользовалась расположением Анны Михайловны.

— Конечно, для Катюши это мезальянс, — говорила она хорошо поставленным голосом. — Парикмахер вообще-то ей не пара, но настоящего дамского мастера так трудно найти.

Прозябать бы мне до пенсии на кафедре иностранных языков в техническом вузе с зарплатой, на которую можно купить разве что десять банок главного женского секрета — майонеза «Кальве», как вдруг случилась потрясающая история.

Моя лучшая подруга Наташа неожиданно вышла замуж за сказочно богатого француза. И я с детьми и невесткой поехала ее навестить.

По прибытии в Париж мы оказались в центре совершенно невероятной детективной истории. Жана, мужа Наташи, убили на следующий день после нашего приезда. Все его многомиллионное состояние отошло вдове. Никаких родственников — ни прямых, ни кривых — у Жана не было. Кроме денег, в Наташкины руки упали коллекция картин, трехэтажный дом, семейные драгоценности и хорошо налаженный бизнес. Задыхаясь от счастья, она попросила остаться с ней, и я рискнула.

Московскую квартиру сдала сразу, с работы уволилась в одночасье. Жизнь богатой дамы в столице моды пришлась мне по вкусу, а чтобы не умереть со скуки, я стала преподавать русский французам, которым этот язык зачем-то понадобился.

Жили мы в предместье Парижа вместе с Наташкой в шикарном особняке. Мой сын Аркадий учился на адвоката, его жена Оля — на искусствоведа. Четырнадцатилетняя Маша ходила в лицей. Еще жили с нами две собаки: питбультерьер Банди и ротвейлер Снап. Они беспрепятственно бегали по всему дому и саду.

И пит и ротвейлер были куплены для охраны, но злых сторожей из них не получилось. Оба до потери сознания обожали пожрать. Их пасти вечно были заняты какой-то вкуснятиной. Луи, повар, поил их кофе со сгущенкой. Его жена, Софи, угощала блинчиками, даже электрик и слесарь баловали сдобным печеньем. Результат налицо: кровожадные звери встречали любого незнакомца радостным повизгиванием.

Не рисковали собаки заглядывать только в комнаты на третьем этаже, которые занимали Луи и Софи. Там безраздельно царили две кошки: белая Фифина и трехцветная Клеопатра. Собаки их побаивались и, когда те парочкой входили в гостиную, быстро освобождали самое уютное место у торшера.

Нашу богатую и счастливую жизнь изрядно портило только одно неудобство: бесконечные гости из Москвы. Как только слух о моем переезде разнесся по городу, косяком, как журавли на юг, потянулись визитеры. Каждый раз это выглядело одинаково: короткий телефонный звонок — и через несколько дней в холле топчется очередной турист с необозримых просторов любимой Родины. В чемодане у него, как и у всех остальных, неизменная буханка черного хлеба и баночка икры. Ну кто придумал, что в Париже нельзя купить черный хлеб и икру?

Теперь понятно, с каким настроением я услышала в пять утра международный звонок, но, к сожалению, мама и папа еще в детстве объяснили, что неприлично бросать трубку.

— Да, Анна Михайловна, конечно, я вас узнала!

— Ах, Дашенька, детка моя, — сладко запела мембрана, — нам на кафедре так тебя не хватает.

Я гадко ухмыльнулась и продолжала слушать, как профессор Петрова постепенно подбирается к основной теме разговора — ее приезду во Францию. Но ошиблась.

— Дружочек, мой младший сын Дима едет в Париж, видишь ли, он всю жизнь мечтал там побывать. Денег у нас, сама знаешь, немного, на билет ему наскребла, а вот гостиницу не осилим. Не примешь его ненадолго?

— Ну конечно, с радостью, дайте ему адрес, нет, лучше встречу сама, когда он прилетит?

— Сегодня, девятичасовым рейсом, поэтому и позвонила пораньше, чтобы застать дома, как твои детки?

Еще минуты две Анна Михайловна проявляла ко мне интерес. Потом я повесила трубку и задумалась.

Визит незнакомого юноши более чем некстати. Сегодня этим же рейсом из Москвы прилетает моя хорошая подруга Оксана с сыном Денисом.

Я очень люблю и бесконечно уважаю Оксану. Она, абсолютно одна, на небольшую зарплату хирурга воспитала мальчишку. Дениска учился в Ветеринарной академии, многие Оксанины знакомые предпочитали лечить своих собак и кошек у него, первокурсника, а не у дипломированных выпускников. Ни разу не слышала от Оксаны жалоб, не видела ее в дурном настроении — у нее все всегда хорошо, все прекрасно, все чудесно. И, в отличие от многих других, ее пришлось долго упрашивать приехать. Ужасно жаль, что придется еще уделять внимание абсолютно постороннему парню.

Я вздохнула и потянулась к халату, пора вставать, заснуть уже не удастся. В дверь тихонько поскреблись, я вышла в коридор. Снап с умильным видом вертел хвостом-обрубком.

— Ах ты, хитрец, услышал голос и пришел проверить, не перепадет ли чего, а где твой друг и товарищ Банди?

С этими словами я приоткрыла дверь в Машину комнату. Так и есть, на подушке лежали две головы: белокурая Марусина и черная Банди. Громадный пит развалился на розовом одеяле и громко храпел, Манюня тихо посапывала. Я побрела на кухню, попить кофе. Возле плиты в кресле-качалке сидел Луи. Увидев меня, он удивленно поднял брови:

— Мадам, что подняло вас в такой час?

— Ох, Луи, не имей сто рублей, не получишь сто друзей. Надо попросить Софи приготовить комнату для гостей.

— Она уже все сделала для мадам Оксаны и ее сына.

— К сожалению, этим же самолетом прилетит еще один гость. И не спрашивайте, кто он такой, совершенно не знаю.

Тактичный Луи промолчал. Я пошла в столовую, где, к большому удивлению, обнаружила за столом Аркадия и Олю.

— Что вы вскочили так рано?

Они подняли сонные глаза.

— У меня заседание суда в департаменте Марны, — проговорил Аркашка, — и Ольку беру с собой. А вот ты, мать, чего из кровати вылезла, шести еще нет.

Я рассказала им о звонке Петровой. Аркашка возмущенно хмыкнул:

— Это та самая заведующая кафедрой, которая в свое время не давала талонов на продуктовые заказы? Помню, как ты рыдала, когда тебе не доставались куриные окорочка. Не могла ее послать, что ли? Сколько хоть лет этому придурку?

Тяжелый вздох вырвался из моей груди: ну не знаю ничего про этого юношу, ничего. И не представляю, как найду его в аэропорту.

— Надо держать в руках табличку с надписью «Дима», — пробормотала Оля.

Я с подозрением покосилась на нее. Тихая, бесхитростная, интеллигентная, прозванная Зайкой, невестка становилась удивительно злобной, если ей казалось, что меня обижают.

Аркадий откровенно захихикал. Я подошла к окну. Большие раскидистые деревья тихо покачивались на ветру. Первое утреннее солнце мягко освещало подъездную аллею. По гравийной дорожке брел садовник Ив с большими ножницами.

— Мать, — раздался за спиной голос Аркашки, — нам пора.

Я проводила детей до гаража и, свистнув Снапу, погуляла по саду. Нет, в раннем подъеме есть своя прелесть. Но пора и остальным вставать.

Я вошла в Машину комнату и попыталась откинуть одеяло. Не тут-то было. Пятидесятикилограммовая тушка Банди даже не пошевелилась.

— Банди, Луи готовит блинчики на завтрак.

Услышав волшебное слово «блинчик», Банди моментально подскочил и понесся на кухню. Я села к Марусе на кровать:

— Утеночек, пора вставать, скоро в лицей.

Трехпудовый утеночек со вкусом потянулся и выставил из-под одеяла ножку 38-го размера.

— Мамулечка, может, сегодня один денечек пропустим, ну только один?

— Нет, солнышко, невозможно, и потом сегодня приезжают Оксана и Дениска.

Машка издала вопль и кинулась к шкафу:

— Деня едет, ура! Что бы такое надеть? Может, джинсы с блестуном?

Толстенькая Маруся не испытывала никаких комплексов по поводу своей фигуры и без тени сомнения натягивала на себя все, что хотела. Оставив дочь крушить шкаф, я опять спустилась в столовую, где уже сидела Наташка.

— Что новенького, — спросила она, — у нас ночью пожар был? Кто это до трех утра визжал в кабинете?

— Ничего не слышала, помнишь Анну Михайловну Петрову?

Наташка рассмеялась:

— Разве можно забыть нашу завкафедрой? Тот еще фрукт гнилой, помнишь, как она талон на утюг не дала?

Мне стало смешно, и я рассказала Наташке все подробности телефонного разговора. Подруга пришла в полное негодование:

— Гони его отсюда, нужен нам тут ее сынишка, наверно, такой же высокомерный тип, как мамулька.

Утро покатилось в повседневных хлопотах. Сначала, бесконечно ноя о тяжелой судьбе младенца, уехала в лицей Маруся. Я с опаской смотрела, как она выкатывает из гаража мотоцикл и напяливает шлем. Охотнее всего запретила бы ей пользоваться этим кошмарным видом транспорта, но что поделаешь, если права на вождение можно получить уже в 14 лет, а площадь перед лицеем забита этими железными конями. Единственное, чего удалось добиться, — оставленный в сумке плеер. Мне всегда казалось, что уши на дороге не следует затыкать. Сегодня Маня собиралась медленнее обычного.

— Ну что ты возишься? — сказала я в сердцах.

— Сейчас, сейчас, — пропыхтела девочка, дергая какие-то ручки, — что-то у этой гадкой машины стали барахлить тормоза.

— Тогда оставь его дома, — испугалась я, — нельзя ездить с неисправными тормозами.

— Да нет, — отмахнулась дочь, — не до такой степени. На днях покажу механику.

Потом мы с Софи долго обсуждали меню обеда. И ей, и мне хотелось повкусней угостить Оксану. За всеми делами чуть было не опоздала в аэропорт.

## Глава 2

Самолет из Москвы прилетел на пятнадцать минут раньше, и, когда, размахивая букетом, я ворвалась в зал, пассажиры уже начали выходить. Оксана и Дениска стояли около табло прилета.

— Привет! — закричали они радостно.

— Привет, привет, простите, опоздала, а что это у тебя на кофте?

— Представляешь, — сказал Денис, — около нас в самолете сидел какой-то козел, настоящий придурок. Стал телик смотреть — наушники сломал, а когда обед принесли, он его на маму опрокинул!

Оксана расхохоталась:

— Ладно переживать, неужели в Париже кофточку не куплю. Ну поехали, очень хочется посмотреть на быт миллионеров!

— Сейчас поедем, только, к сожалению, случилась одна непредвиденная неприятность.

И я рассказала им о звонке Анны Михайловны.

— А как мы его узнаем? — радостно спросил Дениска.

— Не знаю, как-нибудь.

— Смотрите, смотрите, — оживился Дениска, — вон козел стоит, который маму облил.

Я оглянулась. Возле справочного бюро маялся юноша лет двадцати, высокий, худой, нескладный. На нем была застиранная футболочка и индийские, слегка коротковатые джинсы, не очень чистые белокурые волосы падали на глаза, делая его похожим на тибетского терьера. На фоне аккуратных французов и разряженных туристов парень выглядел странно.

«Вот ведь чучело», — подумала я и отвернулась. Надо было что-то делать, лучше всего обратиться в справочное бюро. Милая девушка разрешила сделать объявление по-русски. Прокашлявшись, взяв в руки микрофон, я сообщила:

— Диму Петрова, прибывшего рейсом из Москвы, просят подойти к табло в зал прилета.

И с чувством выполненного долга вернулась к Оксане с Денисом. С удивлением увидела, как нескладный молодой человек двинулся в нашу сторону. Широко улыбаясь, он произнес:

— Вы, наверное, Дарья Андреевна. — Он споткнулся об Оксанин чемодан и с громким криком рухнул на Денискину сумку.

— Машкин подарок! — завопил Дениска и начал вытаскивать поклажу.

Суматоха стихла минут через десять.

— Простите, простите, — не уставал повторять Дима, — не нарочно, совершенно случайно, я, видите ли, очень близорук.

— Очки надень, — огрызнулся Денис, со слезами на глазах разглядывая разбитую фигурку девочки с собакой — подарок для Маши. — Очки надень, козел.

— Денис! — подала угрожающий гудок Оксана.

— Да я ношу очки, — прищурился Дима, — только разбил их в Шереметьеве случайно, ну ничего, вернусь домой, закажу новые!

— Очки купим прямо сейчас, — твердым голосом произнесла я, — может, и не самые хорошие, но прямо сейчас, а завтра сводим тебя к окулисту.

Все двинулись к машине. Денис нес вещи, а у Димы в руках была только небольшая сумочка, смахивающая на хозяйственную.

— Дима, — поинтересовалась Оксана, — а где багаж?

— А вот он, — простодушно ответил Дима, — не люблю возить много вещей.

Денис покосился в сторону и беззвучно пошевелил губами.

Мы запихнули вещи в машину и поехали искать ближайшую оптику. С очками на носу Дима приобрел более солидный вид, но это не помешало ему стукнуться головой о стойку машины, когда мы приехали домой.

— Козел, — опять беззвучно пошевелил губами Денис и тут же расплылся в улыбке: — Манюня!

С радостным визгом Машка кинулась Дениске на шею:

— Деня, я тебя обожаю, смотри, какие у меня собачки!

Банди и Снап робко разглядывали приехавших.

— Мам, ты посмотри, какие мальчишки! — заорал полный восторга Дениска и пошел к собакам.

— Ну, мальчишки, покажите и зубки и ушки, дядя доктор вас угостит. — И он вытащил из кармана куртки пакет чипсов.

При виде любимого лакомства носы собак возбужденно задвигались, в мгновение ока Дениска стал любим. Мы с Оксаной двинулись в дом.

— Погоди, а вещи! — спохватилась подруга.

— Не беспокойся, сейчас попрошу Ива, и он внесет их в комнаты.

Оксана вздохнула:

— Хороша жизнь миллионеров!

Мы прошли в гостиную и сели на диван.

— Ну, рассказывай, — сказала я.

— А что рассказывать? Живу на старом месте, работаю там же...

— Простите, мадам...

— Да, Ив, что случилось?

— Там, в машине, молодой человек, он отказывается выходить, так как очень боится собак, может, мне их убрать?

Я покраснела, ну надо же, совершенно забыла про Диму.

Во дворе Машка и Дениска покатывались со смеху. Снап и Банди пытались заглянуть в «Рено», где на заднем сиденье виднелся бледный от страха Дима.

— Мамуля, — завопила Маруся, — ты представляешь, он их боится!

Дениска радостно хихикал.

— Как вам не стыдно! Ты будущий ветеринар,

хорошо знаешь животных, а ты, Маруся, живешь с ними. Бедный мальчик, наверное, не имеет животных, вот и боится.

Я распахнула дверцу машины, псы моментально всунули внутрь свои гигантские морды.

— Уберите их, — визгливо закричал Дима, — они сейчас укусят, ай, ай!

Банди изловчился и начал лизать его ногу.

— Марья, — злобно сказала я, — сейчас же убери собак в дом.

Очевидно, в моем голосе прозвучало нечто такое, что Маруся разом притихла и покорно потащила упирающихся кобелей в кухню.

Я уставилась на Диму:

— Ты что, правда боишься ЭТИХ собак?

— Я любых боюсь.

— Ну так вот. Эти животные абсолютно безобидны. Зубы они употребляют только для процесса жевания, они спокойные и за всю свою жизнь никого не обидели. Теперь выбирай: либо пытаешься с ними подружиться и живешь с нами, либо я отвожу тебя назад в аэропорт. Другой альтернативы нет.

Дима вытер вспотевший лоб и вылез из машины, я лично отвела его в комнату.

Через час мы все собрались в столовой. Радостно-возбужденная Наташка обнимала Оксану. Дениска и Маня живо обсуждали проблему запора у животных. Софи внесла супницу.

— Сегодня национальное французское блюдо — луковый суп, — торжественно возвестила Наташка.

— А что это такое? — заинтересовалась Оксана.

— Ну, вообще настоящий луковый суп можно

поесть только на месте бывшего Чрева Парижа, в ресторанчике «У ног поросенка».

— Но Луи тоже вкусно его готовит, — вмешалась я.

Мы сели за стол и начали дегустировать суп. Внезапно распахнувшаяся дверь явила нашему взору всклокоченного Диму. Близоруко щурясь, он приглаживал пятерней волосы.

— Добрый вечер, простите, я заснул, — пробормотал парень и, размашисто шагнув в комнату, задел ногой торшер. Тот покачнулся и упал. Звон разбившегося плафона и ламп наполнил комнаты. Все вскочили на ноги, прибежала Софи, за ней ворвались собаки и кошки.

### Глава 3

На следующее утро, в субботу, мы все снова сошлись в столовой. Наташка и Оксана закусывали круассанами, Маня и Денис подкреплялись более основательно — колбаса, яйца, булочки, джем, мед. Продукты с невероятной скоростью исчезали в их желудках. Под столом лежали собаки.

Внезапно в коридоре раздался грохот.

— Всем сидеть на местах! — заорала Наташка и выскочила за дверь.

Через несколько минут она ввела за руку Диму и торжественно усадила за стол.

— Вот, сиди, не шевелись. Сейчас я налью тебе кофе, а что, дома тоже все время что-то роняешь?

— Нет, нет, дома только разбил зеркало в прихожей, и потом у нас как-то просто, ничего на стенках не навешано, и лампы у дверей не стоят. Я ведь картину сейчас от неожиданности обвалил, под ноги какая-то идиотская кошка кинулась, у вас что, еще и кошки живут?

— А ты кошек тоже боишься? — съехидничала Маша.

— А черт их знает, — сказал Дима, — у них когти, зубы. Еще поцарапают или укусят. И потом, какой от них запах! Кошки — жуткие грязнули!

— Кошки — грязнули? — возмутился Денис. — Ну ты и скажешь! Кошки необыкновенно аккуратны. Принюхайся хорошенько, разве здесь пахнет?

— Не пахнет, ну так здесь слуг сколько! Небось моют и трут целыми днями, богатые могут себе позволить кошек, собак, даже крокодила... А мы малообеспеченные, нам на себя не хватает. Знаешь, какая у меня зарплата, у младшего научного сотрудника?

— Ну ладно, ладно, — попыталась я успокоить спорящих, — закончишь институт, найдешь хорошую работу, будешь обеспечен.

Дима не мигая уставился на меня:

— Как это закончишь институт? Да я уже давно кандидат наук!

— Сколько же тебе лет? — вырвалось у Наташки.

— Тридцать, а что?

Повисла пауза. Неловкость замяла Оксана:

— Интересное дело, мы что, сюда просто так приехали? Надо искать место для отдыха. Ну-ка, дети, поищите рекламные проспекты.

Время до обеда ушло на разглядывание разноцветных журналов. Фотографии отелей, пляжей — яркое солнце, синее море... Задача оказалась сложной — то, что нравилось нам с Мару-

сей, было я...
ей подходил...
ком убогим. ...
всем вместе ...
самолюбивая ...
просто так, т...
странно, но ...
жения нашел ...

— А вот м...
он тягучим г...
«Совива», так...
парк в Африк...
массажи...

— Хотим т... ...голос запищали Маня
и Денис.

— Тунис, говоришь, — протянула Оксана. —
Ну, посмотрим Тунис.

И мы начали опять перелистывать проспекты. И тут же, к общему удивлению, нашли отель
«Совива». Фотографии понравились всем — гигантский бассейн с разнообразными аттракцио-
нами, номера с удобствами, пляж с шезлонгами...
И цена, цена более чем низкая, что и показалось
мне подозрительным.

— Мамочка, мамусечка, — жарко зашептала в
ухо Маша, — давай поедем туда, у Оксаны ведь
денег немного, ну согласись, пожалуйста!

Я посмотрела на Дениску и Оксану и вздохнула:

— Вот что, давайте собирайтесь в агентство, и
закажем сразу четыре путевки!

— Как? — удивился Дима. — Почему четыре,
а я?

— А я думала, ты в Париж на экскурсию приехал, — вырвалось у меня.

— Я отдыхать приехал, — надулся Дима, —

огостить пригласили, а
брались! Как это я тут ос-

ав», — подумала я и представи-
даются Аркашка с Олей и находят
ще. Да потом хоть домой не возвра-
ти меня съедят или, что вероятнее все-
дят бедного неумеху. Придется везти его с
и, хотя отдых, конечно, окажется более чем
ецифическим.

Наташка хмыкнула:

— А что, Анна Михайловна думгла, мы будем
тут с тобой все время возиться?

— Ладно, ладно, — примирительно сказала
я, — поедем вместе в агентство.

В фирму «Эль Тунис» мы добрались после
обеда. Нас встретили с восточным радушием и
многословием. Широко улыбаясь, служащие принесли кофе и начали расхваливать «Совиву». Через полчаса голова пошла кругом. Кареглазые и
белозубые менеджеры трещали без умолку, обе-
щая совершенно невероятные наслаждения: вос-
точные бани, экскурсию в Карфаген, рейд по Са-
харе на верблюдах, катания на катамаранах... Окончательно сломила трехпроцентная скидка.

— Это только для вас, — вкрадчиво шелестел
один из клерков по имени Ахмед, — для таких
милых и приятных людей, вы нам так понравились, прелестные, сладкие дети...

И он со вкусом ущипнул Машку за щеку. Дениска подскочил на стуле:

— Нет, зачем руки-то распускать.

Не понимающий по-русски Ахмед продолжал
качать головой и причмокивать губами:

— А мальчику понравится полет на парашюте над морем.

И он включил видеокассету. Дениска завороженно уставился на́ экран, потом умоляюще взглянул на Оксану. Та засмеялась:

— Ну ладно, ладно, едем.

— Ура! — завопили детки.

Ахмед еще больше разулыбался. Я изумленно смотрела на его зубы, казалось, их не 32, а 64, и все такие белые, ровные — жуть. Из транса вывел Дима:

— А сколько звезд у гостиницы?

— Три, — вздохнул Ахмед. — Но просто потому, что в Тунисе очень придирчивы к сервису. Где-нибудь в Турции «Совива» сойдет за пятизвездочный отель.

— Помойка, — резюмировал Дима.

— Знаешь что, — вкрадчиво пропела Оксана, — мы поедем в «Совиву», а ты, если хочешь, можешь купить себе любую путевку, в другой отель, совсем необязательно ехать с нами. Позвони маме, посоветуйся, попроси денег.

— Я поеду с вами, — быстро сказал Дима.

Со сказочной быстротой мы оформили все необходимые документы и вышли на улицу.

— А теперь, — радостно сказала Маня, — мы с Деней пойдем гулять.

— Марусенька, — спросила я ее, — ты помнишь, Дениска не говорит по-французски?

— Как это не говорю, — возмутился наш ветеринар, — я пять лет в школе его долбил.

— А куда вы пойдете? — поинтересовалась Оксана.

— Сначала на набережную, где зоомагазины, а

потом погуляем по центру, — доложилась Манюня.

Пока Оксанка внушала Денису, как он должен
себя вести и почему ему следует слушаться Машку, та тихонько шепнула:

— Мамунь, дай кредитку.

— Бери, моя радость, только сомневаюсь, что
тебе удастся склонить Деньку к покупкам.

Маруська загадочно ухмыльнулась, карточка
перекочевала в ее карман, и сладкая парочка двинулась в сторону метро. Мы остались втроем. Оксана посмотрела на Диму и вздохнула, я поняла
ее без слов.

— Дима, а ты взял с собой необходимые вещи
для летнего отдыха?

Тот хмыкнул:

— А чего мне надо? Джинсы вот есть, футбол-
ка, сандалии, чего еще-то?

— Знаешь, — шипела я, — мы с тобой сейчас
поедем в магазин и купим тебе все, что сочтем
нужным, чтобы ты не позорил нас своим видом,
и не смей со мной спорить!

— А я и не собирался, — сказал недотепа.

Следующие три часа потратили на экипиров-
ку подкидыша. Купили белые брюки и новые
джинсы, несколько рубашек и футболок, ветров-
ку, шорты, плавки, легкие полуботинки и пляж-
ные тапочки, кепку, трусы, носки. Прибывшее из
Москвы рубище я демонстративно сунула в руки
продавщице и велела сжечь. На улицу мы вывели
почти красавца. Следующий визит состоялся в
парикмахерскую. Оставив сокровище на попече-
ние мастера, мы с Оксаной уселись на веранде в
кафе и посмотрели друг на друга.

— Ну, здравствуй, — сказала Оксана, — наконец-то остались одни.

Целый час она рассказывала о московских новостях, о своих собаках... С трудом оторвавшись друг от друга, мы вспомнили про Диму и пошли в парикмахерскую.

— Смотри-ка, — проговорила Оксана, — а ведь еще не постригли!

В этот момент в маленьком кафе возле парикмахерской раздался женский крик. Мы посмотрели туда. Светловолосый молодой француз, поднимаясь из-за столика, опрокинул чашку с кофе на пожилую даму. Та возмущенно размахивала руками. Француз кланялся, как заведенный, и не говорил ни слова в свое оправдание.

«Немой, что ли?» — подумала я.

— Нет, посмотри, — изумленно протянула Оксана, — нет, ты посмотри на это видение.

Провинившийся француз, сияя белозубой улыбкой, шел к нам. Тонкая вельветовая рубашка обтягивала широкие плечи, ловко сидящие джинсы подчеркивали стройные бедра. Волосы цвета спелой пшеницы, нежный овал лица делали его похожим на топ-модель. И только тогда, когда эта ожившая картинка из журнала мод подошла к нам вплотную, я узнала Диму. Мастера из салона «Анриетта» не зря брали деньги.

— Вот, — проговорил неумеха, — велели надеть эту рубашку и джинсы.

— Потрясающе выглядишь, — вымолвила Оксана, — это же надо так измениться! Одень пенек, будет как майский денек.

Домой мы приехали около восьми вечера; возле парадного входа стояло такси, почти доверху набитое покупками. Возбужденные Денис и Маня таскали в дом свертки и пакеты.

— Мамулечка, — заорала радостная Маня, — представляешь, какая с нами штука приключилась! Пошли мы в «Галери Лафайет», чтобы купальник купить, таскаемся по отделу женского белья, и вдруг радио объявляет, что иностранный турист, паспорт которого содержит цифры 25678, получит подарок от универмага. Открыли Денькин паспорт, а там как раз — 25678. Представляешь? Мы бегом в администрацию, а там паспорт посмотрели и сказали, что у нас есть час. Все, что мы за это время возьмем с полок и принесем к кассе, нам отдадут просто так!

Я посмотрела на Манюню с глубоким уважением. Надо же такое придумать! Да еще и договориться с менеджерами, и потихоньку все оплатить! Обманутый Дениска сиял от счастья. Оксана подозрительно посмотрела на меня:

— И часто такие вещи здесь практикуются?

— Понимаешь, крупные универмаги привлекают таким образом клиентов. Могут придумать бог знает что, чтобы увеличить товарооборот...

Я постаралась придать голосу убедительность. Надеюсь, Оксана никогда не узнает, что «Галери Лафайет» подобных шуток не устраивает. Сезонные распродажи — сколько угодно! Но разрешить лазать по отделам целый час, да еще и бесплатно, такого не бывало никогда.

Дети продолжали таскать покупки в дом. Краем глаза я увидела коробку с кинокамерой, пакеты с платьями и бельем для Оксаны, разноцветные пуловеры, джинсы, кроссовки... Машка оторвалась по полной программе.

## Глава 4

Сейчас, вспоминая все подробности этой истории, я понимаю, что самым приятным и спокойным во время поездки в Тунис был полет на отдых. Хотя, загрузившись наконец в самолет, я буквально кипела от злости.

Дениска с Машкой начали ссориться еще дома. С самого утра перед выездом Манюня горестно посмотрела на свою ногу и вздохнула:

— Ну почему у меня колготки всегда рвутся в одном и том же месте — на больших пальцах?

Денька поглядел поверх кружки:

— Слушай, а ты не пробовала ногти на ногах стричь?

— Ну ты козел! — завопило мое чадо и швырнуло в парнишку блинчиком.

Сладкий кусок теста шлепнулся на ковер, у самой морды Снапа. Обиженный Банди тут же подбежал к столу в надежде на такое же лакомство и случайно подскочил к Диме. Тот с перепугу дернул рукой и пролил горячий кофе прямо на морду ничего не подозревавшего пита. Раздался отчаянный собачий визг. Дениска и Машка кинулись утешать пострадавшего Банди. Дима попытался промокнуть лужу кофе на ковре салфеткой, и из кармана его рубашки вывалился паспорт, плюхнувшись в коричневую жижу. В разгар суматохи появилась Софи и с присущей ей невозмутимостью заявила, что до отлета самолета осталось всего полтора часа.

Судорожно похватав чемоданы, мы загрузились в «Рено», и Наташка помчалась в аэропорт. Расталкивая всех, мы ворвались в зал отлета, как раз когда радио сообщало об окончании посадки на наш рейс.

Кое-как сдав багаж, мы рухнули в кресла, стараясь отдышаться. Снимая пиджак, я обнаружила в кармане ключи от «Рено». И представила себе стоящую сейчас на парковке, ругающуюся на двух языках Наташку. Тут я со стоном пристегнула ремень, и самолет взлетел.

Дальше все, как ни странно, шло расчудесно. Удивительно, но это почему-то меня не насторожило. Я наслаждалась вкусным обедом и пирожными. Ничто, казалось, не предвещало неприятностей.

В Тунисе нас встречали представители отеля. Раскаленная жара упала на головы, словно удар.

— Боже, вздуваюсь, как безе, — простонала Оксана и вскочила в автобус.

До отеля добирались минут двадцать, чахлая растительность и сплошные гостиницы, в общем, ничего интересного.

Холл «Совивы» был выполнен в типично мавританском стиле — мозаичные стены и потолок, низкие диваны с креслами, и кругом тьма-тьмущая разнообразных столов и столиков. Одна стена, сплошь из стекла, выдавалась на бассейн, и взору открылись гигантские горки и водопады.

— Здорово, — вздохнула облегченно Оксанка, — правда, Дениска?

Но мальчик не отвечал. Мы с Оксаной обернулись — за нашими спинами сиротливо лежали две кучки одежды — брюки и майка Дениса, шорты и топик Мани...

— Во дают, — сказала Оксана, — и где теперь их искать? Даже кремом не намазались, сгорят ведь!

В этот момент в бассейне выключили музыку.

— Ну ты козел! — понесся над пляжем ликующий Машкин голос.

— Ладно, — вздохнула Оксана, — детей нашли, пошли устраиваться.

Мы оттащили сумки в номера и, надев купальники, лениво двинулись по периметру бассейна. Над водной чашей звучал интернациональный смех и визг. Под полосатыми грибками, на шезлонгах и матрасах, а то и просто на полотенцах валялись человеческие тела разной степени обжаренности.

— Мамочка! — услышала я счастливый визг.

Мокрые Маня с Денисом махали руками. Они заняли места под большим соломенным тентом, чуть в стороне от основной массы отдыхающих. Новости выливались из них рекой. Значит, так, местные деньги называются динары. За три динара можно купить мороженое прямо здесь, а за один через дорогу. Горок в бассейне шесть, у правого бортика есть гидромассаж, это кайф. А слева — «быстрая дорожка». В десять утра делают гимнастику, а в барах на пляже продают блинчики, еще есть три пиццерии, сувенирные лавки, а на море катают на водном мотоцикле, «банане» и катерах, и еще можно полетать на парашюте!!! И они хотят это все сразу!!! Прямо сейчас!!! Срочно!!!

— Ладно, — сказала Оксана, — получите все, но сначала надо намазаться защитным кремом.

Мы вытащили из сумок абсолютно одинаковые флаконы с «Амбрэ Солэр» и расхохотались. Ну как же шагнул прогресс! И в Москве, и в Париже покупаем теперь одинаковую косметику.

— Над чем так звонко смеетесь? — раздался Димин голос.

Мы посмотрели на него и промолчали.

— Ладно, пойду окунусь с мелкими, — вздохнул подкидыш и двинулся вместе с ребятами к бассейну.

Мы молча смотрели им вслед. Под загоревшей Диминой кожей переливались литые мускулы, длинные ноги несли тренированный торс с грацией тигра.

— Да, — протянула Оксана, — скажу тебе как хирург, он профессионально занимался спортом, причем скорее всего борьбой, или карате, или вообще каким-нибудь боевым видом. Посмотри, двигается, как кошка. Даже странно, что при совершенной координации движений такой неловкий! И загореть уже где-то успел!

Словно услышав хвалебные речи в свой адрес, Дима споткнулся о шезлонг и уронил чье-то полотенце. Мы улеглись на матрасы. Двигаться совершенно не хотелось, даже газеты читать было лень. Рядом, накрыв лицо соломенной шляпой, дремал мужичок. С топотом пронеслись дети, расшвыряв из сумок полотенца, флаконы с кремом, мое вязание и Оксанин детектив, они унеслись обедать в ресторан.

— Я не пойду обедать, — лениво сказала Оксана, — буду лежать вот так три дня без движения.

— Представляешь, а в твоей больнице сейчас кто-то делает операцию!

— И никаких щитовидных желез, — оживилась подружка, — никаких гормональных инъекций и распадающихся опухолей... Господи, счастье-то какое.

Примерно с час полежали молча, потом пошли плавать. Теплая вода ласково покачивала две тушки. Оксана посмотрела на шезлонги:

— Кто это там сидит?

— Да пусть сидит, здесь не воруют!

— Ну, все-таки интересно, кто это?

Я прищурилась:

— Да это же Дима, просто он купил себе шляпу, а разговаривает с нашим соседом.

Оксана нырнула в воду, а я села на бортик и свесила ноги, до чего же хорошо, просто рай! И это был последний раз, когда я так подумала.

Через какое-то время мы собрали свои вещи и побрели пить кофе. Детей не было ни видно, ни слышно, куда-то подевался Оксанин кошелек. Когда спустя час мы вернулись, Оксанин кошелек лежал на месте, зато исчез мой.

— До шести тратят мои деньги, а после шести твои, — догадалась Оксанка. — А этот даже не пошевелился!

Я посмотрела на мужичка. Он по-прежнему лежал на спине, прикрыв лицо шляпой и как-то странно подвернув ногу. Солнце переместилось, его лучи достигали теперь шезлонгов. Впрочем, меня не касается, кто как проводит время, лишь бы нам не мешали. С этими мыслями я легла на матрас и заснула.

Проснулась я оттого, что по моему лицу текли струи воды. Это расшалившиеся детки лили на мои разомлевшие члены воду из бутылки. Оксана радостно подхихикивала:

— На живот, на живот налей.

Я изловчилась и ухватила Дениску за руку, он запищал и стал вырываться. Бутылка выскользнула и, описав ровную дугу, шлепнулась соседу прямо на живот. Мы замерли, но мужичок даже не шелохнулся. Он лежал все так же на спине, с лицом, закрытым шляпой, и странно подвернутой ногой.

— Месье, — робко позвала его я, — месье, простите нас.

Оксана решительно подошла к лежаку, приподняла шляпу, потом опустила ее и бесстрастным голосом хирурга констатировала: «Exitus letales».

— Что, что? — не поняла Маня.

Зато Денис понял сразу, ухватил Маруську за руку и повел в номер. В трудную минуту на Дениску всегда можно положиться.

Пришлось обратиться в администрацию. У стойки «Recepcion» скучал портье.

— У вас на пляже труп, — тихо сказала я.

Араб медленно поднял голову от газеты:

— Сейчас посмотрю, в каком номере он живет. Вы говорите, месье Труп?

— Нет, просто труп, без месье, то есть его, конечно, как-то зовут, но сейчас просто труп.

— Просто труп, — протянул араб, листая большую книгу. Внезапно его глаза широко раскрылись. — Просто труп, то есть вы имеете в виду мертвец?

Я радостно закивала головой, наконец-то до него дошло! Портье схватил телефонную трубку и затарахтел со скоростью пулемета, слова вылетали из его рта тучами. Не успел он бросить трубку, как из небольшой дверки выскочил другой араб и на безукоризненном французском спросил:

— Где вы спрятали труп?

Вот те на!

— Я не прятала труп, а обнаружила!

Следующий день мы с Оксанкой провели в полицейском управлении, отвечая на бесконечные и однообразные вопросы. «Как зовут? Откуда приехали? Как обнаружили тело?» Вопросы задавались тягуче, арабы потели и скучали. Они радостно сообщили, что покойного звали Роуэн, Франциск Роуэн, что сам он родом из Парижа, и даже назвали его адрес.

Полицейские поведали, что выстрел в лоб, которым убили Роуэна, был произведен в упор. То есть кто-то подошел, продырявил лоб и потом, прикрыв шляпой лицо покойного, спокойно ушел. Причем выяснить, когда это сделали, было очень трудно, так как на пляже жарко и тело практически не остыло. Болтая, полицейские составили бессчетное число протоколов и отвезли нас в «Совиву».

Маня и Денис, радостно улыбаясь, ныряли в бассейне. Оксана присоединилась к детям, я же пошла в номер.

Открывшийся моим глазам вид напоминал битву при Калке или, если хотите, танковое сражение под Прохоровкой. Кровати перевернуты, постельное белье комом гнездится на полу, распоротые подушки валяются на балконе. Все наши с Машей вещи распороты и грудой цветных лохмотьев валяются на полу ванной. Неизвестный вандал выдрал даже страницы из журнала «Космополитен»...

Полная негодования, я ринулась к портье. После пятнадцатиминутного скандала администратор гостиницы и старшая горничная двинулись в номер. Постояв несколько минут в молчании, администратор задумчиво произнес:

— А вы уверены, что это сделали наши служащие?

— А вы думаете, что я сошла с ума и сначала испортила все вещи, а потом принялась за подушки? И потом, я весь день провела в полицейском управлении, даже не была на пляже. Кстати, представляете, какой переполох поднимется, если мы расскажем об убийстве?

Администратор стал белее обезжиренного кефира.

— Мадам, умоляю, никому ни слова. Сейчас же все уберем. Вас отвезут в торговый центр и...

В этот момент ворвались Денис и Маня.

— У нас в номере... — начал Денис и остановился.

— У нас тоже, — протянула Маня.

Служащие понеслись в Оксанин номер, я за ними. Там была та же картина.

Понятно, что обедать отправились в мрачном настроении. Наш стол поражал красотой. В центре красовалась бутылка «Дом Периньон», рядом восседала ледяная русалка, под ней уютно устроился салат. Отдыхающие с интересом поглядывали в нашу сторону. Управляющий явно подлизывался, надеясь на молчание.

— Ну и роскошь, — процедил Дима, — представляете, захожу в номер, а там...

— Погром в Жмеринке, — докончил Денька.

— А ты откуда знаешь? — подозрительно прищурился Дима.

Мы все захохотали. Несмотря на обилие деликатесов, обед прошел мрачно.

Чуть позднее нас на автобусе отвезли в торговый центр. Служащий гостиницы без конца повторял, что все покупки оплатит отель. В результате мы накупили кучу нужных и ненужных вещей, а Деня с Марусей ухватили трехметрового надувного крокодила.

Следующие две недели пролетели безоблачно только для Дени и Мани. Мы же с Оксанкой нетерпеливо ждали конца путешествия. Но все когда-нибудь заканчивается, завершился и отдых. Утром начали складывать сумки.

— Мам, — спросила Маша, — сколько флаконов «Амбрэ Солэр» ты купила?

— Один, а что?

— А теперь их два, причем один совсем полный.

— Наверное, это Оксанин.

Неленивая Маруська понеслась в соседние апартаменты. Вернулась она вместе с Оксаной.

— Мой «Амбрэ Солэр» на месте, я его почти весь вымазала.

Мы уставились на лишний флакон.

— Наверное, утащили чужой на пляже, — сказала Оксана, — ну и что теперь делать?

— А ничего, — сказала Маня, — взять себе, нет, лучше отдать Оксане. Дениска поедет в августе в Болгарию, вот и будет мазаться.

Флакон перекочевал в Оксанин карман.

Париж встретил холодной ветреной погодой. Ив приветливо махал рукой.

— А где Наташка?

— Мадам уехала в Сен-Тропез, пробудет там несколько недель.

— Дома все в порядке?

— Собаки здоровы, слуги тоже, Луи приготовил ужин. Как отдохнули?

Мы заверили Ива, что провели время потрясающе.

В гостях хорошо, а дома лучше. Эту ходульную истину я повторяла все время, пока распаковывала чемодан. Пришел черед и пляжной сумки. За две недели в Тунисе так ни разу и не разобрали ее до конца. Что-то вытаскивали, что-то засовывали... Наконец добралась до пластикового донышка и там обнаружила какой-то продолговатый предмет. Вытащила его и с изумлением уставилась на свой трофей. Большой золотой портсигар! На крышке выложены брильянтами инициалы F. R. На оборотной стороне гравировка — «Единственному Франциску от Каролины». Вот это да! Это вам не флакон с «Амбрэ Солэр», а очень дорогая вещь, скорее всего, от Картье или Тиффани... И как она ко мне попала? Где я ее украла?

Поразмыслив, я сообразила, что к чему. Убитого мужчину звали Франциск Роуэн. Очевидно, когда мы впопыхах собирали свою сумку, то случайно прихватили его портсигар, или он сам уронил его в нашу сумку, или я не знаю, как это получилось, но портсигар здесь. И его надо вернуть родственникам, вещь очень дорогая.

## Глава 5

Спустя неделю Оксана, Дениска и Дима улетели в Москву. Проводив их, я порулила к первой попавшейся телефонной будке и стала рыться в справочнике. Франциск Роуэн оказался один, и адрес подходил для обладателя золотого портсигара.

Улица тихая, только частные дома, стоящие далеко от въездных ворот. Ни магазинов, ни закусочных, ни парикмахерских. За продуктами ездят экономки, а парикмахер приходит на дом.

Дом Роуэна располагался в самом конце, в воротах виднелся домофон. Я нажала кнопку.

— Кто там? — прокаркал динамик.

— Мне необходимо передать мадам Роуэн посылку.

Нельзя сказать, что я покривила душой. Ведь портсигар тоже можно принять за посылку.

Калитка открылась. По дорожке, где по обеим сторонам были посажены огурцы, я прошествовала к особняку. Ну и чудак же был этот Роуэн, впервые вижу, чтобы подъездную дорожку украшали огурцами.

В дверях стояла девушка. Невысокого роста, щупленькая, настоящая «рюмочная болонка». Ни дорогой костюм, ни антикварный перстень на пальце не спасали положения. Лицо бесцветное, глаза блеклые, волосы жидкие и какие-то сальные. Вдобавок уши с целым состоянием в мочках непропорционально велики. Мне показалось, что она одолжила их у тучного мужчины.

— Я Луиза Роуэн, — проговорила уродка неожиданно красивым, грудным голосом. — Давайте посылку!

— Вы жена Франциска Роуэна?

— Нет, дочь.

— Мне хочется поговорить с самой мадам Роуэн, видите ли, я случайно стала свидетельницей смерти вашего отца.

Луиза немного поколебалась, потом как-то нерешительно протянула:

— Мама очень плохо себя чувствует, но пройдите в дом, может, она спустится.

Девушка посторонилась, и я вошла в холл, заставленный диванами и креслами образца шестидесятых годов. Потертая обивка и вылезающий кое-где поролон явственно свидетельствовали о том, что мебель ни разу не перетягивали. Тут и там на специальных подставочках стояли цветочные горшки. Я пригляделась повнимательней, мне показалось, что в них растут укроп и петрушка.

Пройдя через холл, мы оказались в гостиной, очевидно предназначенной для деловых приемов. Слегка облупившиеся стены и потолок, а также выцветший ковер никак не вязались со стоявшей посреди комнаты роскошной белой кожаной мебелью... Дочь Роуэна, извинившись, вышла. Я осталась одна. Осквернить эти чудесные диван и кресла своим задом? Нет, просто невозможно!

Я подошла к окну. Вид огурцов по обе стороны дорожки был так нелеп, что я не сдержала смешок.

— Папа был чудаком, — раздался чей-то голос.

Я повернулась. В кресле сидела неизвестно откуда взявшаяся молодая женщина. Такая же маленькая, как Луиза, но плюньте в того, кто назвал бы ее тщедушной. Роскошные черные волосы ниспадали почти до талии, большие голубые глаза, красиво очерченный рот, миниатюрное личико, изящные руки, мини-юбка открывала взору точеные ножки. Девушка выглядела настоящей красавицей.

— Вас удивил огород за окном? — спросила она.

— Да, немного странно видеть огурцы там, где традиционно растут цветы.

— Огурцы — это только начало. Возле черного хода посажены кабачки, тыквы, морковь. Пока растения не поднялись, молочник страшно пугался. Грядки напоминали ему могилы, и он все время интересовался, кто похоронен у нас возле гаража.

— Ваш отец, очевидно, страстный огородник?

— Ничуть не бывало, просто феерический скупец.

— Глядя на мебель, в это трудно поверить.

Девушка заулыбалась:

— Белых чудовищ велел поставить в гостиной Пьер, муж Луизы.

— Муж Луизы?

Удивление, которое я испытала при мысли о том, что эта бледная девица замужем, очевидно, отразилось на моем лице.

— А почему моей сестре не быть замужем, разве это противозаконно?

Не успела я ничего сказать, как в комнату ворвалась толпа людей. Все они одновременно стали задавать вопросы: кто я? Где посылка? Откуда знаю Роуэна? Кто дал их адрес?

Через секунду я разобралась, что вошедших всего четверо, просто голоса у них резкие, крикливые, как у пингвинов. Луиза, молодой мужчина, очевидно, ее муж, какой-то коротконогий тип и дама на вид лет сорока. Последняя, как подкошенная, рухнула в кресло. Шум утих. Коротконогий гневно посмотрел в мою сторону:

— Если велено передать посылку мадам Роуэн лично, то отдавайте ее и уходите!

Я села на диван и положила ногу на ногу. Терпеть не могу, когда со мной так разговаривают. Сейчас объясню, где раки зимуют. Протянув свою визитку, я открыла рот. К концу моей пространной речи их лица разгладились. Муж Луизы взял портсигар:

— Простите, мадам. Смерть тестя наделала много шума, нас без конца осаждали журналисты. Даже представить себе не можете, что они придумывали, чтобы попасть в дом! Поэтому мы так накинулись на вас!

Через несколько минут молодая горничная принесла бутылки с вином и блюдо с сырами.

Селина взяла портсигар:

— Вот уж не думала, что мама могла подарить отцу такой портсигар. Он, наверное, потом месяц ругался.

Коротконогий укоризненно посмотрел на нее:

— Селина! Как тебе не стыдно!

— А чего я должна стыдиться, мне жаль, что он не треснулся лбом о баобаб, или что там росло на пути, на двадцать лет раньше!

Я с недоумением посмотрела на собравшихся. Вдова томно вздохнула и пояснила:

— Милая, на нас последние месяцы сыплются одни неприятности. Некоторое время тому назад муж попал в автокатастрофу, врезался в дерево. После этого у него возникла амнезия. Правда, через несколько дней память вернулась, но это был уже не мой Франциск!

— И слава богу, — фыркнула Селина.

Пьер подошел ко мне:

— Простите, мадам, совершенно ни к чему слушать скандал. Разрешите, я отвезу вас домой.

Я сообщила, что у ворот стоит моя собственная машина, и откланялась.

## Глава 6

Первой, кого я увидела, придя домой, была Селина.

— Ну вы и тащитесь на вашей тарахтелке, — выпалила она.

— А на чем летаете вы? На метле?

— На мотоцикле, — серьезно ответила красавица. — Мне очень надо с вами поговорить.

— О чем?

— Вы не слишком любезны!

— Ваша семья тоже не отличается приветли-
востью. Я привезла вам дорогую вещь, память о
покойном, а меня просто-напросто выставили
вон!

Селина схватила меня за руку:

— Ну, пожалуйста!

Мы прошли в кабинет, и девушка с завистью
посмотрела на картины:

— Если бы не папина скупость, мы могли бы
тоже так жить. Так нет же! Даже представить себе
не можете, что он вытворял! А ведь почти в каждом доме в ванной торчали его зубные пасты!

— Подождите, подождите, так этот Франциск
Роуэн, ваш отец, тот самый Роуэн, которому
принадлежал концерн «Дентимал»? Я сама поль-
зуюсь его зубной пастой.

— А вы не знали?

Я покачала головой. Откуда мне было знать.
Мужчина в соломенной шляпе не ассоцииро-вал-
ся с богачом, скорей походил на мелкого клерка
на отдыхе. Селина замахала руками:

— Вам трудно представить степень отцовской
жадности. А когда Луиза убежала, разразился
целый скандал!

— Куда убежала? — не удержалась я от вопроса.

— Погодите, об этом потом. В общем, папина
скаредность достигала удивительных размеров и
принимала чудовищные формы. Например, запрещалось покупать овощи. Все, что нужно для
стола, следовало выращивать вокруг дома, и даже
в цветочных горшках посеяли петрушку и шпи-

нат. Причем, разведя огород, он не стал нанимать садовников, а заставил всю семью работать на прополке. Маму страшно злило, когда отец заводил разговор об овощах, выращенных собственными руками, об их неповторимом вкусе и аромате.

В детстве я донашивала вещи Луизы, а гостей у нас не бывало даже на Пасху. Какие там подружки или поездки на море! Все игрушки нам с сестрой покупал дедушка по материнской линии. Это страшно злило отца, он кричал, что дед не умеет ценить деньги, но старика эти вопли мало трогали. Потом дед скончался и завещал свой капитал мне и Луизе в равных долях. И вот тут моя сестрица решила выйти замуж.

С Пьером она познакомилась на занятиях в художественной студии. Когда отец узнал об их встречах, разразился настоящий скандал! Да и репутация жениха оказалась подмоченной. Поговаривали, будто он профессиональный игрок, даже шулер. И денег у него не было никаких, ни сантима.

Но Луиза обвела отца вокруг пальца, правда, ей помогла мама. Не буду вдаваться в подробности, они поженились тайно и уехали в свадебное путешествие.

И только после их отъезда мама сообщила отцу. Того чуть удар не хватил, но сделать он ничего не мог. Луиза — совершеннолетняя и вырвалась на свободу. А вместе с Луизой уплыли и ее денежки.

Отец отказывался даже знакомиться с Пьером, но потом все же начал с ним здороваться сквозь зубы. Луиза все надеялась, что отношения наладятся и отец возьмет Пьера на работу. На

Новый год они подарили эту белую мебель. Конечно, хотели задобрить папу, но вышло наоборот. После такого подарка он Пьера иначе, чем «негодяй-транжира», не называл. Луиза очень страдает, она любит Пьера.

Я поднялась с дивана:

— Все это, конечно, интересно, но к чему мне знать семейные тайны? Может, лучше сходить к психотерапевту?

У девушки от обиды задрожали губы, и она полезла за носовым платком. Мне стало не по себе. Ну зачем обижать ребенка? Может, ей не с кем поговорить, подруг нет. Полная раскаяния, я обняла Селину:

— Ну, ладно, прости.

Та нервно зашмыгала носом:

— Мне очень нужен совет, но обратиться не к кому. А у вас такое доброе лицо, ну вот и...

— Говори, говори, может, и правда сумею помочь.

— Я пострадала от замужества Луизы больше всех. Меня стали отпускать из дома только в лицей; я ждала, когда наконец мне исполнится 21 год, чтобы распоряжаться своим капиталом, но отец сообщил, что деньги вложены в ценные бумаги и продавать их он не собирается. Очень хотелось подать в суд, но мама не вынесла бы позора. О своих обидах я могу говорить бесконечно... Ну а потом вдруг все переменилось!

В свое время мама с отцом договорились раз в году отдыхать раздельно. Мама обычно отправлялась в Германию, а отец — в маленький дешевый отель.

— На свою жену Франциск денег не жалел?

Селина замахала руками:

— Что вы! Просто у мамы есть собственные деньги, ее обеспечила бабушка. Не понимаю, зачем она столько лет прожила с папой. Может, из-за того, что католичка! Ну да не в этом дело. Короче, отец поехал в «Зеленую хижину», мама — в Баден-Баден. Но фокус состоял в том, что домой они всегда возвращались в один и тот же день. А тут мама приехала, а отца нет и нет. К вечеру позвонили из полиции. Произошла автокатастрофа, а как следствие — амнезия.

Я слушала очень внимательно. Пролежав несколько недель в больнице, Франциск Роуэн вернулся домой другим человеком. Амнезия стала проходить. Но он все время что-нибудь забывал. Стал курить другие сигареты, путал имена домочадцев. Чем дальше, тем чудней. Из скряги превратился в транжиру. Велел начать ремонт дома и заплатил вдвое дороже, чтобы его машину починили за неделю. Пригласил Пьера и Луизу к обеду и принялся ласково их расспрашивать о планах на будущее. После кофе преподнес подарок — назначил Пьера заместителем директора в своей фирме, а Луизе презентовал редкостные серьги. Предложил Селине выбирать университет по вкусу и оплатил обучение за три года вперед. Потом купил эгрет и кольцо для жены. И вообще, у них начался сумасшедший дом.

Франциск каждый день что-нибудь покупал: чайный сервиз, коробки конфет фунтов на восемь весом, сковородки, новый TV. Дальше — больше, торжественно привел нотариуса и огласил завещание. Деньги всем поровну, даже Пьер получил равную долю. В общем, после того как он треснулся лбом о баобаб или что там росло у него на пути, его личность изменилась коренным образом. А психологи еще утверждают, что подобного не бывает.

— К тому же, — взволнованно трещала Селина, — он велел нанять садовника, чтобы тот уничтожил овощи и посадил цветы, как у всех. Ни за что бы не поверила, если бы не услышала собственными ушами. И притом у них с мамой просто начался медовый месяц. Он без конца осыпал ее подарками, покупал ей дорогое белье и платья и называл «пусик».

Потом он решил посетить один из заводов на Севере и уехал, а через три дня сообщили, что он найден убитым на пляже в Тунисе. Как вам это?

Я пожала плечами. Конечно, странновато, но говорят, черепно-мозговая травма еще не то с людьми делает.

— И тогда я пришла к выводу, — замогильным голосом сказала Селина, — что это не мой папа.

Дверь тихонько открылась, и в щель просунулась треугольная морда Банди.

— Ой, собачка, — обрадовалась девушка, — иди сюда.

Следом за Банди влез Снап, за ними шла Софи с подносом.

— Ваш кофе, мадам.

— Спасибо, Софи. Селина, вам с молоком?

— Нет, нет, пью только черный.

С этими словами она взяла чашку и, отломив кусок булочки, угостила Банди. Обиженный Снап заскулил. Селина рассмеялась и отдала ротвейлеру остаток. Преданно глядя ей в глаза, собаки легли на ковер.

— Чашку с кофе лучше держать подальше от

Снапа, — посоветовала я, — а то сразу вылакает. А почему ты решила, что это не твой отец?

Селина отставила чашку.

— А что, мало рассказала? И потом, еще эта странная родинка.

— Какая родинка?

— Отец всегда довольно коротко стригся. А из больницы приехал с длинными волосами. Говорил, что специально отпустил их, чтобы скрыть швы от операции. Но я все равно заметила около уха довольно крупную родинку. А раньше ее не было. Мама объяснила, что у папы изменилась пигментация кожи и как результат — родинка. Я ей не поверила. И притом, он перестал мыться по вечерам. Раньше принимал душ по полтора часа, как шахтер, а потом вообще мыться перестал. Нет, это не мой отец. И вот теперь я думаю, а куда же делся папа, а?

Она замолчала. Повисшую тишину нарушало только мерное чавканье — это Снап добрался до нашего кофе.

## Глава 7

Когда в пять утра вас будит телефонный звонок, это, как правило, звонит неприятность. Вчера мы до поздней ночи проговорили с Селиной, бедному ребенку и правда не с кем было поделиться своими размышлениями. Девушка долго плакала и спрашивала, не пойти ли ей со своими подозрениями в полицию. Я позвонила своему другу комиссару Перье, который работал в департаменте полиции на набережной Орфевр. Но секретарь сообщила, что он в отпуске, и мы отложили поход в полицию на две недели.

Легла спать я поздно и полночи крутилась в постели, думая о всякой ерунде. Не люблю оставаться одна в доме. Наташка отдыхала в Сен-Тропезе, Оля с Аркадием укатили на озеро Лох-Несс, любоваться на всемирно известное чудовище, а Маню позвали в гости родители ее лицейской подруги. В трехэтажном особняке остались Софи, Луи и я, не считая кошек, собак и приходящей прислуги.

Поэтому, когда в пять утра зазвонил телефон, я поняла, что про меня вспомнили неприятности. Интересно, кто рвется приехать ко мне на этот раз?

Но это была Оксана. Голос ее, прорывавшийся сквозь города и страны, звучал как-то странно, напряженно и грустно.

— Дашка, у меня несчастье.

— Что случилось? — перепугалась я.

— Денис попал в сизо № 2.

— Куда?

— В сизо № 2, или Бутырскую тюрьму.

— Не вешай трубку! — заорала я не своим голосом. — Сегодня же прилечу в Москву, не предпринимай никаких действий, наймем лучшего адвоката, ни о чем не волнуйся.

Но в трубке уже раздавались короткие гудки. Я дернула звонок. Появилась Софи в халате. Изумленно поглядела на меня:

— Что случилось, мадам?

— Срочно вылетаю в Москву, первым же рейсом, на который успею. Когда вернусь, не знаю, предупреди домашних и проследи, чтобы все было в порядке. А сейчас еду в банк...

— Мадам, — перебила меня невозмутимая, как всегда, Софи, — сейчас половина шестого утра, и банки еще закрыты, а вот в аэропорт можно позвонить, там дают справки круглосуточно.

Я схватилась за телефон. Милый голос сообщил, что буду в Москве в два часа дня, если успею на транзитный самолет из Лондона. Заказав билет и немного успокоившись, стала собираться.

Москва встретила меня проливным дождем. Ну почему это в родимом Отечестве всегда плохая погода и очереди? Разве нельзя открыть все стойки паспортного контроля, чтобы прилетевшие не стояли в жуткой духоте к одному пограничнику, и что мешает купить побольше тележек для багажа. Кстати, только в России они платные, даже в супербедном Тунисе ими можно пользоваться просто так.

Оксаны дома не было. Но ключ, как обычно, лежал под ковриком. Я открыла дверь. Рейчел, стаффордширская терьерица, бросилась ко мне с визгом, из кухни выскочили два скотчтерьера: Бетти и Пеша. Они принялись крутиться около ног, а я гладила их нежные, шелковые шкурки. От собак пахло чем-то вкусным, удивительно домашним, каким-то шампунем и печеньем.

В квартире царил ужасный беспорядок. На диване и кресле в большой комнате грудились вещи, у Дениски в комнате все было разбросано. Я удивилась: Оксанка патологически аккуратна, и такое на нее совершенно не похоже. Делать нечего, придется ждать хозяйку. Та вернулась около девяти вечера. Вялая, бледная, ненакрашенная, она опустилась на табуретку у входа и заплакала, увидев меня. Я потрясла ее за плечи:

— Хватит рыдать. Выкладывай, что произошло.

Оксанка еще раз всхлипнула и стала рассказывать:

— Дней десять тому назад я пришла с работы и обалдела. Все вещи из шкафов вытряхнуты, книги валяются на полу, даже розетки отвернули и плафоны сняли. Развинтили, разобрали все, но ничего не украли. Я вызвала милицию, а там сказали, что если ничего не пропало, то дело заводить не будут. Кое-как мы с Денькой все прибрали.

— А где же были собаки?

— Не поверишь, в них выстрелили шприцем со снотворным, и они спали потом почти двое суток. Убивать почему-то не захотели. А на следующий день раздался звонок, и тихий, вежливый женский голос велел отдать «то, что у вас есть, а то хуже будет». Я спросила, что у меня есть, но они ничего не ответили и швырнули трубку. Потом позвонили опять, я взмолились: «Ну скажите, ради бога, что у меня есть?» Женщина в трубке помолчала, потом сказала: «Вы сделали свой выбор», — и отключилась.

Всхлипывая, Оксана заварила кофе, рассказ ее поразил меня своей безысходностью.

Неделю все было тихо, и вдруг в семь утра врывается милиция. Три толстых, как кабаны, милиционера ловко справились с миниатюрной женщиной и мальчишкой. Дениске предъявили обвинение в «изнасиловании несовершеннолетней Елены Козловой, 16 лет». Ничего не понимающего мальчика оттащили в сизо № 2, или в следственный изолятор, который в народе именуют «Бутырка». Дело ведет следователь Иса Даудович.

Гадко ухмыляясь, он показал Оксанке акт медицинской экспертизы. Несовершеннолетняя Козлова была совершенно зверским образом избита. Целую страницу занимало описание кровоподтеков, синяков и шишек.

— Ну не мог Дениска такого совершить, — повторяла подруга.

Действительно, не мог. Просматривая акт об изнасиловании, Оксанка запомнила адрес потерпевшей и отправилась к ней домой.

Та жила на Красной Пресне в коммунальной квартире. Дверь открыл пьяноватый парень лет тридцати. У Оксанки хватило ума не объяснять, зачем пришла. Мигом сориентировавшись, она представилась учительницей из техникума, «где учится Лена Козлова».

Парень показал комнату. Оксанка толкнула дверь и обнаружила несовершеннолетнюю потерпевшую в совершенно пьяном виде на кровати, на которой белье, очевидно, меняли раз в год. На полу стояла куча пустых бутылок, на столе валялись остатки прокисшей еды. В спертом, затхлом воздухе, казалось, не было ни глотка кислорода, на тумбочке красовалось грязное полотенце со следами крови.

Несовершеннолетняя Козлова храпела, как пьяная корова, и не реагировала на внешние раздражители. Оксана вышла из комнаты, и «веселый» сосед сказал, что, если она ищет девочку, он приведет через двадцать минут. Из всего увиденного и услышанного Оксюта сделала вывод, что Елена Козлова — проститутка и ее насилуют давно и долго. С этими сведениями она рванулась назад в милицию к следователю. Тот, продолжая гадко улыбаться, сообщил, что надо было хорошо воспитывать сына, что проститутка — тоже человек и что медицинская экспертиза подтвердила факт изнасилования. Сверкая золотым перстнем, он подмигнул Оксане и начал в подробностях рассказывать, что сделают с Денькой сокамерники.

— Ох, не любят в тюрьме эту статью, ох, не любят, — качал он черноволосой головой.

После всех этих событий, абсолютно больная, подруга ввалилась домой, где и нашла меня сидящей на груде разбросанных вещей.

В этот момент зазвонил телефон. Я схватила трубку.

— Оксана Степановна? — осведомилась мембрана.

— Да.

— Что же вы не хотите отдать чужое добро? И не бегайте больше к Козловой на дом, можете сломать красивую шею, дети сиротами останутся, собаки передохнут, — издевался мужской хрипловатый голос.

— Что нужно отдать?

— Ну, милая, ты даешь. Верни слезы, а то хуже будет. — И трубка противно запищала.

Мы с Оксанкой уставились друг на друга. Какие такие слезы?

Ночь была бессонной, мы обсуждали разнообразные варианты и поняли, что Денька — фишка в какой-то непонятной игре. Ясно и то, что следователь Иса Даудович нечист на руку. Ну кто сообщил неизвестным бандитам о визите на Красную Пресню?

Рано утром, в пять часов, я тихонько выбралась из квартиры и поехала в гостиницу. Мы придумали план, гениальный, как все простое, поэтому мой визит в Москву следовало держать в тайне.

Выйдя на улицу, я огляделась: никого. Значит, за квартирой не следят. Получив номер в отеле, я отправилась на разведку в Бутырскую тюрьму.

Новослободская улица, д.45, навряд ли забуду когда-нибудь этот адрес. В тихий утренний час у тюрьмы, скрытой во дворе большого кирпичного дома, толпился народ. Почти все с гигантскими сумками в руках.

За двадцать минут я обросла сведениями. Все продукты надо развернуть и разложить по пакетам, сигареты тоже без пачек, яблоки можно, а апельсины нельзя. Сахар только в виде песка, кусок не берут. Мыло, пожалуйста, но шампунь ни за что. А если хотите, передавайте ведро и таз, но только с разрешения начальника тюрьмы, а к нему на прием многокилометровая очередь. На лекарства отдельная передача, записываться за неделю. Причем можно только отечественные препараты, витамины, аспирин — ничего импортного. Это ли не пример патриотизма! На робкие вопросы, начинавшиеся словами «почему?», спрошенные в ответ либо дико хохотали, либо сочувственно говорили: «Вы в первый раз, да?»

В восемь утра узкая дверка приоткрылась, и толпа ломанулась внутрь. Людским потоком меня внесло в длинное помещение с окошком. Случайно я оказалась первой. Окошко распахнулось и явило взору девицу лет тридцати в гимнастерке. Ни крутая завивка, ни яркая косметика не могли сделать ее хоть сколько-нибудь привлекательной. Маленькие глазки буравчиками воткнулись в мое лицо:

— Имя?

— Дарья.

— Женщины в другом изоляторе. Следующий.

— Простите, я не поняла. Денис.

— Отчество?

— Иванович.

— Фамилия?

С перепугу я чуть было опять не назвала свою.

— Год рождения?

— 1982-й, нет, 1984-й.

Порывшись в картотеке, женщина-робот выкинула бумажку. Отойдя в сторону, я изучила ее — бланк на передачу вещей и продуктов. Сверху красной ручкой проставлена цифра 100. Словоохотливые товарищи по несчастью сообщили, что это номер камеры. Тут же обнаружились родители сокамерников. Я смотрела на них с изумлением. Еще один удар по самомнению — всегда считала, что в тюрьме одни бандиты и родственники у них соответственные. А тут стояли просто несчастные, издерганные люди, такие же, как я.

С треском распахнулось еще одно окно, оттуда раздался голос:

— Павлова!

Какая-то вспотевшая женщина поволокла к окну баулы. Я исхитрилась оказаться у окошка раньше.

— Простите, дали бланк, а продуктов нет, как...

— Передачи до трех, — отрезала блондинка, как две капли воды похожая на предыдущую.

— Но у меня спецразрешение, — нагло заявила я и протянула ей сто долларов в конверте.

Бросив быстрый взгляд внутрь конверта, блондинка расцвела и повела себя загадочно.

— Надо сразу говорить, что у вас разрешение врача на спецпередачу, — пролаяла она грубым голосом, улыбаясь во весь рот. — Возьмите и заполните.

И она сунула мне бумажку. Я отошла к окну и прочитала записку: «15.00, передача для обслуги, позвать Марину Кашину».

В три часа дня, с сумкой, набитой продуктами, я вновь стояла в том же зале. Народу не было. Окошки закрыты, полная тишина. Внезапно в самом конце открылась маленькая дверца.

— Тебе чего, мамаша? — спросила высунувшаяся голова.

— Передача для обслуги, позовите Марину Кашину.

Голова понимающе кивнула. Через несколько секунд окошко отворилось, и появилась третья блондинка. У них что, белокурые волосы с кудрями — признак профессиональной пригодности?

— Давай, — коротко сказала Марина.

Я вывалила перед ней груду вещей и продуктов.

— Дезодорант не возьму, — отрезала стражница.

Я быстро протянула ей следующий конверт. Дезодорант перекочевал в мешок, а с ним и запрещенный одеколон, сосиски и многое другое.

— Давай маляву, — требовательно велела служительница.

— Что? — удивилась я.

— Маляву, ну записку, не понимаешь?

Пришлось нацарапать пару слов на протянутом обрывке бумаги.

— Жди, — раздался короткий приказ.

Минут через сорок окошко снова приоткрылось.

— На! — Мне в руки упала записочка.

Я прочитала ее на улице: «Продукты получил, все в порядке. Денис». Внизу другим почерком написано: «Вторник, 15.00, передача для обслуги.

Елена Зверева». Значит, во вторник, через неделю, можно повторить передачу. Да, шорох зеленых купюр решает в родном Отечестве все.

Из тюрьмы я отправилась к Жене Яшину. Когда-то, сто лет тому назад, мы учились в одном классе, и конопатый Женька бессовестно списывал у меня уроки. Теперь он превратился в дородного Евгения Андреевича, преуспевающего и жуликоватого заведующего адвокатской конторой. В ответ на мои просьбы он в ужасе замахал веснушчатыми руками:

— Нет, ни за что на свете.

Я вздохнула, эти слова слышала уже не в первый раз. Есть у меня свои аргументы — коллекция портретов американских президентов. Пришлось просидеть у Женьки часа четыре, но к вечеру я была обладательницей бесценных адвокатских удостоверений и одного волшебного телефона.

Ночью связалась с Оксаной:

— Позовите Дениса, пожалуйста.

— Он уехал на рыбалку.

Так, значит, все идет по плану. На следующий день утром мой путь лежал к киностудии «Мосфильм».

Потолкавшись в бесконечных павильонах, я нашла нужного человека — гримера Леню Золотова. Тот, правда, сначала тоже пытался отнекиваться, но «сумма прописью» решила все.

## Глава 8

Следующий день завершился коротким визитом в однокомнатную квартиру в одной из новостроек Москвы.

Парнишка, открывший дверь, невысокого роста, белобрысый, тянул лет на семнадцать, хотя я точно знала, что за его плечами двенадцать лет отсидки по зонам и тюрьмам.

— Ты, что ль, мамаша, от Евгения Андреевича? — зевая, спросил хозяин.

— Я.

— Ну, проходи!

Следующие два часа мы торговались и договаривались, и где-то в десять часов вечера был вызван Леня Золотов.

С собой гример принес небольшой чемоданчик. На столе ждала фотография Дениски, сделанная год назад для выпускного альбома.

— Сначала волосы, — защелкал ножницами Леня, — там, конечно, не очень светло, но все же, все же...

Он старательно оттенил прическу какой-то краской.

— Здорово, — одобрила я.

А потом начался совершенно непостижимый и невероятный процесс превращения одного человека в другого.

Под Лениными пальцами исчезла картошечность носа. Нос удлинился, утоньшился и стал ужасно похож на Денискин. Потом волшебным образом изменилась форма глаз, подбородка, овал лица — и вот уже на меня чужими карими глазами смотрит Денис. Чудо продолжалось. Гример оттянул веки, и радужная оболочка поменяла цвет — стала голубой. Передо мной сидел Дениска, мой родной, любимый мальчишка! Я чуть не зарыдала, но, как говаривал пятилетний Аркадий: «Какой смысл плакать, если от этого подарка не будет».

Леня начал инструктаж:

— Значит, так. Утром, запомните, только утром, вы приклеите эти усы, вот пузырек с клеем, натянете ему паричок, я думаю, шатенистый подойдет.

Гример порылся в необъятной сумке, и на свет появился парик из темно-каштановых натуральных волос, причесанный под Бальмонта. Следом возникли большие, тяжелые очки в темной оправе.

— И еще костюмчик, — щебетал гример, — кажется, он изумительно подходит для ваших целей.

С этими словами Леня выволок на свет из той же сумки розовый пиджак, темно-оливковую рубашку, бордовые брюки и такой же бордовый галстук.

Пиджак выглядел потрясающе — сшитый из какого-то блестящего материала, напоминающего клеенку, с золотыми пуговицами и вышитым на нагрудном кармане львом. Увидев мое изумление, Золотов горделиво произнес:

— Утащил из костюмерной. Пиджачок с рубашечкой будут тик в тик, а вот брючки придется в поясе чуть-чуть утянуть. Ну-ка, померяй!

И он протянул попугайское одеяние фальшивому Денису. Тут я снова обрела голос:

— Нет, нет, это нельзя надевать ни в коем случае. Да вся тюрьма вытаращится на это варварское великолепие!

— Вот именно, — радостно захихикал Леня, — именно вся тюрьма будет таращиться на этого идиота. Но все запомнят только пиджак, а на лицо и не посмотрят как следует. Великолепный отвлекающий момент!

«А ведь он прав, — подумала я. — На самом деле, все будут разглядывать этот костюм!»

В Лениной правоте я убедилась еще раз, когда в семь утра мы садились в машину. Таксист чуть глаза на щеки не выронил и потом всю дорогу тихо покашливал.

В половине восьмого мы заняли очередь у входа в тюрьму. Когда в восемь утра толпа, груженная пудовыми сумками, понеслась внутрь, фальшивый Дениска дернул меня за руку:

— Не беги с этими, им в правую дверь, а мы адвокаты, нам налево.

И он толкнулся в другой вход. Мы вошли в тесное обшарпанное помещение, правда, здесь стояли стулья и маленькие неудобные столики. Публика тут собралась другая. Полноватые мужчины в хороших костюмах, женщины с дорогими деловыми сумками, несколько довольно молодых людей в джинсах и курточках. Все они стояли в очереди к маленькому окошку. Я почувствовала, как от страха вспотела спина. Боже мой, совершенно не знаю, как адвокаты проходят в тюрьму! Подельник ткнул меня кулаком под ребра и шепнул:

— Чего зенки-то выпучила? Становись и делай то же, что и я.

И он просунул в окошко адвокатское удостоверение, которое стоило ровно столько, сколько я раньше зарабатывала за год. Очередная крепко сбитая блондинка дала бланк. Мы пристроились за угловым столиком.

— Это заявка, — поучал «коллега», — вот заполняй, потом отдадим в окно и будем ждать, когда вызовет.

— Она ничего не заподозрит, не покажется подозрительным, что к одному заключенному сразу два адвоката идут?

— А что тут такого? Деньги есть, так можно хоть десять нанять, закон дозволяет.

— И откуда только ты все это знаешь?

— Посидишь с мое, не то еще узнаешь!

Внезапно я вздрогнула. В хорошо придуманном плане обнаружилась зияющая брешь. Что будет со лже-Денисом, как он уйдет из тюрьмы, когда все выяснится. Услышав этот вопрос, подельник тихо хихикнул:

— Ну ты даешь. Сразу, ясное дело, не выйду. Сначала, конечно, по морде накостыляют для порядка. Потом, наверное, судить будут. Только вот всё никак не соображу, какую статью прицепят. Может, мошенничество. Да ты не боись, скажу, что меня силой заставили. Странная какая, платишь такие бабки и обо мне волнуешься.

— Не страшно опять садиться?

Парень покачал головой:

— Тюрьма — дом родной. Я там в авторитете. Уж поверь, под шконками не сижу. Отдельную кроватку имею, телевизор у подушки.

— А что, отдельная кровать — вещь необыкновенная?

Лже-Дениска прищурился:

— Ой, мамаша, ну как я тебе все объясню, когда ты простого не понимаешь. Не дрожи. Посижу до суда, потом в колонию, оттуда на поселение, следом — условно-досрочное получу. Годика через два на свободе с чистой совестью и тугими бабками.


Следующие полтора часа прошли в молчании. Время от времени из окошка выкликали фамилию. Наконец-то позвали нас. Фальшивый Дениска встал.

— Пошли в эту башню на второй этаж.

Мы пересекли крохотный дворик и вошли в башню, поднялись на второй этаж и оказались перед воротами-металлоискателями, наподобие тех, что стоят в аэропортах.

Справа от ворот в железной клетке сидела привычно кудрявая белокурая девушка, на ее лице замерло каменное выражение. А впереди, сразу за воротами, тянулась решетка. Паренек прошел через ворота и подал девушке документы, та выдала железный номерок и нажала кнопку. Решетка с лязгом отошла в сторону. Я быстренько повторила маневр. Мы оказались внутри тюрьмы, и решетка с жутким стуком захлопнулась за нами. Стало страшно. Господи, ну куда лезу?

Быстрым шагом мы пошли по коридору, поднялись еще на один этаж и опять оказались возле решетки и девушки в клетке. Прямо над головами виднелась надпись: «Следственная часть». Мой компаньон показал номерок. Стражница открыла решетку и тусклым голосом сказала:

— Второй кабинет.

Мы прошли по длинному коридору и встали у второго кабинета. Появился молоденький офицер, он взял у нас заявку и отпер комнату. Я шагнула внутрь и вздрогнула — замок заперли.

— Да не дрожи ты, — рассмеялся браток. — Здесь всегда запирают двери. Не дергайся.

Я огляделась. Маленькая, метров шести-семи комната выглядела удивительно грязной. В углу валялись чьи-то рваные кроссовки, на стуле висела тельняшка. Письменный стол и допотопная вешалка венчали пейзаж. Сердце тоскливо сжалось: если у них так в помещениях для адвокатов и сотрудников, то как же убого в камерах! Грустные размышления прервал звук отпираемой двери. Конвойный ввел Дениску.

«Только не удивляйся, бога ради, не удивляйся», — молилась я про себя.

Но Дениска даже не вздрогнул. Конвойный повернулся и вышел. Денька молча продолжал смотреть на нас. Я откашлялась:

— Уважаемый Денис Иванович, ваша семья наняла нас, чтобы помочь.

Не прерывая идиотской тирады, протянула мальчишке листок бумаги. Денька прочитал и быстро стал снимать костюм. Я продолжала вещать, как радио на вокзале:

— Чистосердечное признание облегчит вашу участь и уменьшит наказание...

Лже-Дениска гнусавил в ответ:

— Да не виноват я, зуб даю, подставили меня.

Под этот аккомпанемент быстро производилась операция по разгримировыванию и загримировыванию. Каштановый парик, усы, очки, розовый пиджак... Управились примерно минут за сорок. Наконец были произнесены завершающие слова «пьесы»:

— И все же советую как следует подумать, пока что мы потеряли здесь много времени зря.

Фальшивый Дениска подмигнул и еле слышно прошептал:

— Делай все в обратном порядке.

Он нажал на звонок у двери, через несколько минут вошел конвойный и увел заключенного. Мы с Деней двинулись по коридору.

— Повторяй за мной, — шепнула я.

Денька кивнул головой.

Показали железные номерки, и решетка распахнулась. На первом этаже девушка беззвучно отдала удостоверения, забрала номерки, и мы вышли во дворик. Я с ужасом ожидала воя сирен, лая собак... Но нет, все тихо. Спокойно средь бела дня удрали из Бутырской тюрьмы, и никто не заметил.

На Новослободской улице поймали машину и помчались в Шереметьево-2.

У табло в зале отлета маялась белая, как занавеска, и похудевшая Оксана.

— Ну что? — кинулась она, спотыкаясь о чемоданы.

— Спокойно. Ты привезла вещи?

— Вот. — Подруга протянула сумку.

Я понесла ее к мужскому туалету. Минут через десять умытый и переодетый Дениска обнимал мать.

— Ладно, — прервала я их объятия. — Мало времени, пойдемте в кафе.

Мы устроились за столиком.

— Значит, так, — сообщила я, — через два часа вылетаете на Кипр.

— Почему на Кипр? — удивилась Оксанка.

— Потому что там безвизовый въезд. Поселитесь в отеле «Бич». В этой гостинице полно народа. Смешаетесь с толпой отдыхающих и подождете моего приезда.

— А ты что, не поедешь?

— Нет, те, кто посадил Дениску, уже завтра узнают, что он сбежал. И если увидят, что я сегодня улетела в Париж, кинутся по следу.

— Так они и так кинутся по следу, — возразил Денька, — увидят в списке пассажиров на Кипр наши фамилии, и все.

Я выложила на стол два загранпаспорта.

— Не увидят. Ты, Оксанка, теперь Римма Владимировна Федорчук, 43 лет, а ты, Денька, Игорь

Станиславович Решетов, 19 лет. Вы больше не мать с сыном, а просто знакомые, имейте это в виду. Здесь в конверте билеты, доллары и разрешение на вывоз валюты. На две недели хватит, а потом я приеду.

— Господи, где же ты их достала и как попадешь на Кипр?

— Где достала, где достала — купила! А на Кипр поеду не сразу. Ты ведь никому не говорила, что я в Москве?

Оксанка покачала головой.

— Значит, никто и не узнает, что я здесь была. Отправлюсь во Францию в составе туристической группы. Сяду в автобус уже через несколько часов. Ночью буду в Польше. Те, кто начнет вас искать, проверят аэропорты, железнодорожные вокзалы, но прошерстить все фирмы, отправляющие туристов на автобусе в Европу, им слабо! Знаешь, сколько таких фирм? Открой «Экстра-М» — пять страниц объявлений! Меня они не найдут, вас тоже. Подумают, что спрятались в Москве. Кстати, кто остался с собаками?

— Я поселила у себя Лену. Она только рада пожить без матери. Сказала, что хочу еще отдохнуть и подвернулась путевка в Феодосию. Она приглядит за собаками и будет отвечать всем, что мы уехали в Крым.

— Ну вот пусть и ищут в Крыму, полуостров большой, — резюмировала я.

## Глава 9

В Париж я попала через шесть дней. Путешествие с группой российских туристов оказалось на редкость забавным. Почти все дамы сверкали золотом и драгоценными каменьями, мужчины щеголяли в спортивных костюмах. В основном это были «челноки» на отдыхе.

— Все Китай да Китай, — сказал один из них доверительно, — надо же и в Европе побывать.

Но и в Польше, и в Германии, и во Франции они, верные своему бизнесу, больше интересовались оптовыми складами, чем соборами и музеями. Мне же, честно говоря, было все равно, пейзаж за окнами меня мало занимал. Тревожило совсем другое. В пустой голове, как камни в погремушке, гремели мысли: «Что такое есть у Оксанки? Как перевезти ее в Париж? Как вернуть в Москву?» Единственным, кто мог помочь, был комиссар Жорж Перье, который находился в Париже на набережной Орфевр.

Мы познакомились с ним при трагических обстоятельствах. Бригада Жоржа расследовала дело об убийстве Жана Макмайера, мужа Наташки. Толстенький, лысоватый, с добродушным лицом, комиссар показался сначала деревенским простачком. Но скоро я поняла, что за этой его внешностью скрывается высокопрофессиональный полицейский с весьма незаурядным умом и образованием. Мы подружились, Жорж стал бывать у нас дома.

Однажды пришел не один, а с собакой — английским мопсом. Маруся долго убеждала всех, что Хуч, так зовут мопса, на самом деле внебрачный сын комиссара. Похожи они необычайно: оба толстенькие, лысенькие, коротконогие, оба страстно любят поесть.

Хуч — для наших ушей звучит ужасно. И скоро вся русскоговорящая часть дома стала звать его Хучик. Если вы несколько раз громко произнесете кличку, то поймете, почему Оля переименовала животное в Федю. На это имя квадратный мопсик не собирался откликаться. «Федя» ему не нравилось, он шел только к тому, кто величал его «Федор Иванович».

Наши собаки восприняли нового члена стаи с легким удивлением. Банди аккуратно потрогал незнакомое существо лапой.

— Мне кажется, они решили, что перед ними особо крупная мышь, — резюмировал Аркадий, глядя, как Снап пытается забрать мопса целиком в пасть. В конце концов ему это удалось. Ротвейлер аккуратно подцепил Хуча за складчатую шкуру и, как щенка, понес на кухню.

С тех пор Федор Иванович не ходит по нашему дому сам. Он меланхолично ждет, пока Банди или Снап не отнесут его куда-нибудь. Надо заметить, что, выбегая во двор или отправляясь на кухню выпрашивать печенье, и пит, и ротвейлер не забывают про мопса.

Когда я вошла в кабинет, Жорж вздрогнул:

— Даша, что ты здесь делаешь?

— Мне нужна помощь.

— Всякий раз, как ты появляешься в кабинете, нужно ждать неприятностей. Во что ты на этот раз влезла?

Пятнадцать минут понадобилось, чтобы объяснить все. Жорж крякнул:

— Говоришь, кто-то обыскал квартиру, а потом посадил мальчишку? А ты, значит, выкрала его из тюрьмы? Загримировала и поменяла?

Я утвердительно закивала головой. Жорж вздохнул:

— Хорошо, что не проделала ничего подобного в Париже, мне пришлось бы тебя арестовать.

— Хватит зудеть, — разозлилась я, — мораль читать все умеют. Сама знаю, что противозаконно устраивать побег из тюрьмы. Но другого выхода не было. Знаешь, что делают с насильниками в российских тюрьмах?

— В наших делают то же самое, — заверил комиссар. — А ты, как всегда, наваляла глупостей. Будет трудно ввезти их в Париж без визы.

— Достань французские паспорта!

Жорж всплеснул руками:

— Ну совсем сумасшедшая, даже если раздобыть паспорта, как превратить твоих друзей во французов? Ведь они даже не говорят по-французски?

— А вдруг они глухонемые?

Жорж схватился за голову:

— О боже, на том свете мне простятся все грехи за долготерпение. Хорошо, получишь свою подружку и ее сына в воскресенье. И не спрашивай, как я это сделаю. Их привезут прямо к тебе домой. Только, пожалуйста, больше не впутывай меня в подобные авантюры. Это же ужасно, я добропорядочный полицейский...

— Сегодня пятница, — прервала я его стенания. — Вы с Федором Ивановичем можете рассчитывать на калорийный ужин, а в субботу съездим куда-нибудь погулять?

Жорж развел руками:

— Сегодня не могу, занят по горло. Можно мы приедем в субботу, а в воскресенье заодно познакомлюсь с твоей протеже?

На том ударили по рукам.

...В воскресенье в 11 утра во двор въехала неприметная серая машина, за ней «Скорая помощь». Все завтракали и с изумлением наблюдали, как крепкие санитары выгружают носилки с почти полностью забинтованными людьми.

— А, вот и гости, — обрадовался комиссар.

Носилки втащили в гостиную. Жорж взял одну из историй болезни, прикрепленную к одеялу.

«Элен Фурье, 40 лет, автомобильная катастрофа. Открытый перелом лодыжки, черепно-мозговая травма, перелом ключицы...»

— Бедная Элен, как только жива осталась. — С этими словами Жорж принялся разматывать бинты.

Из-под марлевых повязок показалось загорелое лицо Оксаны. Машка взвизгнула и, схватив со стола нож, принялась освобождать Дениску. Ничего не понимающие Оля с Аркадием глядели на происходящее во все глаза.

Гостей наконец размотали, завалив ковер разодранными бинтами. За кофе с булочками я рассказала все моим домашним. Не находя слов, они только ахали. Аркашка с сочувствием посмотрел на Дениску:

— Ну и досталось тебе, я бы, наверное, сразу умер от ужаса.

Денька махнул рукой:

— Да в тюрьме не так и страшно было, и парни отличные попались в камере, все по ерунде сидят, так, мелочь, — мошенники. Даже не увидел настоящих бандитов, может, их и не сажают. Ой, а это кто такой? — Он показал пальцем на мопса.

— Это Хуч, — сказала Маша, — сын комиссара.

— А что, здорово похож, — засмеялся Денька.

— Ну как ты? — спросила я Оксану.

— Ничего, отдохнули хорошо, поплавали. Отель шикарный, а вчера за нами приехали. Я никак не могла понять, что это от тебя, хорошо, что была записка. Представляешь, начали забинтовывать, как в кино! А сумку с вещами привезли?

— Вот она, — сказала Оля.

Оксанка расстегнула «молнию». На пол выпал пузырек «Амбрэ Солэр».

— Маня, — крикнула Оксанка, — забери ты этот флакон. Он меня преследует, сначала везу его из Туниса в Москву, потом из Москвы на Кипр, затем в Париж, а он еще почти полный.

В этот момент зазвонил телефон. Оксана машинально отреагировала:

— Алло, вам кого?

— Позовите Дарью Сергеевну.

Подруга сунула мне трубку.

— Слушаю вас.

— Это я, Дима, а кто это со мной только что разговаривал?

— Это Оксана.

— Оксана, а она что, не в Москве?

— Тебе надо знать, где Оксана?

— Да нет, просто интересно. Я вообще-то хотел опять приехать в Париж, примете? А то денег-то у нас с мамой нет.

Меня перекосило от злости, ну и наглый парень.

— Видишь ли, здесь и так много гостей, может, ближе к зиме приедешь?

— Ну и что, что много гостей, дом-то вон какой большой, вы уж меня приютите, пожалуйста. Мне обещали стажировку в одной фирме, а жилья не дают. Надо снимать. Если откажусь, пригласят другого, ну пожалуйста.

Тяжелый вздох вырвался из моей груди.

— Ну ладно, когда приедешь?

— Завтра.

## Глава 10

В понедельник я привезла Диму. В этот раз он уже не так боялся собак, даже осторожно погладил Снапа по гладкому заду. Но когда из-под стола вылез мопс, Дима просто онемел:

— А это кто такой?

— Это Хуч, — сказал Аркадий, — собака нашего приятеля. Он весь день на работе, а Федор Иванович тоскует, вот мы его и позвали в гости.

— Кто это Федор Иванович?

— Это он, — показала на мопса Оля.

— А Хуч кто?

— Тоже он.

— А что, ему одной клички мало?

Оля дернула плечом и взглянула в окно:

— А к нам еще кто-то едет?

Я посмотрела во двор и узнала мотоцикл Селины. Черт, совсем забыла, что обещала познакомить девушку с комиссаром.

Красивая Селина явно произвела впечатление на Диму. Он попытался назначить ей свидание, но я решительно пресекла все поползновения:

— Оставь девушку в покое. И вообще, тебе надо явиться к месту стажировки и сообщить о своем прибытии.

— Красивая какая, — мечтательно протянул Дима, — и богатая, давно хотел с такой познакомиться. Приданое небось миллионное.

— Почему ты решил, что она богатая?

— Прикинь, сколько сережки стоят, я-то в слезах понимаю!

— В чем, в чем ты понимаешь?

— В слезах, в брюликах то есть, ну в брильянтах, — пояснил Дима и потопал к двери.

По дороге он задел ножку стула и чуть было не упал. Аркадий хмыкнул, Селина кокетливо захихикала, Оля раздраженно вздохнула. Но я не замечала маневров домашних. Слезы, брильянты, — вот что вымогали у Оксаны.

Селина подошла ко мне:

— Я хотела поговорить.

— Исчезаем, — тут же отреагировала Оля. — Аркашку ждут на работе, а я собиралась кое-что купить.

Дима, наоборот, поудобнее устроился в кресле.

— Устал в самолете, — пояснил он и со смаком откусил хрустящий хлебец.

Услышав этот звук, Хуч робко подошел к парню и поставил передние лапы ему на ноги. Весь умильный вид мопса выражал одно: дай хлебец. Как правило, он получал все, что просил, но в этот раз произошло непредвиденное. Дима резко дернул ногой, и мопс упал на ковер.

— Не пачкай брюки, — разозлился Дима.

Ничего не понимающий, обиженный Хуч поплелся к двери.

— Ах ты лакомка, — позвал его Аркадий, — иди сюда.

Он подхватил мопса и сунул ему в пасть печенье. Хуч аппетитно зачавкал. Селина посмотрела на Диму:

— Вы не любите животных?

— Животное должно знать свое место, ведь это всего лишь собака, а кошки, — он покосился на Клеопатру, мирно спящую на телевизоре, — должны спать на полу.

— Вот позиция настоящего мужчины, — съехидничала Оля и, повернувшись на каблуках, вылетела из гостиной.

Мы с Селиной отправились на второй этаж в кабинет.

— Как дела, Селина?

Та безнадежно махнула рукой:

— Живу в сумасшедшем доме с неуправляемыми психопатами. Мама наняла бригаду рабочих, и они самозабвенно переделывают дом. Какой-то ужас! Второй этаж уже весь готов!

— А почему ужас? Прямо сказать, особняку требовался капитальный ремонт.

— Ну и пусть бы отремонтировали. Так нет же, все переделали. Из моей спальни сделали библиотеку, туалет превратили в бельевую, ванную в кладовку, вот уж глупость. Туалет теперь там, где раньше была прачечная, а моя комната на первом этаже. Представляете? По привычке иду пописать, а там склад простыней! И регулярно попадаю в кладовую вместо ванны. При этом стены выкрасили в какие-то безумные цвета! Гостиная у нас теперь в мавританском стиле — маленькие столики, диванчики, подушечки, обтянутые парчой, занавески с райскими птицами. Апофеоз — это картина «Закат в пустыне». Этакое эпическое полотно три на четыре метра, на переднем плане штук двадцать верблюдов с дикими мордами и бедуины в клетчатых тряпках на головах!

Конечно, у нас и раньше не было уютно, но сейчас стало просто жутко! Мама говорит, что отец столько лет мучил ее своей жадностью, и теперь она хочет все переделать и забыть годы, прожитые с ним, как страшный сон. Петрушку, укроп и все овощи уничтожили, теперь в саду растут чудесные цветы.

Селина громко заплакала. Я обняла ее за плечи:

— Ну не надо так расстраиваться, отца все равно не вернуть.

Девушка вывернулась из-под моей руки.

— Да не тоскую я по отцу. Просто обидно, что лично для меня ничего не меняется. Хотела снять квартиру — нельзя, решила поехать учиться в Англию — нет, сиди здесь. Хорошо Луизе, делает, что хочет, а Пьер теперь главный управляющий папиными заводами... Вы обещали познакомить меня с комиссаром, хочу рассказать о своих подозрениях. Дома все так обрадовались смерти папы! Может, это Пьер его убил. У него был мотив: застрелил и стал управляющим. Могла и мама киллера нанять, он ее просто достал своей скупостью. Да и Луиза тоже...

— А ты, получается, просто белый лебедь, — съехидничала я, — обожала родителей и теперь неутешна.

Селина нахмурилась:

— Да нет, я тоже хороша.

Мне опять стало стыдно, и я пошла искать телефонную трубку.

В столовой Дима развалился на диване. Плед покрывали крошки от чипсов. Я отметила, что ни одна из собак не попросила ни кусочка, животные отсутствовали в столовой.

«Вот свинья», — промелькнуло в голове. Словно услышав это, Дима оторвался от детектива.

— Что, она уехала?

— Кто?

— Ну эта, с серьгами?

— Нет, Селина в кабинете.

Дима медленно поднялся, я же, не найдя трубку, отправилась в холл, где стоял обычный, а не радиотелефон.

Жоржа пришлось уговаривать довольно долго. Он совершенно не хотел видеться с дочерью Франциска Роуэна. Наконец пошли на компромисс: комиссар встретится с нами завтра после работы, часов в девять вечера, в одном из небольших кафе.

Обрадованная достигнутой договоренностью, я очень удивилась, увидев, что в холл входят Дима с Селиной.

— Хочу прошвырнуться, — быстро проговорил Дима, — а она подвезет. Ты знаешь, где такая улица Большие бульвары?

Селина засмеялась и прищурилась:

— Догадаюсь как-нибудь, авось доедем.

Дима возбужденно захихикал. Очень довольные друг другом, они пошли во двор. Я наблюдала, как девушка заводит мотоцикл. Тихо подошедшая Оксанка проговорила:

— По-моему, они симпатизируют друг другу.

Я тоже видела оживленное лицо Селины, и мне это нравилось все меньше и меньше.

## Глава 11

Рано утром из Сен-Тропеза вернулась Наташка. Она долго охала, узнав все новости.

— Нет, это просто невероятно, бедная Оксанка.

Поохав от души, Наталья отправилась в комнаты, но уже через десять минут спустилась вниз.

— А кто, — спросила она, — рылся у меня в вещах?

Я пожала плечами:

— Спроси у Машки, может, она что-то искала, хотя на нее не похоже лазать по чужим шкафам.

— Шкафам, — в негодовании повторила Наташка, — шкафам... да у меня как будто обыск был.

Мы поднялись к ней. На мой взгляд, в комнатах царил идеальный порядок, но Наталья считала иначе:

— Нет, ты только взгляни сюда! Все фигурки на комоде переставлены. Собачки всегда стояли слева, а вот болонка в розовой шляпке живет около подсвечника. Теперь все наоборот. И белье в шкафу лежало по-другому, и туфли стоят неровно, я всегда ставлю пятку к пятке!

Тяжелый вздох вырвался из моей груди. Наташкина маниакальная аккуратность служила домашним вечным укором. Подруга постоянно клала все только на место. Чашки в сушке поворачивала ручками в одну сторону, полотенца в ванной выравнивала по линеечке, солонка и перечница всегда стояли параллельно сахарнице, а книги в библиотеке подбирались по росту.

Было бесполезно объяснять Наталье, что Сартр и «Кулинарные советы» не могут жить рядом. Но если эти книги оказывались одного формата, то непременно соседствовали друг с другом, несмотря ни на что.

Поэтому болонка в розовой шляпке, отселенная от подсвечника, казалась весомым аргументом. Мы позвали домашних. Ни Маня, ни Денис в комнаты Наташки не заходили. Оксанка тоже не отличалась любопытством. Софи и Луи служили в доме еще при родителях покойного мужа Наташи и великолепно знали, что и у кого лежит в комнатах. Тем более что семейные драгоценности, реликвии и деньги хранились в сейфе.

— Что-нибудь пропало? — осведомилась Оксана.

— Нет, просто мне не нравится, когда роются в вещах. Интересно, кто это такой любопытный.

— Небось придурок лазил, — сообщил Денька, — Дима то есть.

Оксана возмущенно замахала руками:

— Если он тебе не нравится, то это не значит, что можно обвинять парня во всех смертных грехах. Кстати, где Дима? Давайте спросим у него, и все тут.

Дима лежал в гостиной на диване.

— А тебе разве не надо на работу, — раскипятилась Наташка, — и зачем ваше сиятельство делало обыск в моей комнате?

От неожиданности недотепа чуть не свалился на пол.

— Да вы чего, белены объелись, я только что встал, а вчера поздно пришел, мы с Селиной ходили на дискотеку, делать больше нечего — в шмотках рыться. Думаете, раз я бедный родственник, на меня все свалить можно? Лучше слуг спросите, носятся по всему дому.

— Ладно, ладно, — проговорила примирительно Оксана, — давайте лучше попьем кофейку, поедим булочек, а я покажу кипрские фото.

Мы перебрались в столовую и начали завтракать, через несколько минут пришла Оксана.

— Знаете, — выпалила она, — а у меня в комнате тоже что-то искали. Альбом с фото лежал наверху в сумке, а оказался на дне. Денька, Маня, поглядите, у вас все в порядке?

Дети с топотом понеслись по спальням. Я тоже поднялась к себе. Аккуратность никогда не была моей отличительной чертой. Я не раскладывала все по местам, как Наташка. Если бы не дотошная Софи, скорее всего, спальня стала бы похожа на склад. Даже при всем желании не смогу сообразить, рылся здесь кто-нибудь или нет. Даже если рылся, что неизвестный злоумышленник мог найти? Десять спиц с начатым и незаконченным вязаньем, блюдо с яблочными огрызками, растрепанную телефонную книжку? Да нет у меня никаких секретов, кроме рождественских подарков.

— Мама, — заорала Маня, всовывая в дверь трубку, — мамулечка, тебя к телефону!

Звонила Селина. Мы еще раз договорились о встрече. Окончив разговор, я села на диван. Надо, пожалуй, разобрать письменный стол, выбросить ненужные бумажки.

У двери раздалось царапанье, в щель протиснулся Снап. В зубах он волок апатично висящего мопса.

— Здравствуйте, мальчики. Чему обязана вашим визитом?

Снап открыл пасть. Хуч вывалился на пол, как кусок сырого мяса.

— Разве можно так поступать с товарищем, Снаповский!

Хуч ловко поковылял к кровати и начал шумно вздыхать возле тумбочки, потом раздалось аппетитное чавканье.

— Хуч, ну-ка выплюнь!

Зная, что мопс может сжевать гвозди, я быстро разжала его челюсти.

На пол упала карамель «Гусиные лапки».

Отпустив возмущенного Федора Ивановича, я призадумалась. Если что и ненавижу, то это карамельки. Память о голодной жизни, воспоминания о том, как нет ни копейки денег и карамелька, найденная в сумке, служит Аркадию лакомством.

Я уже давно не покупала их, да и где в Париже найти «Гусиные лапки» фабрики «Красный Октябрь». Конфетку уронил кто-то, недавно приехавший из России. А таких у нас трое: Оксана, Денька и Дима. Кто-то из них шарил в моей спальне и посеял возле тумбочки карамельку. Кто же бродит тайком по дому? За моей спиной послышалось похрумкивание: Хуч уничтожал вещественное доказательство.

## Глава 12

Для встречи с комиссаром Селина облачилась в короткое обтягивающее голубое платье.

— Как ты чудесно выглядишь, — искренне восхитилась я, жалея, что не надела костюм.

— Мы с Димой хотим пойти потом в «Мулен Руж», — радостно сообщила девушка, — уже купила билеты, там чудесное представление!

Не знаю, что мне не понравилось больше: ее встреча с Димой или самостоятельная покупка билетов.

— Когда идешь с мужчиной в театр, он сам должен купить билеты и отвести в буфет или в кафе после представления. А еще лучше, если принесет цветы, коробку конфет.

Селина тихонько захихикала:

— Так ухаживали мамонты в каменном веке. А теперь мужчина и женщина равны. И потом, он же проездом здесь и небогат, зато какой красавец!

И девушка мечтательно вздохнула. Я усмехнулась про себя. На вкус, на цвет товарищей нет.

Появившийся на пороге кафе толстый и лысый Жорж мне лично казался намного интересней манекенистого Димы. Ничего не подозревавший о моих игривых мыслях комиссар с веселым видом уселся за стол.

— Здесь удивительно готовят рыбу и салат из кальмара.

Поспорив немного, сделали заказ, и Жорж начал внимательно слушать Селину. Девушка горячилась и все время облизывала губы. Комиссар не прерывал ее и первую фразу произнес только тогда, когда начались повторения:

— Вы слишком подозрительны. Франциск Роуэн получил тяжелую черепно-мозговую травму. Это и повлияло на характер.

Мысленно я согласилась с ним. У нас на кафедре работала Леночка Воропаева. После сотрясения мозга она стала делать умопомрачительные вещи: сообщала студентам, что ее дед владел 150 языками, без конца забывала имена и фамилии коллег, частенько оставляла без еды свою дочь. А когда явилась на лекцию в калошах на босу ногу и без чулок, мы вызвали психиатрическую перевозку. А моего второго мужа третья жена стукнула по голове разделочной доской, и он напрочь забыл имя тещи. Правда, у него их было целых пять: три официальные и две гражданские.

— Никакого криминала нет в том, что ваш отец стал покупать новые вещи, — продолжал Жорж, — и совершенно естественно принять зятя на работу. А то, что его все не любили... Может, вам это казалось? Дети часто не понимают супружескую жизнь своих родителей, наблюдают, как те ругаются за обедом, но не видят, как мирятся в спальне. А родимое пятно, что же здесь такого.

После операции, бывает, изменяется пигментация кожи, да и с возрастом появляются всякие родинки. Старость не красит. Не забивайте голову глупостями, лучше наслаждайтесь переменами в жизни. Насколько я понял, у вас было не очень счастливое детство!

Селина растерянно теребила салфетку. Все подозрения казались смешными и нелепыми. Вдруг девушка радостно заулыбалась. К нашему столику приближался разодетый в пух и прах Дима.

— Пить хочется, — сообщил он, плюхаясь на свободный стул.

— Вина? — любезно предложил Жорж.

— Лучше воды со льдом.

Селина просто подпрыгивала от удовольствия.

— Мы пойдем, пора уже, а то опоздаем.

Молодые люди подхватились и отправились к выходу. Девушка обняла парня за талию.

— Похоже, у них роман, — догадался Жорж.

— Не знаю, насколько искренний с его стороны. Селина теперь богатая невеста, а Дима просто мечтает о деньгах. Только и говорит о своей бедности да о чужом благополучии. Не нравится он мне, какой-то неуклюжий, неаккуратный и животных не любит. Хучика обидел, пожалел ему печенье.

Комиссар взял меня за руку.

— Хучику вредно без конца жевать сладкое. Но ваш гость мне тоже не нравится. В особенности взгляд, наглый и трусливый одновременно. Такие глаза я вижу часто в своем кабинете — у воров, убийц, насильников. Такие невероятно честные глаза, правдивые до дрожи. Хотя это я, конечно, перехватил. Парнишка хорош, как мыльная обертка, может, ревную?

— Он не парнишка, ему уже тридцать.

— Никогда бы не сказал. Я-то выгляжу на все свои пятьдесят: старый, толстый, усталый полицейский, сидящий в кафе с молодой очаровательной дамой.

Жорж хитро посмотрел на меня, и мы рассмеялись.

Домой я добралась поздно вечером и тихо прокралась в свою комнату.

Утром Маня возмущенно тарахтела:

— Если уж являешься домой глубокой ночью, то хоть звони, а то ведь я волнуюсь. И потом, что это за прогулки? Ты с кем была?

— С Жоржем.

— Ну ладно. — Дочка сменила гнев на милость.

Завтрак близился к завершению, когда в столовую вошла страшно расстроенная Софи. В ее руках покоился горшочек с домашним паштетом из зайца. Экономка водрузила керамическую емкость на стол и спросила:

— Что это?

— Паштет, — растерялась Наташка.

— Нет, — помотала головой домоправительница, — это уже не паштет, это помои.

— Не может быть, — ахнула Наталья. — Мари всегда так вкусно готовит.

Мари была двоюродной сестрой Софи и жила в деревне. Она специализировалась на производстве удивительно вкусных домашних консервов. Паштеты, варенья раскладывались по горшочкам с герметично закрытой крышкой, и мы лакомились ими всю зиму. Пустые горшочки весной возвращались Мари, чтобы летом прибыть к нам снова полными.

— Все заготовки скиснут через неделю, если, конечно, вы не постараетесь и не съедите весь запас за несколько дней, — проговорила Софи. — Сегодня ночью какой-то дурно воспитанный человек пролез в кладовую, вскрыл все емкости и поковырял в содержимом вилкой. Я еще понимаю, когда Маша берет горшочек и тайком от всех съедает его ночью в постели. Она потом аккуратно возвращает пустую посуду. И я никогда не была против ее набегов, ребенок растет и должен есть столько, сколько хочет. Но вскрыть просто так! Это вандализм.

Наташка стукнула кулаком по столу:

— Мне это надоело, в доме завелся маньяк. Роется в вещах, портит продукты.

— Это не я, — в один голос сказали Маня и Дениска.

— И не я, — испугалась Оксанка.

Наталья грозно посмотрела на Диму, тот меланхолично отхлебнул кофе.

— Может, это ваши собаки шалят?

— Ни разу не видела Снапа или Банди с вилкой в лапах, — съехидничала Софи, — и потом, им просто не дотянуться до полки.

— А что, — завела было Машка и вдруг замолкла, уставившись на дверь.

Я проследила за ее взглядом и увидела неизвестно откуда взявшуюся Селину. Девушка была все в том же голубом обтягивающем платье, изрядно помятом и испачканном. Растрепанные волосы висели космами, макияж размазался. Вид у нее был ужасный.

— Селина, — подскочил Дима, — что случилось?

Девушка буквально упала на диван и затряслась то ли от хохота, то ли от рыданий. Оксана подошла к ней, пощупала пульс... попросила:

— Принесите коньяк и сахар.

Мы забегали, как всполошенные куры. Маня притащила плед, Деня грелку. Наташка отправилась за коньяком. Рыдания Селины становились все громче, успокоилась она только через полчаса и сразу произнесла загадочную фразу:

— Он вернулся.

— Кто? — робко поинтересовалась Маня. — Кто вернулся и напугал тебя так?

— Ты что, не понимаешь? — истерически завизжала Селина. — Он вернулся, мой покойный папа, живой и здоровый.

И она снова принялась истерически взвизгивать. Абсолютно спокойный Дима взял со стола бутылку минералки и вылил своей возлюбленной на голову. К нашему изумлению и ужасу, та моментально успокоилась.

— Мама всегда так делает, когда моя сестрица начинает икать и квакать, — радостно пояснил Дима.

Мы с Наташкой переглянулись, интересные подробности выясняются из жизни нашей бывшей завкафедрой. Ничего не понимающая Оксана взмолилась:

— Ну, переведите же кто-нибудь скорей, что она говорит.

— Манька, поработай переводчиком для Оксанки с Деней, — распорядилась Наталья, — а ты, Селина, попробуй вразумительно объяснить, что тебе привиделось. Только не говори, что господин Роуэн внезапно вернулся домой. Извини за подробность, но я лично видела его с дыркой в голове на пляже, а потом абсолютно мертвым в морге.

Через несколько минут мы восстановили картину вчерашнего вечера. Селина с Димой посидели в «Мулен Руж», потом спокойно погуляли и поели где-то на Елисейских Полях. Домой девушка явилась около двух часов ночи. Ее сразу удивило, что почти во всех окнах первого этажа горит свет, а возле дома припаркована машина Пьера.

Гуляка тихонько открыла дверь и услышала скандал. Мама, Пьер, Луиза и еще какой-то знакомый мужчина говорили все разом, перебивая друг друга.

— Я вас всех выведу на чистую воду, — кричал мужчина, — банда убийц и транжир! Обрадовались, что меня укокошили, и давай денежки по ветру пускать. Всех посажу на хлеб и воду.

Обмирая от ужаса, Селина открыла дверь и увидела ледянящую кровь картину. Мать почти в беспамятстве сидела на диване, рядом примостилась зареванная Луиза, синий, как обезжиренный кефир, Пьер жался в угол. А посередине комнаты, прямо посередине, стоял призрак — Франциск Роуэн. От неожиданности у девушки началась икота.

— Ага, — закричал оживший мертвец, демонстрируя чудесные зубы, — ага, еще одна явилась! Вырядилась, как проститутка, натянула вместо платья чулок, ну погоди, ты у меня дождешься.

Селина, как завороженная, смотрела ему в рот.

— Я сразу поняла, что это вампир, — рассказывала девушка, — у папы всегда были плохие мелкие зубы с бесчисленными пломбами, а у этого чудовища просто сверкали белоснежные клыки. И когда он двинулся ко мне, я убежала. Всю ночь бродила по набережным и пришла к вам. Домой не пойду ни за что, вурдалак наверняка всех давно съел!

И она поглядела на нас.

— Это же просто чушь, — не выдержала Оксана, — что я, труп от живого человека не отличу? Ну бывают иногда ошибки, у нас в больнице недавно двух Васильевых перепутали. Сказали, что Васильев из 215-й палаты умер, а сестра подумала, что Васильев из 225-й тапки отбросил, и свезла его в морг. Тот от наркоза отошел, чуть концы не отдал. Ну так быстренько все исправили: этого в холодильник, того назад. Но это же больные, просто не видно иногда — жив или помер. А Роуэна застрелили! Дырища-то какая была во лбу — с тарелку! А в вампиров не верю. Вурдалаки, оборотни, кикиморы, кто там еще может прийти?

— Астральное тело, — выпалила Маня, — иногда после смерти человека его близким является астральное тело...

— И упрекает родственничков в мотовстве, — захихикал Денька.

Селина устало вздохнула:

— Оставьте меня здесь спать.

— Надо подготовить постель, — сказала Наташка.

— Я посижу около нее, — вызвалась Оксанка.

— Ты же не знаешь языка, — возразил Дима.

— Ничего, как-нибудь договоримся, чем меньше слушаешь больного, тем лучше его лечишь, — отмахнулся наш хирург.

И она, аккуратно подхватив Селину под мышки, повела ее наверх.

## Глава 13

Напичканная снотворным, гостья мирно спала. Дима куда-то исчез. Мы же с Наташкой не могли прийти в себя от изумления.

— Слушай, — проговорила моя подруга, — поезжай к Жоржу, пусть попробует узнать, что там у Роуэнов происходит.

Я нашла эту идею привлекательной и пошла заводить машину.

У комиссара было отвратительное настроение. Тихо посмеиваясь, его секретарша Поллет рассказала, в чем дело:

— В девять утра явился какой-то ненормальный и полтора часа мучил господина комиссара. А когда ушел, раздался телефонный звонок. — Поллет весело улыбнулась. — Какая-то странная старушка долго объясняла господину комиссару, что у нее десять дней тому назад пропала дочь. Да так подробно все описывала: глаза карие, волосы белокурые, вьющиеся. А потом понесла чушь: рост — 35 сантиметров. Чтобы отвязаться, господин Перье велел приехать и привезти фото пропавшей. И вот, пожалуйста, бабуля только что здесь побывала и оставила карточки. Прямо и не знаю, как передать их комиссару, может, вы выручите, а то он меня убьет. Главное, уже зарегистрировала их как входящие документы, и теперь надо давать письменный отчет о работе, — с этими словами секретарша протянула мне конверт.

Я вытащила глянцевый прямоугольник и захохотала во весь голос. С листа бумаги кокетливо глядела мальтийская болонка.

— Будете смеяться еще больше, когда узнаете, как ее зовут!

— А как?

— Поллет.

Я чуть не подавилась от хохота. Дверь кабинета резко распахнулась, и на пороге возник озлобленный Жорж.

— Даша, — произнес он, — только тебя не хватало.

— Очень мило, — обиделась я, протискиваясь в кабинет. — Кстати, сегодня звонила старушка, у которой пропала дочь?

— Ну!

— Так вот, она привезла фотографии.

Жорж заглянул в конверт и злобно уставился на стол, где стояли сравнительно легкие папки. После того как комиссар запустил однажды в одного из работников прокуратуры бронзовым пресс-папье, Поллет тщательно следит, чтобы у него под рукой не было ничего тяжелого, острого, режущего или колющего. Жорж еще раз покосился на стол и заорал:

— Поллет!

— Да, шеф?

— Я провел сегодня милое утро, выслушивая приметы дурацкой болонки, надеюсь, ты не зарегистрировала это поступление!

Поллет потупилась.

— Уйди с глаз долой, — прошипел Жорж, — подчиненные меня в гроб загонят. А ты зачем явилась, кого на этот раз надо перетащить через границу?

Я попыталась спокойно объяснить ему цель визита. Комиссар шумно вздохнул:

— Интересно, как ты себе представляешь работу полиции? Я не имею права явиться в частный дом и спросить: «Что тут у вас происходит?»

Вот если поступит официальный вызов, только тогда. Сама позвони матери Селины! Она наверняка обеспокоена исчезновением дочери, и твое желание ее успокоить вполне естественно. А меня уволь, дел по горло. Как там Хуч поживает, весь запас сладостей съел?

— Почти, ему помогают дети.

Жорж галантно проводил меня к выходу. Мне показалось, что его вежливость имела только одну цель: убедиться, что я спокойно покинула здание и не шляюсь по коридорам, пытаясь что-то узнать о Роуэнах...

Дома царило спокойствие. Селина все еще спала, дети мыли во дворе Снапа. Привязанный неподалеку Банди выл в ожидании такой же участи, Наташка и Оля укатили по магазинам, Дима испарился в неизвестном направлении. В гостиной в полном одиночестве смотрел телевизор Аркадий.

— Мамуля, — обрадовался он, — где пропадала?

Пришлось рассказать о визите к комиссару. Аркашка хмыкнул:

— А может, Селина — наркоманка? Знаешь, какие глюки под кайфом бывают? Обкурилась или таблеток наелась, вот и мерещится всякая чертовщина — разгуливающие покойники и злобные вампиры.

Мысль интересная. Наркоманка! Почему бы и нет, я ведь совершенно не знаю эту девушку. Но Жорж прав, нужно позвонить домашним, они, наверное, ищут ее.

На мой звонок ответил приятный грудной голос:

— Алло.

— Мадам Роуэн?

— Нет, это ее дочь Луиза.

— Вас беспокоит мадам Васильева, помните, я привозила портсигар?

— Да, да, конечно, я вас узнала. Мама плохо себя чувствует и не подходит к телефону.

— Собственно говоря, могу и вам все рассказать! Сегодня утром к нам пришла перепуганная Селина. Ночь она провела, бродя по улицам. Что-то вчера вечером напугало девушку до потери сознания. Сейчас пока она спит.

Луиза молчала. Удивленная отсутствием какой-либо реакции с ее стороны, я ринулась напролом:

— Скажите, ваша сестра никогда не употребляла наркотики? То, что она рассказывает, похоже на бред. Вроде встретила в гостиной покойного Роуэна, тот ужасно ругался...

Луиза бесцеремонно перебила меня:

— Давайте адрес, сейчас приеду, лучше поговорить с глазу на глаз.

Я посмотрела на сына.

— Знаешь, а ты, наверное, прав. Стоило мне заговорить о наркотиках, как ее сестра перепугалась и уже мчится сюда.

Аркашка пошел к двери.

— Жаль Селину, может, сумеет завязать, если родственники помогут.

Луиза, наверное, наняла самолет. Не прошло и пятнадцати минут, как она вбежала в холл.

— Где Селина?

Я еще раз удивилась тому, как не похожи сестры. Красавицу Селину не портили ни грязное платье, ни спутанные волосы, ни отсутствие макияжа. Аккуратно причесанная, в дорогом шелковом костюме, с серьгами от Картье и сумочкой от Тиффани, Луиза казалась разряженной нищенкой. Костюм сидел плохо и не скрывал полноватых ног, руки, сжимавшие сумочку, были короткопалые и широкие, ногти, ровно покрытые лаком, имели квадратную форму. Хорош только голос — мягкий, грудной, этакое завораживающее меццо-сопрано.

— Где Селина? — взволнованно повторила Луиза.

— Еще спит.

Луиза облегченно вздохнула. В комнате повисло напряженное молчание.

— Может, кофе? — вспомнила я обязанности хозяйки.

Луиза отрицательно помотала головой и продолжала молчать. Положение становилось идиотским.

— Думается, следует показать Селину домашнему врачу, — попыталась я возобновить разговор, — если вовремя начать лечение, положить в клинику...

Луиза перебила меня:

— Она не наркоманка и не пьяница. Все, что сестра рассказала, — правда.

От удивления у меня глаза полезли на лоб. Ну вот, еще одна ненормальная, у них, наверное, семейное сумасшествие.

— Хотите сказать, что ваш отец вчера вернулся домой и устроил домашним разнос?

Луиза закивала головой:

— Понимаю, что в это трудно поверить. Мы сами до сих пор не можем прийти в себя... Вчера, где-то около девяти вечера, Пьер принес торт, и мы сели пить чай. Мама не нарадуется, что наконец-то осталась одна. И вот, глядя на торт, она

говорит: «Представляете, входит отец и возмуща-
ется: торт в будний день...» Не успела бедная мадам Роуэн захлопнуть рот, как за ее спиной кто-
то забубнил: «Это что же такое, все переделали,
уйму денег просадили».

Сначала женщины засмеялись, подумав, что
их дурачит Пьер. Но муж Луизы только беззвучно
шевелил губами и в ужасе тряс головой. Луиза и
Каролина повернулись к двери и онемели. К ним,
размахивая руками от возмущения, шел Франциск Роуэн. С Каролиной случилась истерика,
Луиза зарыдала, а Пьер лишился дара речи.

Почти всю ночь Роуэны бурно выясняли отношения. Где-то часа в два в столовую вошла Селина. Увидев ожившего мертвеца, девушка дико
закричала и выскочила вон из дома. Травмиро-
ванные мать, сестра и зять даже не остановили
ее. Ближе к утру все немного успокоились, Франциск прекратил сыпать упреками и рассказал ле-
денящую кровь историю.

Родители Франциска Роуэна были бедными и
неудачливыми людьми. Отец пил горькую, мать
перебивалась поденной работой. В семье регулярно появлялись дети, но то ли от побоев, кото-
рыми отец Франциска награждал беременную жену, то ли от сырости, вечно царившей в их убогой
квартирке, все младенцы умирали, не прожив и
нескольких дней.

Выжили только двое — Франциск и его брат
Анри. Когда отец увидел, что близнецы остались
в живых и, более того, растут здоровыми, он поднял дикий скандал и велел матери отдать одного
из мальчишек на воспитание. Бедная женщина
не посмела перечить мужу, и свой второй день

рождения Анри встречал с новыми мамой и папой.

Органы социальной защиты крепко держали язык за зубами, и матери сообщили только, что Анри попал в семью очень обеспеченных людей и за его судьбу не стоит беспокоиться.

Так Франциск стал единственным сыном. Детство его было голодное и нищее. Иногда мать брала мальчишку с собой в богатый дом, где убиралась. Там, сидя на теплой уютной кухне, пробуя еду, которой никогда не было у Роуэнов, надевая чужие сношенные ботинки, Франциск решил: никогда, никогда он не будет бедным.

Двенадцатилетний мальчишка прилежно учился и через два года стал первым в классе. А еще через три года получил стипендию и поступил в университет. Отец к тому времени спился и умер. Мать продолжала мыть чужие полы, она обожала Франциска и страшно гордилась тем, что сын решил стать химиком.

В день, когда Франциск закончил университет, случилось неожиданное. Придя домой со свеженьким дипломом в кармане, он увидел, что у матери на кухне сидит гостья: сухощавая дама с брезгливо поджатыми губами. Дама скоро ушла, а мать, проплакав полвечера, все-таки решилась рассказать сыну правду.

Так Франциск узнал о существовании брата-близнеца. Дама, приходившая к ним, Клэр Леблан, оказалась его приемной матерью.

У Анри, в отличие от брата, в детстве было все, что душе угодно. Богатые и бездетные Лебланы в нем души не чаяли. Мальчишку устраивали в лучшие школы, где он, впрочем, долго не задерживался. Но если на откровенную лень школьная администрация смотрела сквозь пальцы, то на воровство глаза закрыть не могла.

А Анри был, к сожалению, нечист на руку. Воровал он просто из спортивного интереса. Стоило намекнуть, и Лебланы достали бы ему звезду с неба. Но уже во втором классе он украл завтрак у соседа, хотя в портфеле лежали в промасленной бумажке бутерброды.

Дальше — больше. Анри таскал мелочи в магазинах и деньги у одноклассников. Понимая ненормальность такого поведения, родители потащили мальчишку по психиатрам, психотерапевтам и экстрасенсам. Но Анри продолжал свое: воровал и виртуозно врал по каждому поводу. В результате в 18 лет получил первый срок, а в 23 года сел снова. Клэр Леблан, измученная донельзя, отказалась от сына. Но все же приехала к родной матери.

— Если хотите, можете ходить на свидания. Ведь, в конце концов, это вы родили чудовище, — шипела Клэр на Сюзанну Роуэн, — я больше не могу бороться с вашей дурной наследственностью. Можете забирать этого ублюдка обратно.

Узнав ошеломляющую новость, Франциск призадумался. Появление брата-уголовника его не радовало. Впереди маячила хорошо оплачиваемая работа в лаборатории крупной косметической фирмы. Поставить собственную карьеру под удар он не мог.

Убедившись, что мать исправно бегает на свидания в Сантэ, Франциск в один октябрьский день тихо исчез из дома. Снял маленькую квартирку в дешевом округе и стал говорить всем, что родители давно скончались.

К моменту знакомства с Каролиной Франциск полностью отшлифовал свою биографию. Пьяница-отец превратился в рано ушедшего ветеринара. Франциск все-таки не решился сделать из него врача. Мать — в безвременно скончавшуюся домохозяйку. Естественно, что никаких братьев и сестер у него не было.

Родители Каролины дали за дочерью приличное приданое. Через некоторое время Франциск изобрел новую зубную пасту, удачно продал изобретение, вложил деньги в производство другой зубной пасты и стал быстро богатеть. Чем больше франков оказывалось на лицевом счету, тем меньше он хотел их тратить, постоянно боясь нищеты и голода. Мать он так больше ни разу и не видел, даже не знал, жива ли она. Долгое время боялся, что встретит брата, и каждый раз успокаивал себя, что Анри носит фамилию Леблан и официально не является его родственником.

Узнав шокирующие новости, Луиза и Каролина стали расспрашивать Франциска, где он пропадал столько времени.

— В больнице, — ответил тот.

Оказывается, в день своего возвращения из отпуска Франциск встретил в баре отеля приятную молодую даму. Та попросила подвезти ее до ближайшего городка. Роуэну было трудно отказать, и дама оказалась в машине.

Она села сзади и какое-то время щебетала, потом Франциск почувствовал укол в шею и больше ничего не помнил.

Сознание вернулось к нему внезапно. Он открыл глаза и тут же зажмурился: под веки стала забиваться земля. Руки и ноги не шевелились, придавленные тяжелыми сырыми комьями. В ужасе Франциск понял, что похоронен заживо. Попытался кричать, но звук не выходил из пересохшего горла, хотел пошевелить руками и не мог. Оставалось только ждать смерти. От страха и слабости мужчина потерял сознание, а когда пришел в себя, его легкие наполнял свежий ночной воздух.

Он лежал на носилках, вокруг суетились врачи и полицейские. Только спустя несколько месяцев несчастный узнал, что его спасла собака тридцатисемилетнего Александра Ригерта.

Золотистый лабрадор самозабвенно носился по лесу. Вдруг он заскулил и начал разрывать дерн лапами. Хозяин позвал пса, но тот упорно возвращался назад. Александр пригляделся и понял, что куски травы недавно уложены на перекопанную землю. Пока Ригерт раздумывал, Джок разрыл довольно глубокую ямку, и хозяин в ужасе увидел просвечивавшую сквозь комья мужскую ногу. Быстрее лани Александр кинулся к телефону. Он был уверен, что нашел труп. Но удивление его и прибывших полицейских стало безграничным, когда они поняли, что мертвец жив.

Франциска отправили в больницу, где за него принялись медики. Живым Роуэна можно было назвать только с большой натяжкой. От пережитого с ним случился удар. Левая рука не работала, правая с трудом могла удержать листок бумаги, полностью отключилась речь.

Так как неизвестные грабители, а полиция сразу решила, что речь идет об ограблении, догола раздели несчастного, то несколько недель никто не знал ни имени, ни фамилии потерпевшего. Документы отсутствовали, а сам он был не способен ничего сообщить.

Чтобы как-то развлечь больного, сестры читали ему вслух газеты. Так Франциск узнал о... своей смерти в Тунисе и роскошных похоронах. Мужчина понял, что каким-то непостижимым образом Анри занял его место и сумел одурачить членов семьи. Больше всего Роуэна злило то, что подобной ситуации можно было избежать. Стоило рассказать в свое время Каролине правду, и Анри не смог бы осуществить свой план. А в том, что все происшедшее тщательно спланировал брат, Франциск не сомневался ни минуты.

— Как можно было принять этого уголовника за меня! — кричал он на бедную жену, ничего не соображавшую от шока. — Неужели мы так похожи? Да ты просто обрадовалась, что можешь бесконтрольно тратить деньги!

Очевидно, в этом высказывании была доля истины, потому что именно в этот момент несчастная Каролина лишилась чувств. Не обращая внимания на жену, Франциск накинулся на Луизу и Пьера. И тут тихий Пьер взбесился и, наорав на тестя, взял с собой жену и тещу и отвез к себе домой. Потом поехал в полицию и сообщил все дежурному.

— Сейчас у отца в доме штук пять полицейских, — говорила Луиза, — а мы с мамой совершенно не собираемся туда возвращаться. В конце концов, у нас есть свои средства, проживем как-нибудь. Что вы на это скажете?

А что можно сказать на это? От услышанного закружилась голова. Дверь комнаты распахнулась, и на пороге возникла Наташка. Она приветливо сказала:

— Сейчас немного перекусим.

Следом за Наташкой в комнату потянулись

все домашние, привлеченные шумом, прибежали собаки, за ними с Хучиком на руках вошла Селина.

— Лу, — удивилась она, — а как ты сюда попала?

Луиза посмотрела на меня. Я весело потерла руки и голосом бодрой кретинки произнесла:

— Давайте все сядем и спокойно послушаем, что нам расскажет Луиза.

И бедной девушке пришлось повторить свой рассказ. Услышав новости, Селина пошла красными пятнами.

— Бедный папа, какой ужас пришлось ему пережить! А грабителей нашли?

Луиза пожала плечами:

— Бедные мы, жизни теперь не будет. Не знаю, как ты, а мама больше не вернется домой. Кстати, мне надо позвонить.

Я отвела ее к телефону и побежала в столовую. Семья пребывала в крайней степени возбуждения.

— Мамочка, пусть Селина поживет у нас, — взволнованно верещала Маня, — зачем ей ехать домой!

— Нет-нет, — сказала Оксана, — она должна хотя бы увидеться с отцом и поговорить с ним.

— А зачем с ним разговаривать, — встрял Дениска, — и так все ясно. Опять запрут дома и выходить запретят.

— Мне кажется, что обсудить проблему следует на французском языке, — заметила Оля, — а то Селина ничего не понимает.

Мы начали высказывать свои соображения. Тут вошла Луиза, вид у нее был расстроенный.

— Что еще случилось? — спросил Аркашка.

— Мама приехала домой и ждет нас с Селиной.

— Боюсь встречаться с отцом, останусь здесь, — захныкала Селина, — не поеду ни за что.

— Придется, — твердо произнесла Луиза. — Господин Роуэн сказал маме, что, если мы все не вернемся, он переделает завещание и оставит все деньги благотворительному фонду. Так что собирайся.

— Лучше бы он на самом деле умер, — вырвалось у Селины, — опять начнутся издевательства.

В комнате повисло неловкое молчание.

— Послушайте, — обратилась ко мне Луиза, — сделайте доброе дело, поедемте с нами. Отец поостережется устраивать сцены при посторонних. А то, боюсь, как только мы появимся, в наши головы полетят стулья!

Селина умоляюще сложила руки:

— Да, пожалуйста, умоляю. Папа всегда так блюдет внешние приличия, он не станет при вас ругаться, я не выдержу, если на меня будут кричать.

После таких просьб оставалось только согласиться.

— Мамочка, мамусечка, — зашептала Маруся, — возьми меня с собой, мне так ужасно интересно.

— Детка, это же просто неприлично!

— Ну, мамочка, я не пойду в дом, подожду в машине, ну пожалуйста!

Пришлось согласиться и на это.

— Надень сиреневый костюм, серьги с аметистами и то кольцо, что подарил тебе на Рождество Аркашка, — проинструктировала Оля.

— Не забудь сумочку, — напомнила Оксанка.

— И надень туфли, а не кроссовки, — съехидничал Аркадий.

Я тяжело вздохнула и пошла выполнять инструкции. Оделась, подкрасила губы и, довольная результатом, спустилась в столовую. В комнате уже никого не было. В машине я нашла девушек, Маню и... Дениску.

— Ну, мамочка, — заныла дочь, увидев мой красноречивый взгляд, — нельзя же оставить Деню дома одного.

## Глава 14

Во дворе дома Роуэнов стояли полицейская машина и «Скорая помощь». Первый, кого я увидела в холле, был выходящий из гостиной Жорж.

— Вот те на, — недовольно проговорил он, — может, взять тебя на работу в бригаду? Все равно без конца путаешься под ногами, а так хоть деньги будешь за любопытство получать.

Шедший за ним следом эксперт заулыбался и бросился целовать мне руку:

— Мадам, я так давно не встречал вас. Так хотелось...

— Ладно, будет любезничать, — прервал его Жорж, — ты зачем сюда приехала? Да еще и детей приволокла. Собак хоть дома оставила?

Я оглянулась, за моей спиной маячили тихие, как тени, Маня с Деней.

— Вы же обещали не выходить из машины!

Ребята тут же испарились.

— Ну, — повторил Жорж, — зачем ты здесь?

— Мадам — наша гостья, — заговорила Луиза, — и я не понимаю, почему вы позволяете себе разговаривать с женщиной подобным тоном.

— Оставьте, Луиза, — улыбнулась я, — комиссар мой хороший друг, он совершенно не сердится, это у него такая манера говорить с теми, кого он любит.

Жорж крякнул и посмотрел на сестер:

— Ладно, я вернусь через час, и мне нужно будет поговорить с вами.

Девушки согласно закивали головами, и я вошла в гостиную. Высокий худощавый человек поднялся из кресла. Узкий длинный нос, близко посаженные карие глаза, тонкий, сжатый в ниточку рот, жидкие волосы — Франциск Роуэн не был эталоном мужской красоты. Но когда он обратился ко мне, в голосе прозвучала властность человека, привыкшего командовать:

— Вы опоздали на целый час, мадам Реми.

— Я не мадам Реми, меня зовут мадам Васильева, и я привезла вашу младшую дочь. Селина очень напугалась ночью и пришла к нам.

Роуэн чопорно улыбнулся:

— Простите, я принял вас за сиделку, которую доктор вызвал к моей жене. И где же мои дочери?

Сестры робко вошли в гостиную.

— Папочка, — проговорила Селина, — я так рада тебя видеть.

— Мы поговорим об этом позже, — оборвал ее отец.

Минут десять он вел со мной светскую беседу, а потом ясно дал понять, что пора бы тебе, мадам Васильева, убираться восвояси. Я откланялась и вышла на улицу. Возле машины маялись от любопытства дети.

— Ну, что там было? — кинулись они ко мне.

— Ничего, просто вежливо выгнали.

На обратном пути Деня и Маня щебетали, как канарейки, и вдруг девочка спросила:

— А почему вы решили, что это Франциск воскрес из мертвых, может, это его брат прочитал в газетах о смерти в Тунисе и устроил весь этот спектакль!

Я мгновенно нажала на тормоза. Ну и Машка! Высадив детей у супермаркета, я тихо покатила домой и тут же позвонила Жоржу. Комиссар рассмеялся, услышав Машкины предположения:

— Может, предложить ей пойти учиться на полицейского? Редкая сообразительность для ребенка. Та же мысль пришла в голову моим сотрудникам, и мы взяли у Франциска Роуэна отпечатки пальцев. Должен разочаровать тебя — он тот, за кого себя выдает.

— А у близнецов разные отпечатки пальцев?

— Конечно. Более того, тюремная администрация сообщила нам, что Анри в свое время участвовал в драке и на животе у него шрам. Еще и татуировка.

— Странно, что Каролина не заметила подмены.

— Странно, но в этом деле вообще много непонятного. Даша, лучше не проявляй ненужного любопытства. Предоставь профессионалам спокойно делать свою работу.

...Наступил вечер. Я лежала на диване, укрыв ноги пледом. Рядом мирно посапывали собаки. Любимый детектив Агаты Кристи под рукой, чашечка кофе рядом, сигарета — что еще надо человеку для счастья? Только одно — чтобы его не трогали и не звали каждую минуту. Но нет, этого в нашей семье не дождаться. Не успела я раскурить «Мальборо», как в комнате возникла Софи:

— Мадам Оксана взяла детей, и они сказали,

что поужинают в «Макдоналдсе». Странно, что врач разрешает ребятам питаться этой, с позволения сказать, котлетой! Наверное, поэтому Денис такой бледный: привык есть всякую дрянь вместо здоровой еды.

— Да ладно тебе, Софи. Все дети обожают забегаловки. Ничего с ними не случится. Ну дадим им энтестопан, и все.

— Оля поругалась с Аркадием, — продолжала ябедничать Софи, — она последнее время очень нервная, а сегодня утром ее стошнило в туалете. Может, у нас будет малыш?

Я отложила книгу: почитать не удастся. У Софи плохое настроение, и она намерена выложить все чужие секреты. А я очень не люблю знать то, что мне не хотят рассказывать. Меньше знаешь — лучше спишь.

— А Дима не ночевал, — продолжала кляузничать экономка. — Его нет уже почти сутки.

Я села на диване. Придется встать и начать поиски Димы. С его неаккуратностью и невнимательностью он мог попасть под машину. Софи открыла рот, чтобы продолжить тираду, как вдруг раздался дикий собачий визг, ругань, грохот упавшего предмета...

Я выскочила в коридор, на первом этаже творилось что-то невообразимое, звук каких-то странных шлепков, громкий разговор... В холле стояли Дима, Аркадий и Оля. Аркашка прижимал к груди отчаянно визжащего Хучика, на полу растекалась небольшая кровавая лужица. Оля колотила Диму по спине журналом «Космополитен». Банди, как всегда, тихонько подвывал, Снап возбужденно фыркал. На шум прибежали Софи, Наташка и кошки, из кухни притащился Луи.

— Что здесь происходит? — громовым голосом поинтересовалась Наталья.

Оля повернулась к ней заплаканным лицом:

— Этот недотепа убил Хучика.

— Да не трогал я вашу дурацкую собаку, — завопил как-то странно Дима, — жива она и здорова! Просто случайно наступил на него, вот ведь как орет, дохлые собаки, к вашему сведению, молчат. — И очень довольный собой, он с грохотом сел мимо кресла.

Мы с Наташкой бросились к мопсу. Федор Иванович дрожал всем маленьким тельцем. Казалось, что под серой шкуркой нет костей, он тоненько взвизгнул, когда Наталья попыталась взять его у Аркашки.

— Надо срочно вызвать ветеринара, — всхлипнула Оля, — может, Хучик умирает.

— Откуда у него вытекла кровь? — поинтересовался Аркадий. — Вроде ран никаких нет.

— Это моя кровь, — прихихикнул Дима, — когда на пса наступил, схватился рукой за дверь, стекло разбил и порезался. — И он показал длинную царапину на ладони.

Я подошла посмотреть рану и почувствовала, что от парня пахнет алкоголем.

— Дима, да ты пьян! И где ты ночевал сегодня?

— Пьян! Всего-то несколько бутылок пива выпил, а ночевал у друзей, вам сообщить имена?

— Не хами, — надвинулся на него Аркадий.

— Не кричи, тоже хозяин нашелся, — возразил Дима.

— Я-то хозяин, — не остался в долгу Аркадий, — а ты в гостях и веди себя соответственно.

— Фу-ты ну-ты, ножки гнуты, — прогнусавил Дима и стукнул моего сына ногой. Тот не остался в долгу и отвесил ему звонкую оплеуху. Через несколько секунд они уже дрались вовсю, и Аркадий явно проигрывал в схватке.

В эту секунду распахнулась входная дверь, и на пороге возникли Маня и Денис. Увидев, что Дима бьет ее брата, Машка с боевым воплем кинулась вперед и укусила парня за ногу. Дима заорал и со всей силой швырнул девочку в сторону.

Тут уже на него накинулись все, кроме Оли, державшей на руках трясущегося Федора Ивановича. Наталья вцепилась в блондинистые волосы Димы, Дениска лупил его ногой, я и Софи хватали за руки. В какой-то момент Дима изловчился, сунул правую руку за пазуху и через секунду... выстрелил. Мы все замерли от ужаса.

— Брось пистолет, идиот! — не своим голосом закричала Наташка и со всего размаха опустила на голову стрелявшего громоздкую фарфоровую вазу. Бесценный шедевр эпохи Мин рассыпался в прах, Дима слегка покачнулся и рухнул вперед лицом. Мы утерли пот и перевели дух.

Первым делом Аркашка схватил пистолет. К счастью, пуля, пробив окно, вылетела в сад. Дима продолжал лежать не шевелясь.

— Господи, я убила его, — прошептала Наташка.

Аркадий наклонился над неподвижным телом:

— Да нет, он просто пьян и спит.

Словно подтверждая его правоту, Дима громко всхрапнул. Мы посмотрели вокруг: два разбитых стекла, рассыпавшаяся ваза — могло быть хуже.

— А где Хуч? — вдруг вспомнила Оля.

Мы стали заглядывать под кресла, стулья и столики в поисках трупика Хуча. Но мопс как сквозь землю провалился.

— Он у меня, — закричал из кухни Луи, — пьет какао!

— Жив, значит, — радостно констатировал Аркадий.

— А что случилось с Федором Ивановичем? — поинтересовался Денька.

Тут мы сообразили, что дети с Оксанкой пришли уже в разгар драки, и рассказали им о злоключениях мопса. Дениска тут же понесся на кухню, Маня за ним. Аркадий задумчиво почесал голову:

— А что с этим фруктом гнилым делать?

— Надо оттащить его в комнату, — сказала Наталья, — проспится, тогда и поговорим.

— Я не буду его тащить, — возмутился Аркадий, — он свинья, пьяная неблагодарная свинья. Пусть уезжает домой. Ничего хорошего от его мамули вы с Наташкой не видели. Зачем нам здесь пьяницы с пистолетом?

— Ладно, ладно, — примирительно проговорила Наталья, — иди попей кофейку, а я позову Ива с сыном, они отнесут это сокровище наверх.

## Глава 15

Утром Дима переполнился раскаянием. Он буквально вполз в столовую, где мы завтракали. Увидев, как напрягся при виде его Аркадий, парень чуть не заплакал.

— Простите, ну простите, бога ради. Сам не знаю, что на меня нашло, я и пистолет-то в первый раз в руках держал.

Выяснились подробности того, как он провел предыдущий день. Сначала сходил на работу, потом заглянул в кафе, познакомился в Латинском квартале с какими-то ребятами — художниками, пил с ними весь вечер, ночь и утро следующего дня. Потом, не помня как, оказался на Блошином рынке и купил там у здоровенного негра малахитовые бусы и пистолет. Бусы он хотел подарить Селине, а пистолет приобрел просто так, сам не зная зачем.

— Наверное, он мне просто понравился, — каялся Дима. — Прости, Аркашка, в первый раз так напился, и ты, — он повернулся к Мане, — извини, не хотел тебя ударить. И собачку очень жаль!

И тут Дима сделал невозможную вещь: взял на руки Хуча и стал его неумело поглаживать. Видя такое полное раскаяние, все сменили гнев на милость.

— Ладно, ладно, — сказал Аркашка, — с кем не бывает. Ну и напугал ты нас этим пистолетом. Я его убрал.

— Выброси его, бога ради, — взмолился Дима, — даже не знаю, как из него стрелять.

— Ну, вчера у тебя ловко получилось, — отметила Оксанка, — прямо как в кино.

Дима смутился окончательно:

— Это спьяну.

Он отпустил Федора Ивановича на пол и незаметно вытер руки о брюки. Заметивший брезгливое движение Денис беззвучно зашевелил губами.

Конец недели у нас прошел идиллически. Все дети были милы и вежливы. Дима больше не напивался и поминутно пытался гладить животных. Аркадий снизошел до того, что отвез парня к своему парикмахеру.

В субботу приехал обвешанный коробками

Жорж. Шоколадные конфеты, засахаренные фрукты, торт-мороженое — это детям. Оле — книга «Наш ребенок», мне набор новых спиц в чемоданчике, Оксане и Наташке — красивые флаконы духов.

— У нас Рождество? — осведомилась я.

— Нет, — разулыбался Жорж, — просто сегодня небольшой юбилей, и поэтому я привез всем подарки. Кстати, вот здесь небольшой презент для собачек и кошек.

И он жестом фокусника извлек из пакета пару больших мячей, маленький мячик и двух искусственных мышек.

— А что у тебя за юбилей? — поинтересовалась любопытная Маня.

— Ну, не совсем юбилей, — потупился Жорж, — просто день рождения.

Я покраснела от стыда. Боже, совсем забыла, надо как-то выкрутиться из создавшегося положения.

— Помним, помним, что день рождения, — подмигнула я Мане. — Но ты ведь сам рассказывал, что родился поздно вечером. Так что поздравлять тебя будем за ужином, и подарки получишь тогда же. А пока можешь взять собак и погулять в саду.

— Ты помнишь, когда я родился, — умилился Жорж и позвал собак.

— Так, — сказала я, когда он ушел, — Маня, быстренько обеги всех и вели приготовить подарки.

Через десять минут закипела работа. Луи срочно принялся печь торт. Дети начали развешивать в гостиной гирлянды, Дима надувал воздушные шарики. Я же, снабженная списком подарков, отправилась в магазины. Ничего не подозревавший о суматохе комиссар мирно гулял в саду.

Отъехав от дома, я притормозила и изучила список. Маша хотела подарить фигурку мопса, Денька — одеколон после бритья, Оля остановилась на коробке сигар, Наташка придумала новый портфель, Оксана — галстук. Только у меня была пустота в голове.

Поколебавшись несколько минут, я поехала в «Галери Лафайет». Куплю все сразу в одном месте, а от себя презентую зажигалку «Ронсон».

В «Галери» толпился народ. Пробежавшись по этажам и приобретя необходимое, я завернула в кафе. Там тоже было не протолкнуться. И, взяв стакан сока, я стала оглядываться в поисках места.

За одним из столиков, в самом углу сидела Каролина Роуэн. Судя по красным пятнам на ее лице, женщина нервничала.

«Интересно, что она здесь делает?» — подумала я и, опустив поля шляпки, тихонько подобралась поближе. В этот момент за столик к Каролине подсела молодая женщина и взволнованно заговорила. Меня еще больше разобрало любопытство, и я встала почти за спиной Каролины. Но в кафе было шумно, женщины говорили шепотом, и я смогла разобрать только несколько слов.

Внезапно молодая женщина встала и ушла, Каролина залпом выпила стакан воды, но с места не двигалась. Она нервно комкала носовой платок и даже не притронулась к пирожному. Через несколько минут мадам Роуэн наконец встала и двинулась к выходу, я незаметно пошла за ней.

Несколько кварталов Каролина прошла пешком, затем остановилась возле магазина сумок и стала рассматривать витрину. Видимо, заметила слежку. Но не меня. За мадам Роуэн наблюдала еще одна женщина — невысокого роста, в черных джинсах и черной же рубашке. Волосы ее скрывал серый платок, на носу сидели карикатурно большие очки.

Женщина остановилась у соседней витрины и принялась внимательно изучать канцелярские принадлежности. Она не двинулась с места, даже когда Каролина вошла в шляпный магазин. Я перешла на другую сторону, вошла в булочную и через окно продолжила наблюдение.

Десять минут, двадцать, полчаса, господи, что можно так долго делать в магазинчике размером со спичечный коробок! Очевидно, подобная мысль пришла в голову и женщине в черном. Она решительно толкнула дверь шляпной лавки и шагнула внутрь. Но уже через минуту выскочила на улицу и стала растерянно оглядываться. Очевидно, у бутика есть второй выход на параллельную улицу, догадалась я.

Незадачливая сыщица сняла очки, и я увидела перед собой... Селину. Вот это новость! Зачем понадобилось дочери следить за матерью? Что, черт возьми, происходит у Роуэнов? Мучимая любопытством, я стала собирать свои кульки и пакеты, а когда наконец вывалилась со всеми покупками на улицу, Селины и след простыл. Пришлось возвращаться к своей машине...

У Жоржа получился чудесный день рождения. Дети и Оксанка надели красные бумажные шапочки. Гостиную украсили флажками, гирляндами и китайскими фонариками. Снап и Банди щеголяли в бабочках, на Хучика напялили Наташкину золотую цепочку, сама Наташка, Оля и Аркадий нарядились поросятами.

Увидев весь этот кавардак, Жорж был в шоке. Окончательно добило его мое появление с мешком подарков и торжественный вид Луи с тортом в руках. За неимением свечек Денька воткнул в крем 100-ваттную электрическую лампочку.

— Ну, мне все-таки не сто лет, — робко запротестовал комиссар.

— Это чтобы ты жил до ста лет, — нашлась Наташка.

Подарки развернули, торт съели. Жорж устроился в кресле с сигарой, на коленях лежал Хучик. Оля и Аркадий играли в триктрак, остальные мирно смотрели телевизор.

«До чего же хорошо дома», — пронеслось в голове, и в этот момент зазвонил телефон. Маня схватила трубку.

— Мамулечка, тебя.

— Алло.

— Даша?

— Я.

— Вы меня узнали, это Селина. Есть время поговорить?

— Да, конечно, приезжай, если хочешь.

— Нет, я не могу выйти из дома, лучше по телефону.

— Тогда подожди минутку. — И, взяв трубку, я двинулась в холл. — Ну вот, теперь можешь говорить.

— Только хотела предупредить вас, Даша, что если со мной что-то случится, то оставляю...

Селина внезапно умолкла. Я занервничала:

— Селина, продолжай, слушаю тебя.

— Позвоню поздней. — И девушка бросила трубку.

Я в задумчивости побрела в гостиную — почему Селина прервала разговор, что может с ней случиться? Проницательный Жорж прищурился:

— Посекретничала?

— Посекретничала!

Ничего ему не расскажу. Он не делится информацией, и я тоже не стану.

— А мы будем ужинать? — поинтересовалась Маня.

— Ну, ты обжора, Марихуана, — изумился Денис, — только что такой торт съели.

— Это сладкое, — заупрямилась Маруся, — а после сладкого всегда хочется соленого огурчика или маринованного помидорчика.

Внезапно побледневшая Оля подскочила на диване и бросилась вон из гостиной. Мы понимающе посмотрели ей вслед.

— Черт-те что, — хмыкнул Аркадий, — из нее вся еда выскакивает, бедные дети умрут от голода, не успев родиться. Да еще такая нервная стала. Вчера купил такого хорошенького розового мишку, а Олька хотела голубого и давай из-за такой глупости рыдать и упрекать меня в невнимательности.

— Ну, это наблюдается и у животных, — сообщил Денька, — вот самки обезьян...

— А когда ожидается прибавление? — оживился Жорж.

— К Новому году или в начале января, как получится, — ответил Аркадий.

— Подожди-ка, — внезапно изумилась я. — А почему ты сказал, что «бедные дети умрут от голода»? Их что, много?

— Двое, — радостно сообщил Аркадий, — сегодня делали ультразвук и узнали, что двойня. Вот только не могут сказать кто: мальчики или девочки. Лежат очень странно, друг на друге. Да нам и фотографию дали.

И он вытащил из кармана листок с черно-белыми пятнами.

— Где же здесь дети, — изумилась Маня, — какие-то лужи.

— Дай сюда, — потребовала Оксана. — Вот они, твои племянники, смотри. Две головки, ручки, ножки.

Маня в изумлении разинула рот:

— И я такая же была?

— Еще хуже, — хихикнул Дениска.

Оля вернулась в гостиную:

— Первое фото разглядываете? Правда, жуткий вид?

Я была с ней согласна, лучше уж увидеть своих внуков готовыми, а не в виде полуфабриката.

— Сразу двое, как здорово, — радовалась Наталья, — купим такую большую коляску с кружевным зонтиком и две одинаковые кроватки.

— А еще всякие там кофточки и юбочки! — заверещала Маня.

— Зачем им юбки, — возразил Денис, — младенцы лежат в пеленках.

— Тоже мне, специалист по младенцам, — хмыкнула Маруся. — Много ты грудничков видел?

— Я принимал роды у кошек и собак, — гордо заметил Дениска.

— Моя Олька не собака, — возмутилась девочка и треснула мальчишку по затылку.

Тот не остался в долгу.

Я удовлетворенно вздохнула. День рождения определенно удался. Да и двое внуков сразу — тоже хорошо. Может, родятся тихие скромные девочки, будут вышивать носовые платочки. Хотя, если посмотреть, как дерется их будущая тетя... В общем, чудесный день сегодня. Только непонятно, куда опять подевался Дима?

## Глава 16

Прошло несколько безмятежных дней. Наша жизнь крутилась вокруг Оли. Луи самозабвенно давил соки.

— Все то, что продается в пакетах и бутылках, — полная ерунда, — приговаривал он, натирая на терке морковь.

Наташка обложилась книгами «Вязание для ваших детей» и самозабвенно мастерила шапочки. Я поминутно шипела на Аркадия, призывая его поселиться временно в отдельной спальне. Деня подробно объяснял бедной будущей маме процесс родов у мартышки, а Маня поминутно прикладывала руки к совершенно плоскому Ольгиному животу и кричала:

— Когда же они будут активно шевелиться?

До сих пор не могу понять, как бедная невестка выдержала всю эту заботу и не рехнулась окончательно.

В пятницу я купила возле метро «Пари суар», развернула газету и обомлела. На второй странице кричал аршинный заголовок: «Новая трагедия в семье Роуэн». Расширившимися от ужаса глазами стала читать заметку: «Сегодня утром новое несчастье обрушилось на семью известного фабриканта зубной пасты Франциска Роуэна. В восемь утра Луиза Роуэн обнаружила свою младшую сестру Селину повесившейся в ванной комнате на трубе отопления. Девушка перерезала веревку, вызвала «Скорую помощь» и стала делать погибшей искусственное дыхание. Но ни ее усилия, ни старания прибывших медиков не вернули юной жизни. «Я потрясена случившимся и не могу понять, почему сестра это сделала», — сказала нашему корреспонденту Луиза.

Франциск Роуэн от комментариев отказался. Каролина Роуэн помещена в частную лечебницу, у бедной матери помутился рассудок. Следствие по делу ведет комиссар Перье».

Не помню, как добралась до дома и показала газету Оксане.

— Бедная девочка, — ужаснулась та, — какая страшная смерть! Может, поехать к Луизе, помочь чем-нибудь?

Я моментально вскочила в машину и порулила к Роуэнам. Возле особняка стояла тишина, ни полицейских, ни газетчиков. Позвонила в домофон. Ответила Луиза:

— Да?

— Луиза, это я, Даша, откройте.

Ворота отворились, и я влетела в сад. От двери по дорожке медленно брела похожая на тень девушка. Я с трудом узнала всегда аккуратно одетую Луизу. На этот раз на ней висел какой-то халат, косметика отсутствовала. Но странным образом Луиза похорошела:

— Спасибо за визит, — прошелестела она бесцветным голосом, — так непривычно одной в доме.

— А где отец?

— Вызвали в полицейское управление, а потом поедет к маме в клинику.

Несмотря на жару, Луиза зябко передернула плечами.

— Ты ела что-нибудь?

Луиза задумчиво проговорила:

— Вчера, кажется, пила чай.

— Но так же нельзя, — возмутилась я и потащила девушку на кухню, — сейчас велю приготовить ужин.

— Некому велеть, — произнесла Луиза, — отец рассчитал кухарку, мамину горничную, выгнал всех слуг.

— Кто же убирает особняк? — изумилась я.

— Я навела порядок в столовой и гостиной, но пылесосить все комнаты мне не под силу. А мама готовила обед, завтракали и ужинали тостами.

Я заглянула в холодильник: ни яиц, ни сыра, ни масла, ни колбасы. И чем здесь питаются? На полке скучал пакет обезжиренного молока. Так пусто не было у меня даже в былые годы перед зарплатой. В шкафчике нашелся пакет овсянки.

— Будешь геркулесовую кашу?

— Все равно, — ответила Луиза и тихо заплакала.

Матерясь про себя, я стала помешивать кашу.

— Все это ужасно, не могу понять, почему Селина решила покончить жизнь самоубийством.

— Она не делала этого, — невнятно произнесла Луиза, — кто-то убил мою сестру и хотел инсценировать самоубийство.

Я так и замерла над кастрюлькой.

— Откуда ты это взяла?

— Когда полиция осматривала тело, нас попросили выйти, но я была в туалете и слышала через отдушину, как медэксперт объяснял комиссару, что это явное убийство. У Селины на шее от веревки остался такой след, какие не бывают у самоубийц. Эксперт почти на девяносто пять процентов уверен в убийстве.

— А комиссар?

— Он выслушал коллегу и сказал, что в интересах дела надо поддерживать версию самоубийства. Нашей семье официально сообщили, что мы не имеем права хоронить тело, пока идет следствие.

В этот момент каша с громким шипением вылилась на конфорку, в кухне резко запахло горелым. Я уставилась на испорченный ужин.

— Луиза, будь умницей, подожди меня, я съезжу в магазин.

Девушка покорно закивала головой.

В супермаркете я пошвыряла в проволочную корзинку все, что попалось под руку: йогурты, замороженные овощи, пиццу, несколько упаковок готовой китайской еды, пару цыплят, брынзу. Луизу я нашла на кухне на том же стуле.

— Даша, останьтесь, мне страшно в доме одной, вдруг убийца вернется!

— Не вернется, скорей всего это был грабитель, решивший поживиться, — пробормотала я, не веря собственным словам.

Луиза печально улыбнулась:

— Я пока еще не в маразме. В доме ничего не пропало. Селина висела в своей одежде, рядом валялась отброшенная табуретка. Очевидно, она даже не сопротивлялась, а просто спокойно разрешила себя повесить. Почему сестра не кричала, не звала на помощь? И что это за странный вор, устраивающий спектакль с веревкой? Предположим, Селина внезапно помешала кому-то совершить ограбление. Да любой уголовник просто схватит первый попавшийся стул и опустит ей на голову, или пырнет ножом, или выстрелит... А тащить в ванну ночью, когда в доме еще есть люди! Поэтому и боюсь оставаться одна!

— А твой отец, он что, не вернется?

— Нет, он хотел переночевать у мамы в клинике, кажется, он сам боится...

— А где же твой муж?

Луиза печально посмотрела в сторону:

— Пьер выдвинул ультиматум: или он, или мои походы к маме. Но я не могу сейчас бросить маму одну, ей очень тяжело. А отец выставил свои условия: либо я живу дома, либо отправляюсь восвояси к мужу, но тогда нечего рассчитывать ни на какое наследство. А Пьер беден, у меня же очень мало собственных средств, и я надеюсь, что после смерти папы получу довольно крупную сумму денег...

Она замолчала, я не знала, что ей возразить:

— Конечно, останусь у тебя на ночь, не волнуйся.

Мы посидели еще примерно с час на кухне, потом у Луизы стали слипаться глаза.

— Если хотите, ложитесь в комнате Селины, — сонно произнесла девушка, когда я укрыла ее одеялом, — третья дверь по коридору, на ней нарисована буква С.

Я пошла искать свое пристанище. Вид комнаты Селины поразил меня. Можно подумать, что Роуэны живут на пособие по безработице.

Старомодная железная кровать с шариками, узенький диванчик, старенький письменный стол и обшарпанный шкаф. Кровать застелена потертым пледом. И нигде нет ни одной мелочи, которые так любят девочки: ни мягких игрушек, ни фотографий, ни плакатов. Комната была безлика, как гостиничный номер, и уныла, как тюремная камера. Около кровати не стояла тумбочка, а под потолком висела просто электрическая лампочка.

Мне не хотелось ложиться на кровать Селины, и я попыталась устроиться на неудобном диване. Но сон не шел, в воспаленном мозгу крутились дикие мысли. Бедная Селина, что она сказала, когда звонила в последний раз: «Если со мной что-нибудь случится, то оставлю...» Что и где она оставила? Я поднялась и открыла шкаф. На вешалке сиротливо висело несколько дешевых платьев и старенькие джинсы, на полках лежало жалкое бельишко.

В ящиках письменного стола тоже не обнаружилось ничего интересного — старые тетрадки, записная книжка. Я сама не знала, что ищу: письмо, фотографию, какой-нибудь другой предмет?

Разочаровавшись, снова попыталась устроиться на диване, но уснуть не могла. В тоске смотрела я на железную кровать. Надо же, у меня в детстве была точно такая же. Большие шишечки, венчающие спинки, отворачивались. Внутри они полые, и я прятала там конфеты, чтобы полакомиться ночью под одеялом. Бабушка все никак не могла понять, откуда появляются фантики.

Я подскочила на диване и бросилась отворачивать никелированные шары. Бомбошки легко поддавались, и в четвертой по счету обнаружился аккуратно сложенный листок бумаги. Дрожащими от возбуждения руками я развернула листок. На нем аккуратным, совсем детским почерком было написано:

«Анна Дюруа, отель «Зеленая хижина», № 7».

## Глава 17

Судьба Селины не давала покоя. Бедная, бедная девочка, не имевшая даже подруг! Полиция продолжала упорно поддерживать версию самоубийства. Газеты постепенно теряли интерес к этой истории, а когда спустя неделю в пригороде был обнаружен труп известного телеведущего, средства массовой информации получили новую пищу для шума, и о Селине забыли напрочь. На мои робкие вопросы Жорж отвечал сердито:

— Отвяжись, бога ради. Ты что, думаешь, на моих плечах только одно дело? Да у бригады полно работы. Сейчас закончатся кое-какие экспертизы, и тело самоубийцы отдадут родственникам.

Я рассердилась и возмутилась одновременно. Что ж, если комиссар не хочет откровенничать, я тоже не расскажу о том, что знаю. А если он не хочет искать убийцу несчастного ребенка, то этим займусь я сама.

Начинать следовало с отеля «Зеленая хижина» и таинственной Анны Дюруа. Обзвонив несколько крупных туристических агентств, я с тоской узнала, что гостиница с подобным названием никому не известна. Помощь неожиданно пришла от Луизы.

— Я ужасно устала, — пожаловалась она как-то по телефону. — Мама все еще в больнице, Пьер со мной не разговаривает, отец выдает теперь на хозяйство не франки, а сантимы. Дом пришел в полное запустение, убрать успеваю только три комнаты и кухню. Все-таки раньше папина жадность имела пределы, и у нас работали кухарка и горничная. Теперь я должна делать все сама. Так хочется поехать куда-нибудь отдохнуть, но боюсь, что отец посчитает даже «Зеленую хижину» слишком дорогой!

— А что это за «Зеленая хижина», где она находится? — насторожилась я.

— Очень небольшая и дешевая гостиница, где отец традиционно проводит отпуск, — ответила Луиза и простодушно сообщила адрес.

На следующий день, рано утром, я двинулась в путь. Ехать пришлось два часа и еще некоторое время плутать по сельским дорогам. Где-то в одиннадцать часов показалось небольшое двухэтажное здание, выкрашенное розовой краской. «Зеленая хижина» — гласила вывеска.

Припарковав машину на небольшой площадке, я вошла в темноватый холл. За стойкой пожилой портье читал книжку. Увидев предполагаемого постояльца, он отложил детектив и поинтересовался:

— Могу чем-нибудь помочь?

— Хочу получить одноместный номер.

Служащий развел руками:

— Извините, мадам, но все занято.

— Странно, — протянула я, — а господин Роуэн, рекомендовавший ваш отель, сказал, что здесь всегда есть свободные комнаты.

— Вы знаете господина Роуэна? Он отдыхает у нас уже много лет подряд, — портье открыл большую книгу. — Одноместные комнаты заняты, если хотите, можете получить седьмой номер, но предупреждаю, это президентские апартаменты люкс. Стоит дорого.

Согласившись на люкс, я получила ключик с большой деревянной грушей. Симпатичная молодая горничная, чем-то похожая на Олю, потащила сумку на второй этаж.

Люкс состоял из двух комнат: гостиной и спальни. В первой стоял большой полированный стол, четыре стула, небольшой диванчик, два кресла, крохотный холодильничек. На окнах висели зеленые ситцевые занавески.

В спальне была только огромная кровать под зеленым покрывалом и тумбочка с ночником. В комнатах царила стерильная чистота, пахло мастикой для мебели и какой-то парфюмерией.

— Ну что ж, очень мило, — проговорила я, протягивая горничной чаевые, — наверное, господин Роуэн всегда останавливается в этом номере.

Девушка захихикала:

— Ну уж нет. Он такой жадный, просто жуть! Говорят, отдыхает в гостинице двадцать лет и всегда занимает один и тот же номер. Обед подадут в ресторане в час дня. — И девушка исчезла.

Я спустилась на первый этаж, портье продолжал читать книгу.

— Вы наша новая гостья? — раздался за спиной приятный басок.

Я повернулась и увидела высокого мужчину лет сорока, с приятной улыбкой, который тут же представился:

— Управляющий отелем месье Пуле, но постояльцы зовут меня просто Серж. А где удочки, или хотите взять их напрокат?

— Какие удочки? — изумилась я.

— Как? — изумился, в свою очередь, Серж. — Вам неизвестно, чем славится наш отель? Сюда приезжают любители рыбной ловли. Чуть подальше, в стороне от дороги, находятся пруды с карпами. Днем и утром вы их ловите, а вечером кушаете свой улов. Наш повар потрясающе, просто фантастически готовит рыбу!

— Надо же, а господин Роуэн ничего не говорил о рыбалке, сказал только, что у вас можно спокойно отдохнуть.

Тень набежала на приветливое лицо Сержа.

— Вы хорошо знакомы с господином Роуэном?

— Да нет, не очень, кажется, с ним трудно дружить, он такой специфический человек.

— Да уж, это точно.

— И, по-моему, он скуповат.

Управляющий засмеялся:

— Нехорошо обсуждать постояльцев. Строго-настрого запрещаю это сотрудникам хижины. Но можно пройтись до прудов и поболтать по дороге.

Мы двинулись в путь. К счастью, Серж любил поговорить и примерно с полчаса изливал на меня потоки информации.

Франциск Роуэн ездил в «Зеленую хижину» на протяжении двадцати лет и все годы останавливался только в одном номере на первом этаже, к тому же администрация делала ему скидку.

Окна комнаты выходили прямо на кухонный двор. С пяти утра там стоял шум — сначала приезжала машина с хлебом, потом с молоком, затем наступал черед мясника и зеленщика. А по вторникам добавлялась прачечная. Собственно говоря, данный номер редко удавалось сдать, но Франциск согласился сразу, как только узнал про скидку. Однако в этом году произошло нечто странное.

В один из дней Роуэн решил проехаться в соседний городок. Вернулся довольно поздно и совершенно другим человеком. Во-первых, заказал ужин в номер. Так, ничего особенного — бифштекс с жареной картошкой. Но на кухне это восприняли как революцию. И заказ понес сам шеф-повар. Вернулся он минут через десять в состоянии крайнего изумления. Франциск предложил ему стаканчик винца.

На следующее утро Роуэн пришел к Сержу и попросил другую комнату. Управляющий предупредил, что скидка распространяется только на третий номер.

— Ну и черт с ним, — улыбнулся Франциск, — не могу спать, когда так гремят под окном.

И вообще, за один день он буквально преобразился. Раньше прислуга его недолюбливала. Роуэн никогда не давал чаевых. Завтракал, правда, в отеле, но обедать и ужинать отправлялся в закусочную «У Макса» — там намного дешевле. Но на следующий после поездки день он плотно пообедал в ресторане. Жан, подававший еду, бежал почти до прудов с криком:

— Господин Роуэн, вы забыли сдачу!

Франциск любезно улыбнулся юноше и мило сказал:

— Не стоит беспокоиться, возьмите себе, дружок.

Жан обалдел окончательно, то ли оттого, что получил чаевые, то ли оттого, что Роуэн назвал его на «вы». Ведь Франциск знал Жана с детства и никогда не «выкал». Таким образом, весь отель, от хозяина до судомойки, был в изумлении.

...Я прожила в «Зеленой хижине» еще день, но так ничего больше и не узнала, только адрес Анны Дюруа, дамы, которая занимала в свое время люкс. Оказывается, она приехала за день до невероятного превращения Франциска. Провела в гостинице всего сутки и уехала. Свободных одноместных номеров не было, и Анна, не торгуясь, сняла люкс.

Никто из обслуги не мог ничего сказать об этой даме. Только горничная с завистью отметила, что Анна была не только красива, но и прекрасно одета. В особенности понравился девушке оригинальный кулон мадам Дюруа — две хрустальные туфельки на золотой цепочке.

Итак, я уезжала из «Зеленой хижины» с адресом красивой, темноволосой, стройной и прекрасно одетой мадам Дюруа.

Анна жила в Париже, и, не заезжая домой, я поехала прямо к ней. Скромный, всего на десять квартир дом стоял на улице Араго. Это небольшой проулок в дешевом районе под названием Пантен. В маленьких, чистеньких квартирках живут в основном пенсионеры и не слишком обеспеченные люди. На двери подъезда висел домофон, я нашла в списке квартир фамилию Дюруа и нажала кнопку. Входная дверь отворилась сразу.

«Ну и беспечная же эта Дюруа, — пронеслось в голове, когда я входила в маленький, как мыльница, лифт, — даже не спрашивает, кто идет в гости».

Двери квартиры распахнулись, на пороге возникла полноватая блондинка лет сорока пяти.

— Ну, наконец-то, — проговорила она с возмущением, — это называется прийти в девять утра! Да сейчас уже почти полдень, входите живо.

И женщина исчезла внутри квартиры, пришлось последовать за ней в небольшую комнату.

— Вы мадам Дюруа?

— Да, и начинайте побыстрей чинить компьютер, и так массу времени потеряли.

— Я не работаю в фирме по починке техники.

— Кто же вы? — изумленно спросила Анна.

— Я сотрудничаю с бригадой комиссара Перье, — вдохновенно начал врать мой язык. — Вы отдыхали в гостинице «Зеленая хижина» и похитили там, уезжая, электрообогреватель. Давайте вернем вещь по-хорошему, и администрация отеля не подаст в суд.

От возмущения бедная женщина даже задохнулась:

— Я? Я похитила электрообогреватель? Да я даже не знаю, где находится эта хижина и никогда там не была.

— Сотрудники отеля дали ваш адрес. К тому же вас хорошо там запомнили. Правда, описание не совпадает с вашей внешностью. Горничная говорит, что мадам Дюруа темноволосая, худощавая, а на шее у нее висело оригинальное украшение — две хрустальные туфельки.

Анна Дюруа всплеснула руками:

— Да это моя сводная сестра, Катрин, она мошенница, даже в тюрьме успела посидеть! Надо же, что придумала, красть вещи и давать мой адрес. Я этого так не оставлю, поеду прямо к ней и устрою грандиозный скандал.

Я испугалась:

— Наверное, вам не следует вмешиваться. Сообщите просто адрес, предоставьте действовать профессионалам. И потом, к вам должен прийти мастер!

Анна призадумалась:

— Адрес! Да если бы эта мерзавка имела постоянное место жительства. Так ведь скачет с места на место. В последний раз снимала комнату в семейном пансионе на улице..... Но это было год тому назад. Скорей всего, ее там уже нет.

Анна как в воду глядела, пансион Катрин покинула примерно пять месяцев тому назад... Мне сказали, что она собиралась переехать в гостиницу на соседней улице. Там ждала удача. Катрин Дюруа до сих пор жила в 19-м номере. Я постучала. Дверь резко распахнулась, и на пороге возникло небесное создание: стройная белокурая дама в дорогом розовом костюме. Она вопросительно посмотрела на меня:

— Что предлагаете?

— Я ничего не продаю, ищу Катрин Дюруа.

— Это моя подруга, она уехала отдыхать, а вы кто?

— Видите ли, тут произошла такая смешная история. Отдыхала недавно в отеле «Зеленая хижина» и нашла под ковром колечко, очень оригинальное. В администрации сказали, что в люксе до меня жила Катрин Дюруа, и дали ее адрес. Вот, привезла пропажу.

И я стянула с пальца кольцо с аметистом. Ох и влетит же мне от Аркадия! Блондинка медленно взяла кольцо и примерила:

— Великовато, у меня слишком тонкие пальцы. Так, говорите, в гостинице вам дали этот адрес? Спасибо за то, что решили вернуть пропажу. Катрин будет очень довольна. Не желаете кофе?

Я пожелала и вошла в комнату. Женщина любезно предложила устраиваться на неудобном диванчике:

— Так, говорите, отдыхали вместе с Катрин?

— Нет, нет, просто въехала после нее в освободившийся люкс.

— А все-таки что вам надо от Катрин?

— Я же сказала, отдать кольцо.

Хозяйка тихо засмеялась:

— У Катрин нет колец с аметистом, она не любит этот камень. Зачем вы придумали эту историю?

Я поколебалась и решила рассказать правду:

— Одна моя знакомая, Селина Роуэн, знала вашу подругу. Во всяком случае, я нашла в ее комнате записку с именем Дюруа. Очень хочется узнать, что их связывало.

— А почему не спросить просто у своей знакомой?

— Она умерла, покончила с собой. И кажется, мадам Дюруа может пролить свет на эту историю.

Женщина подошла почти вплотную, я почувствовала приятный запах духов, увидела, как от быстрого движения руки распахнулся воротник блузки. На крепкой, загорелой шее засверкали на золотой цепочке две хрустальные туфельки. Мгновенное озарение вспыхнуло в мозгу, и тут же кто-то резко выключил свет.

## Глава 18

Голова немилосердно болела, противная тошнота поднималась из желудка. Глаза никак не хотели открываться, когда же веки наконец разлепились, я обнаружила, что лежу в незнакомой комнате. Все здесь было отвратительно голубым: занавески, белье, халат, висящий на голубом же кресте, около кровати толпились подставки с бутылками, какой-то непонятный аппарат в изголовье противно попискивал через равные промежутки времени. Все походило на больницу. Я поискала глазами кнопку вызова медсестры, но не нашла. Интересно, здесь что, надо встать, выдернуть из себя все шланги и трубки, выйти в коридор и позвать врача?

В этот момент дверь беззвучно распахнулась, и появился симпатичный молодой мужчина в голубоватой пижаме:

— Ну как, пришли в себя, мадам Васильева?

Я кивнула головой:

— Откуда вы знаете мое имя?

Врач радостно заулыбался:

— У вас в сумочке лежат права.

— А как я вообще попала сюда?

— Вас привезла «Скорая помощь», да вот здесь представитель полиции, он сейчас все объяснит!

В палату вошел Жорж. Я в ужасе закрыла глаза, надеясь, что видение исчезнет. Но комиссар Перье удобно устроился в кресле и приказал:

— Открывай глаза, не прикидывайся умирающей.

Я осторожно взглянула в сторону приятеля:

— Как ты узнал, что я здесь?

— Если найдешь в Париже еще одну мадам Даша Васильева, то, пожалуйста, познакомь с ней. Рассказывай все по порядку. Что ты делала в номере Катрин Дюруа?

— Вот не знала, что ее так зовут. Случайно заблудилась и зашла в гостиницу спросить дорогу.

— И поднялась на второй этаж, постучалась в 19-ю комнату и сказала: «Простите, пожалуйста, как проехать на Берлин?»

Комиссар откровенно издевался. Легко смеяться над больным человеком; если бы не тошнота, придумала бы что-нибудь получше.

— А что со мной случилось, почему я оказалась в больнице?

Комиссар возмущенно зашипел:

— Такие люди, вот именно из-за таких людей...

Он просто задохнулся от ярости, потом, успокоившись, продолжил:

— Катрин Дюруа выехала из гостиницы. Объяснила портье, что внезапно умерла ее тетка. Администратор посочувствовал и вызвал такси. А дальше горничная пошла убрать номер, но заболталась с кем-то из постояльцев и решила приняться за работу только через час после отъезда Катрин. Взяла ведро, тряпку, открыла дверь и обнаружила на полу тебя, моя радость. Рядом валялась довольно массивная бронзовая лампа. Ею-то милейшая Катрин и съездила по твоей глупой башке. И очень хочется узнать, почему.

— А Катрин поймали?

— Нет, мы не сразу обнаружили такси, которое отвезло женщину на Северный вокзал. Сейчас она, скорее всего, уже далеко отсюда. Так, жду объяснений.

— Очень болит голова.

— Немудрено, бронзовая лампа, как правило, вызывает именно такой эффект.

— Тошнит.

— Ничего удивительного, у тебя сотрясение мозга. Давай рассказывай.

— А как насчет прав человека? Можно допрашивать умирающего?

— Закон даже разрешает находиться в реанимации, и, если ты сейчас же не начнешь говорить, отшлепаю тебя вот этим предметом.

И Жорж показал на эмалированное судно. Я вздохнула и начала свой рассказ.

В больнице пришлось провести две недели,

никакие просьбы и мольбы не помогли. Домашние стояли насмерть. Они категорически отказывались взять меня домой. Более того, отняли газеты, телевизор и радио.

— Мамуля, — бодро произносил Аркадий, — средства массовой информации тебя волнуют, заболит голова. Читай дамские романы, поедай конфеты.

И он протягивал очередную пачку чтива. От одних названий скулы сводило: «Экстаз в пустыне», «Любовь под пальмами», «Страсть в гареме»... Как только можно читать такое! И ни одного порядочного детектива! Велика была радость, когда утром, возвращаясь с УЗИ, я обнаружила на столе кучу свежих газет. Боясь, что прессу отнимут, засунула всю пачку под халат и ринулась в палату. Сидя на кровати, разложила газеты под одеялом и принялась наслаждаться. В первых двух газетах, датированных вчерашним числом, ничего интересного, зато сегодняшняя «Фигаро» заставила подскочить на месте, остатки волос встали дыбом.

«Злой рок преследует семью Роуэн», — кричал гигантский заголовок на первой странице. «Все боги отвернулись от семьи фабриканта зубной пасты. Сначала нам сообщают о его смерти в Тунисе, но потом оказывается, что Франциск таинственным образом остался жив. Затем сводит счеты с жизнью младшая дочь — Селина Роуэн, а ее мать Каролина оказывается в психиатрической клинике. Сегодня, рано утром, погибает сам Франциск Роуэн, и на этот раз он не воскреснет. В 9 часов владелец концерна «Дентимал» погиб под поездом метро на станции «Северный вокзал». Движение на линии остановили примерно на полчаса.

Приехавшим медикам осталось только собрать части тела несчастного, разбросанные по путям. Кто из оставшихся Роуэнов падет следующей жертвой неумолимого рока?»

Я свернула газету и решительно слезла с кровати. Хватит валяться, пора действовать.

Прежде всего следовало решить, как выбраться из клиники. В моем распоряжении были пижама, халат и тапочки. В таком виде не пройдешь мимо охраны на улице. Секьюрити остановит и отправит назад. А из больницы, как из тюрьмы, можно бежать всего раз. Иначе поставят штамп «склонен к побегам» и будут стеречь в три глаза. Нет, торопиться не стоило.

Пришлось дождаться обеда. После десерта медсестра задвинула шторы и пожелала хорошего отдыха. Я подождала еще минут пятнадцать и тихонько выглянула в коридор: никого.

В клинике свято блюли распорядок дня, в тихий час больным запрещалось ходить по коридорам, они должны были мирно спать в своих кроватках. Врачи к этому времени уходили, оставался только дежурный. А сестры использовали тихий час для своего отдыха, пили чай, курили, в общем, делали то, что им запрещала старшая, но и она к этому времени убегала домой.

Я сняла тапочки и начала красться по коридору. За дверью с надписью «Медперсонал» слышался звон посуды и тихий мужской кашель. Ну, прекрасно, пьют чай, и дежурный врач с ними. Я двинулась дальше, у самой лестницы была каморка, где уборщица держала ведра и тряпки. Если повезет, найду там то, что нужно. Мне повезло. В небольшом шкафчике обнаружились коричневый халат, такой же колпачок и пара старых стоптанных темно-синих туфель. В этом одеянии уборщицы мыли здание.

Я быстренько влезла в халат, размотала бинты и нацепила на голову колпак. А вот с туфлями вышла осечка, размер 35-й, не больше. Может, у них работают китаянки? Кое-как запихав свои лапы 38-го размера в эти Золушкины баретки и прихватив швабру с ведром, двинулась на первый этаж.

Охранник не обратил на меня никакого внимания, и уборщица-самозванка спокойно вышла из подъезда. Несколько минут я усердно терла сухой шваброй входную лестницу, потом тихо поставила ведро, положила щетку и понеслась по улице.

Туфли немилосердно жали, и, поймав такси, я тут же скинула их, боже, какое счастье. Таксист поглядел в зеркальце и спросил:

— А деньги у тебя есть?

Я заверила его в своей кредитоспособности и велела ехать прямо к Роуэнам.

Луиза кинулась обниматься со слезами на глазах:

— Даша, ты откуда? В таком виде, босиком!

Я замахала руками:

— Заплати лучше за такси.

Луиза расплатилась с шофером, и тут мы сообразили, что стихийно перешли на «ты».

— Луиза, дай мне что-нибудь из своих вещей и какие-нибудь туфли.

Через некоторое время, в брюках и блузке, а главное, в лодочках, слава богу, у Луизы оказался 38-й размер, я сидела в гостиной и слушала рассказ девушки.

Несколько недель, прошедших после нашей

последней встречи, были для нее кошмаром. Отец практически не давал денег, а муж перестал с ней разговаривать. Каролину привезли из психиатрической клиники домой, но она лежала в постели и требовала постоянного внимания. Бедная Луиза разрывалась между тремя эгоистичными родственниками, стараясь всем угодить. Но, очевидно, это плохо ей удавалось, так как сегодня утром отец ехидно сообщил, что едет к нотариусу изменить завещание. Но до конторы он так и не доехал, благополучно свалившись на рельсы метро.

— Это ужасно, — всхлипывала Луиза, — но мне его совершенно не жаль. Более того, страшно рада, что он не успел изменить завещание и я сумею получить деньги. Тело сейчас в полицейском морге, Пьер опознал то, что осталось. А когда полицейские сообщили маме, та хлопнулась в обморок, и доктор подозревает, что ее нервы не выдержат еще и этого испытания. И вообще, у нас тут полно всяких странностей.

Я навострила уши:

— А что такое?

— Кто-то регулярно обшаривает дом. Сначала перевернули письменный стол у отца, потом обыскали секретер и ничего не взяли. И вообще, этот любопытный — ужасный идиот. Представляешь, он высыпал всю овсянку и зачем-то вывалил джем из банки. Какие-то дурацкие действия. И ведь у нас практически никого не бывает из посторонних. Может, это мама окончательно сошла с ума и безобразничает?

Я вспомнила испорченное варенье, паштет и призадумалась. Нет, это не Каролина.

## Глава 19

Домашние возмущались моим побегом из больницы. Разъярилась даже тихая Оля:

— Как ты могла так поступить, мне совершенно нельзя волноваться, и без того тошнит целый день! Ну зачем удрала, недолечившись?

— Во-первых, там на завтрак дают обезжиренный йогурт, а на обед суп из шпината, во-вторых, нет телевизора и вообще скучища.

Оля передернула плечами:

— Суп из шпината всегда напоминал мне суп из тряпки. Ох, и достанется же тебе от Жоржа!

Комиссар не заставил себя ждать:

— Больница может подать в суд за кражу.

— Бог мой, пошлю им чек за это рубище.

— Не забудь о ведре и швабре!

— Но я же оставила их на ступеньках.

Жорж развел руками:

— Ты оставила, а кто-то утащил.

И он долго читал лекцию о безобразном поведении. Тут, к несчастью, прибыла Оксана. Не прошло и пяти минут, как они нашли с комиссаром общий язык и запретили мне все: вставать, ходить, читать, говорить по телефону, смотреть телевизор, принимать гостей.

— Сотрясение мозга, — вещала подруга, — чревато серьезными осложнениями: головными болями и...

— Ну, это только в том случае, когда в голове есть мозг, — вздохнул Аркадий.

— А еще, — не сдавалась Оксанка, — очень важна диета. Что-нибудь легкое, нежирное и неострое.

— Суп из шпината, — предложила Оля.

— Да, — обрадовалась эскулапша, — чудесно! Шпинат чрезвычайно богат витаминами. Исключите шоколад, мороженое, алкоголь, сигареты.

На следующий день, после обеда, я лежала в кровати и читала любимую Агату Кристи. Дверь тихонько приоткрылась, и я быстро сунула детектив под одеяло. В комнату робко вошел питбуль.

— Бандюша, мальчишка, иди сюда.

Собака с готовностью вскочила на кровать и прижалась ко мне гладким боком. Я вытащила «Убийство Роджера Экройда» и продолжила чтение. Дверь снова скрипнула, не отрывая глаз от книги, я проговорила:

— Входи, Снап.

Но это была Маня.

— Ага, читаешь, а Оксана запретила. Но я никому не скажу, если поможешь мне!

Жертва посмотрела на шантажистку:

— Чего тебе надо?

— Мамулечка, у меня доклад о ретророманском языке.

— Ну ладно, пойдем к тебе, может, я еще не все забыла.

Мы отправились в Марусину комнату. Там царил жуткий беспорядок. В кресле валялись джинсы, кофты и блузки. На письменном столе громоздились горы книг и тетрадей. Вокруг кровати были разбросаны аудио- и видеокассеты, на ковре там и сям виднелись кучки хлама: расческа, флакон «Амбрэ Солэр», пульт от телевизора, клубок со спицами.

— Маня, — искренне возмутилась я, — ну и свинство!

— Мулечка, — затрещала девочка, — совершенно нет времени. Столько уроков задают, а еще мы с Денькой записались на курсы в Ветеринарной академии, там так интересно! Подожди, сейчас покажу тебе схему пищеварительного тракта собаки.

И она понеслась к книжным полкам. Раздался противный чавкающий звук. Это мой слоненок не заметил на полу открытый флакон с «Амбрэ Солэр» и со всего размаху наступил на него. Жирная белая струя крема выплюнулась прямо на ковер. Маня всплеснула руками:

— Я нечаянно.

— За нечаянно бьют отчаянно.

Машка подобрала бутылочку, потрясла:

— Ну, все вылилось. А что там тарахтит?

Я взяла у нее флакон и тоже потрясла:

— Не знаю, наверное, такие шарики, которые кладут в лак для ногтей, чтобы не густел.

— Зачем, зачем кладут?

— Ну, взбалтываешь пузырек с лаком, шарики тоже болтаются и перемешивают лак, наверное, и в крем такие кладут.

— Никогда их не видела.

— Да ладно, надо здесь чуть-чуть прибрать, а то Софи будет недовольна.

И я попыталась собрать крем с пола.

— Нет, хочу посмотреть на эти шарики, — решительно заявила Маруся и принялась кромсать несчастный флакон ножницами.

Все-таки в Машке иногда просыпался пятилетний ребенок. Я вздохнула и стала вешать в шкаф вещи.

— Мамуля, — выдохнула девочка, — мамуля, ты глянь, какие шарики!

На письменном столе в остатках крема лежали потрясающей красоты камни. Конечно, брилллианты легче всего подделать. Но эти, даже испачканные, выглядели убийственно настоящими. Свет настольной лампы отражался в многочисленных гранях. Я медленно взяла один из диамантов, подошла к окну, помедлила секунду и чиркнула по стеклу. Появившаяся глубокая царапина свидетельствовала о том, что это подлинный алмаз.

Бог мой, сколько же их здесь, настоящее сокровище Али-Бабы! Так вот что так упорно искал неизвестный, портя варенье и паштеты, вот что требовали у Оксаны, вот они — слезы. Оставалось только понять, кто положил это богатство в крем, кто искал камни и кому они принадлежат.

— Это что, бриллианты? — спросила Маня.

— Похоже.

И мы пошли в ванную комнату. Аккуратно вымыли найденное, вытерли, пересчитали. Восемнадцать штук довольно крупных и удивительно прозрачных камней. Страшно представить, сколько стоит этот клад!

В Маруськиных вещах отыскалась железная коробочка из-под ментоловых таблеток. Мы положили на дно вату, а сверху насыпали алмазы. Я взяла коробочку и обратилась к дочери:

— Манечка, умеешь хранить тайны?

— Обижаешь, — надулась девочка, — никому слова лишнего не скажу, если не надо.

Я вздохнула, это было правдой. Стоило только вспомнить дело об убийстве Жана Макмайера, Наташкиного мужа. Тогда отважный ребенок помог моей подруге и не выдал никому, даже мне, тайну. Да, на Маруську можно положиться.

— Извини, мой ангел, я вовсе не хотела тебя обидеть, просто так сказала. Так вот, об этих камнях нельзя никому рассказывать. Кто-то их давно ищет, и этот кто-то готов ради них на все.

— Из-за этого рылись в варенье?

— Думаю, да. Преступник решил, что мы спрятали алмазы в банку с заготовками. А Дениска из-за этого богатства попал в Бутырку. Видишь ли, я не хочу, чтобы ищущий догадался, что камни у нас. Пусть надеется, что мы ничего не знаем...

— Мамусечка, а кто это — ищущий?

Я тяжело вздохнула:

— Не знаю, детка. Во всяком случае, кто-то из близких. Дом методично обшаривают уже долгое время, скорее всего по ночам.

— Но ведь ты не подозреваешь тетю Оксану и Деньку?

— Нет, котик, они сами сильно пострадали во всей этой истории.

— Ну тогда кто? Тетя Наташа? Аркашка и Оля? Комиссар Жорж? А может, София, Луи или Ив? Дима?

Я призадумалась. Всех вышеназванных смешно подозревать. Наиболее вероятным казался Дима. Но ведь паштеты и варенья испортили в ту ночь, когда он пьянствовал в Латинском квартале. Вдруг в дом регулярно забирается посторонний злоумышленник? Тихо пролезает и тихо вылезает, и так много дней подряд? Нет, это абсурд. Прежде всего необходимо выяснить, как эти камни попали в «Амбрэ Солэр», кто их ищет и кому они принадлежат.

Взяв с Маруськи самое честное благородное слово держать язык за зубами, я пошла в кабинет. Когда-то здесь оборудовали небольшой сейф. О его существовании знали только я и Наташка. Никто из гостей и детей не подозревал, что за томами

«Древних мыслителей Востока» есть дверца. К тому же, чтобы добраться до сейфа, следовало знать, как отодвинуть заднюю стенку полки, но, даже обнаружив дверцу, ее невозможно было открыть без ключа. Он лежал, можно сказать, на самом видном месте, но никто не догадывался, где именно. На письменном столе стоял небольшой глобус. Если нажать на кнопку с внутренней стороны подставки, полушария раскрывались, и в этой оригинальной коробке хранился ключ.

Я спрятала бриллианты под кучей старых писем и, отягощенная тяжелыми раздумьями, двинулась в гостиную. Там на диване в полном изнеможении лежала Оля.

— У меня нет больше сил, — простонала она.

— Что, так тошнит?

— Жуть. Дурно от всего: от цвета, запаха, звука... Вот уж не думала, что это возможно. Вчера Кешка поцеловал меня, и я сразу понеслась в туалет. Теперь он обижается, говорит, что хорошую жену при виде любимого мужа не мутит!

Я засмеялась.

— А где любимый муж?

— Моет во дворе Снапа, а Денька держит Банди, чтобы не убежал.

— Так ведь собак только что мыли.

Оля замахала руками:

— Ну что ты, они так воняют собачиной.

Я тихонько усмехнулась, надо спросить у Оксанки, сколько времени длится токсикоз беременных. Невестка и правда плоховато выглядела. Бледная, под глазами круги, щеки ввалились.

— А Оксанка куда подевалась?

— Они с Натальей отправились покупать подарки Аркадию.

Боже мой! Что же я за мать такая! Ведь завтра 29 сентября, Кешкин день рождения. То-то Луи вытащил большую форму для торта. Все помнят о дне рождения ребенка, кроме родной матери. Вот уж точно не мать, а ехидна какая-то.

Оля с подозрением глянула на меня:

— Что притихла, небось забыла про день рождения-то!

— Вот и нет, — фальшиво возмутилась я.

— Забыла, забыла, — продолжала ехидничать проницательная Оля, — а помнишь, как ты меня 13 октября поздравила?

Да, был такой случай. Ну с кем не бывает, ну перепутала 13 октября и 13 ноября, подумаешь, ведь не нарочно. Зато какой подарок красивый: хрустальный домик с музыкой и подсветкой!

Оля перестала хихикать и со стоном откинулась на подушки. Я оставила ее мучиться на диване и побрела в гараж. Надо купить подарок. Вот только что? Хотелось придумать что-то оригинальное. Часы, зажигалки, галстуки, запонки, брючные ремни, портсигары — что еще дарят мужчинам? И главное, все это у него есть.

Я села в машину и тихо поехала в сторону центра, авось что-нибудь попадется на глаза.

## Глава 20

Я увидела их в «Макдоналдсе». Очень люблю все эти гамбургеры, чизбургеры, жареные картошки и ягодные пирожки. К сожалению, мою любовь к фаст-фуд разделяла только Маня. Все остальные с презрением отзывались об этих, как говорил Аркадий, рыгаловках. Поэтому о посещениях «Макдоналдса» я предпочитала не распространяться, но с радостью использовала каждую минуту, чтобы заглянуть туда.

Вот и на этот раз биг-мак быстро исчез с подноса, и я удовлетворенно огляделась по сторонам.

В самом дальнем углу возле стены оживленно разговаривали две женщины. Обе показались знакомыми, и я повнимательней пригляделась. Точно! Одна — Каролина Роуэн. Что, черт возьми, она делает? Ведь ей очень плохо, и врач не выпускает ее из дома, Луиза говорила, что мать даже не спускается в столовую и проводит целые дни в запертой изнутри спальне. Вот оно что! Запирает комнату, притворяется больной, а сама бегает в «Макдоналдс»! Просто невероятно.

Но все мысли разом вылетели из головы, когда я узнала вторую собеседницу. То была Катрин Дюруа. Что за тайна связывала этих женщин? Почему им потребовалось спрятаться в дешевой закусочной, чтобы поговорить? Навряд ли их объединяла любовь к гамбургерам. Как бы подобраться поближе и послушать, о чем они воркуют?

В этот момент Катрин резко встала и двинулась к выходу. Я прикрыла лицо стаканом с колой. Что делать? Пойду за ней!

По улице брели редкие прохожие, и я опасалась, как бы Катрин не увидела меня. Но та, казалось, не замечала слежки: разглядывала витрины, два раза заходила в магазины. Купила хлеб, ветчину, яйца. Наконец мне показалось, что она идет домой, и я, честно говоря, этому обрадовалась. Ноги устали от двухчасовой пешей прогулки, и я искренне надеялась, что визит Катрин в галантерейную лавку станет последним.

Я прождала ее несколько минут, потом заглянула в витрину. В магазинчике никого не было. Толкнула дверь и вошла внутрь, приветливая пожилая продавщица за прилавком улыбнулась:

— Что желаете?

— Сюда только что зашла моя подруга.

Продавщица пожала плечами:

— Покупательница воспользовалась вторым выходом на...

Не дослушав, я бросилась к другой двери, параллельная улица выглядела пустынной. У выхода валялся коричневый бумажный пакет с продуктами. Я замерла в растерянности и машинально подняла его: хлеб, ветчина, яйца превратились в яичницу. Значит, заметила слежку. Кто-то подергал меня за юбку:

— А это не ваши покупки, их потеряла мадам из 9-й квартиры.

Возле колен стоял маленький чумазый мальчик, настоящий Гаврош в потертых клетчатых брючках, грязноватой рубашечке и сбитых ботинках. Я присела и посмотрела ребенку в глаза.

— Видишь ли, эта мадам потеряла покупки, а ты знаешь, где она живет?

Мальчишка серьезно кивнул головой.

— Давай тогда отнесем ей потерю. Вдруг соберется поужинать, а нечем.

Ребенок ткнул измазанным пальцем в сторону рыбной лавки:

— Она живет во дворе этого дома, квартира девять. А зовут ее мадам Леклерк. Я-то точно знаю, потому что она посылала меня на почту и денег дала.

Прихватив испачканный пакет, я пошла искать нужный дом. На лестнице омерзительно пахло кошками, ступеньки выглядели заплеванными, а окна в подъезде не мылись, кажется, со дня взятия Бастилии. Квартира девять оказалась на первом этаже. Я позвонила.

— Кто там? — раздался за дверью голос.

Удостоверившись, что нет «глазка», я пропищала детским голоском:

— Это я, мадам Леклерк. Вы потеряли продукты, а я их принес.

Дверь распахнулась, на пороге показалась Катрин. Увидев меня, она попыталась захлопнуть створки, но я недаром зачитывалась детективами и моментально всунула внутрь ногу. Несколько минут мы молча боролись друг с другом. Наконец победа оказалась на моей стороне, и я ввалилась в убогую, темную прихожую:

— Ну что, Катрин, решила, что я дура, да? Бросила пакет в надежде, что я подумаю, будто ты далеко убежала?

Женщина затравленно подняла глаза.

— Что надо? Чего бегаете за мной и пристаете с дурацкими вопросами?

— Ладно, ладно. — Я примирительно протянула к ней руки. — Мне ничего особенного не надо, я не служу в полиции, только кое-какая информация. Совсем ерунда. Во-первых, что вы делали в отеле «Зеленая хижина», а во-вторых, что за тайны у Каролины Роуэн, сколько она заплатила вам за молчание?

Наглый блеф и шантаж достигли цели. Катрин стала мертвенно-бледной, на посиневшем лице резко выделился заострившийся нос. Что же ее так испугало, может, упоминание о деньгах?

— Дам вдвое больше франков, чем Каролина,

если расскажете все, — я двинулась ва-банк. — Дам много-много денег.

Катрин ухмыльнулась:

— А за что дадите?

— Я же сказала, за информацию.

Катрин продолжала ухмыляться:

— А чего я такого знаю? В «Зеленой хижине» отдыхала, а с этой, как ее там по имени, незнакома.

— Как незнакома? А с кем вы в «Макдоналдсе» секретничали?

— А-а, — протянула Катрин, — да она просто подсела и привязалась с дурацкими разговорами о погоде, право слово!

Она прищурила удивительно честные глаза, потом пробормотала:

— Вижу, не верите, дайте дверь запру.

Пришлось посторониться. Катрин подошла к двери, но вместо того, чтобы запереть, внезапно раскрыла ее и выскочила на улицу. Я понеслась за ней.

Катрин бежала по узкой улице, как большой заяц, какими-то неровными скачками. Редкие прохожие с удивлением смотрели ей вслед. Зрелище поистине интересное: две женщины опрометью бегут неизвестно куда.

В гонке явно побеждала более молодая и спортивная Катрин. К тому же на ней были удобные кроссовки, а на мне узкие туфли на каблуке. Содрав с ног лодочки, я продолжала погоню босиком, понимая, что безнадежно отстаю. Еще пару секунд, и женщина свернет на другую, большую и шумную улицу. От злости и обиды слезы выступили на глазах, кашель мешал бежать. Я была готова прекратить преследование.

В эту минуту раздался какой-то хлопок, и

Катрин, споткнувшись, упала навзничь. В два прыжка я настигла ее и ухватила за щиколотку.

— Ага, попалась.

Но женщина молча лежала лицом вниз, только какими-то судорожными движениями пыталась вырвать свою ногу из моих рук. Конвульсии эти походили на судороги. Но я крепко вцепилась в свою жертву.

— Вставайте, Катрин.

Но та не отвечала, даже перестала дергаться. Просто лежала, как тряпичная кукла, в странной позе: на животе, с вывернутыми ладонями, вверх руками.

Я отпустила ногу и повернула Катрин на спину. К моему изумлению, она не сопротивлялась, тело тяжело шлепнулось на лопатки, и я почти лишилась разума от ужаса. У молодой женщины... не было шеи.

Сразу под подбородком виднелось что-то ужасное, почти черное. Из этого черного толчками выливалась бордовая жидкость, она текла и текла, пачкая футболку жертвы. Я присела, вернее, свалилась на зад, возле бедной Катрин и закричала:

— Помогите кто-нибудь, врача, срочно!

На крик открылось одно из окон, высунулась всклокоченная мужская голова и непонимающе уставилась на мостовую.

— Месье, вызовите врача.

— Я уже позвонил в полицию.

Где-то вдалеке послышался вой сирены. Катрин лежала с открытыми глазами, кровь больше не фонтанировала. Мертва! Каким-то образом, упав, распорола себе горло. Теперь сюда мчатся полицейские, и что же им рассказать? Я вскочила на ноги и побежала с места происшествия.

На улице уже стемнело, когда удалось наконец добраться до дома. Таксист не поверил мне на слово и, велев ждать в машине, сам позвонил в дверь. Открыла Оля. Через секунду она расплатилась, и я на подкашивающихся ногах вылезла из машины.

Невестка в изумлении уставилась на меня:

— Боже, ты где была?

— Ездила покупать Аркадию подарок.

— Ну и что? Побывала на бойне и приобрела в качестве презента сырую печень? Погляди в зеркало!

Пришлось поглядеть. Бесстрастное стекло отразило кошмарную фигуру. Волосы всклокочены, тушь и помада размазаны по лицу, на колготках зияют дыры. Светло-желтый костюм покрыт кровавыми пятнами, руки почернели от грязи.

— Нет, отвечай сейчас же, где была? — настаивала Оля.

Я беспомощно молчала, ну не пугать же беременную жуткой правдой. Положение спасли собаки. Они парочкой вбежали в холл, Снап тащил в зубах Хучика. Увидев меня, ротвейлер разинул пасть и завыл в голос. Меланхоличный Федор Иванович остался лежать на ковре, глядя на меня во все свои выпученные глазки. Питбуль тоже поглядел на меня как-то робко, потом боком приблизился, обнюхал юбку и, задрав ногу, пописал прямо на подол.

— Вот, — радостно сказала Оля, — теперь картина завершена полностью. Ты настолько чудесно выглядишь, что Банди решил: перед ним мусорный бачок.

## Глава 21

Я проснулась от яркого света. В незанавешенное окно глядела беспросветная ночь. Не успела я сообразить, что происходит, как прямо на одеяло шлепнулась пара элегантных лодочек.

— Что это? — раздался голос неизвестно откуда взявшегося Жоржа.

— Мои туфли.

— А это?

Следом полетела сумочка.

— Да, черт побери, что происходит. Зачем будить человека посреди ночи! Это моя сумка.

— А теперь изволь ответить, каким образом эти так называемые аксессуары оказались без тебя на улице... возле трупа Катрин Дюруа?

Сказать было нечего. Жорж навис надо мной и неожиданно спокойно продолжил:

— Должен буду задержать тебя по обвинению в убийстве.

— Что ты несешь, какое убийство?

— Мать, прошу, расскажи правду, — сказал Аркадий.

И тут я увидела, что в спальне столпились домашние. Оксанка, Оля, Наталья, Маня, Дима — все с заспанными лицами, в халатах. Особенно рассмешил Денька, ни за что бы не поверила, что он спит в пижаме, украшенной картинками из мультика про Симпсонов. Итак, все здесь и, выстроившись свиньей, идут на меня войной.

— А что, разрешается проводить допрос в ночное время?

Жорж побагровел и стал удивительно похож на Хучика.

— Мать, кончай базар! — взорвался Аркадий.

— Тебя могут посадить в Сантэ, — встряла Наталья.

— За что это?

Жорж вытащил из кармана блокнот:

— Вот показания Андрэ Сила, 57 лет, француза, проживающего на улице... дом два, квартира семь.

И он начал читать:

— «Вечером услышал на улице крики. Выглянул в окно и увидел, как дерутся две женщины. Одна хватала другую за ногу. Несколько минут они боролись, потом та, что нападала, повернула жертву на спину и отрезала ей голову. Пока вызывал полицию, убийца убежала».

Я села на кровати:

— Но он же кретин, идиот. Как только такое могло прийти в голову? Катрин сама упала и чем-то распорола горло.

Жорж закивал головой:

— Согласен, согласен. Свидетеля немного занесло. Мы это поняли, когда увидели, что у Дюруа прострелена яремная вена.

— Прострелена?

Я вспомнила хлопок, предшествующий падению бедной женщины.

Комиссар сел в кресло, домашние столпились вокруг него.

— Теперь представляете мое изумление, когда полицейские сначала принесли туфли, а затем сумочку с документами Даши. Счастье, что бригада ее великолепно знает, и все поняли, что мадам опять изображает из себя Эркюля Пуаро.

— Расскажи быстренько все, — сказала Наташка.

Я вздохнула и стала каяться. Друзья и родст-

венники слушали раскрыв рот. Комиссар неодоб-
рительно покашливал. Наконец рассказ иссяк.
Жорж трубно высморкался, сложил платок и торжественно произнес:

— Теперь всем понятно, что выпускать из дома эту Шерлоку Холмсицу просто нельзя. В этой
истории и так уже куча трупов, и очень не хочется, чтобы следующим оказался Дашин.

Итак, меня посадили под домашний арест.
В особенности возмущался Аркадий, когда узнал,
что моя машина простояла всю ночь возле «Макдоналдса».

— Ну ты даешь, — кипел он, — пошла отда-
ваться своей пагубной страсти: поеданию жутких
котлет. А потом занялась частным сыском и забыла все на свете.

— Да, — неожиданно подтявкнул Дима, — это
ужасно безответственно.

Я в изумлении поглядела на нашего нахлебни-
ка. До сегодняшнего дня он не отваживался меня
критиковать.

29 сентября потекло своим чередом. Справили
день рождения Аркашки, он тактично промолчал, получив от меня в подарок лишь сладкий по-
целуй. К вечернему чаю и торжественному выно-
су торта прибыл Жорж.

Луи испек что-то невероятное: трехэтажный
кремовый торт, украшенный сахарной фигуркой
с табличкой «Аркадий».

— Ой, какая красота! — завизжала Маня. —
Можно, я съем его?

— Нет уж, — возразила Оля, — есть мужа обя-
занность жены. Впрочем, если хочешь, я только
откушу голову, а тебе отдам остальное.

Раздался звонок в дверь. Дима пошел открывать, задел ногой за угол ковра и, споткнувшись, упал между диваном и столом. Обрадованный Хучик, решив, что это какая-то новая увлекательная игра, попытался влезть ему на спину. Жорж подхватил собачку. Дима, кряхтя, встал на ноги.

— Ну и упал же я, хорошо, ничего не разбил.

— Послушай, — влез с советом Дениска, — а может, тебе купить наколенники и шлем? Ну знаешь, в таких хоккеисты ездят!

Дима недобро взглянул на парнишку и собрался что-то ответить, но тут в гостиную вошла Луиза.

— Лу, — обрадовалась я, — хочешь кофе или чаю?

Тактичная девушка смутилась:

— У вас, кажется, семейный праздник...

— Ничего, ничего, — радушно сказал Аркашка, — торт большой, на всех хватит.

И мы сели за стол, выпили на французский манер вина, потом по русской привычке чай и съели почти весь гигантский торт. Действительно, хватило всем, даже собаки получили по куску.

— В конце концов, у меня только раз в году день рождения, — оправдывался виновник торжества, скармливая Хучику кремовую розу.

Дождавшись, пока все закурят, Луиза подошла ко мне:

— Наш дом опять обыскивали. Кто-то перевернул все вещи у мамы в гардеробной и оторвал каблуки у туфель.

Я знала, что ищет таинственный взломщик.

— Лу, а у вас есть фамильные украшения и где они хранятся?

Девушка улыбнулась:

— У мамы потрясающе красивое изумрудное

колье, кольцо и браслет. Этот совершенно уникальный набор прадедушка подарил прабабушке. Оправа, конечно, старомодна, но камни потрясающие. Насколько я знаю, мама надевала их только раз, в день своей свадьбы. Еще кое-какие кольца, платиновые часы, жемчужное ожерелье, серьги... А лежит все у мамы в спальне, в туалетном столике.

— У кого-нибудь в семье есть бриллианты?

— Селине дедушка подарил на четырнадцатилетие кольцо и серьги с бриллиантами, а мне на шестнадцатилетие с алмазной россыпью. Еще у мамы лежит медальон, там в крышку вставлен довольно крупный камень чистой воды. Вообще, бабушка с дедушкой — а все драгоценности нам достались от них — не любили бриллианты. Они считали семейным талисманом изумруд.

— Может, твой отец скупал бриллианты, не ювелирные изделия, а просто камни — так сказать, в чистом виде?

Луиза звонко рассмеялась:

— Папа! Да он признавал только деньги и говорил, что лучше всего хранить их в банке.

— В каком?

— В какой! Пол-литровой или трехлитровой. Это, конечно, шутка, но бриллианты он никогда не покупал, да и подарков никому не делал. Представляешь, на 15 лет принес шоколадку и сказал, что глупо праздновать день рождения, поскольку человек делает очередной шаг на пути к могиле. Я запомнила его слова потому, что это был единственный раз, когда он вообще вспомнил про день рождения. В детстве я даже не знала, что кто-то отмечает подобную дату. Так удивилась, когда в первом классе соседка по парте пригласила на день рождения. Вот где было здорово: подарки, танцы... До сих пор помню свой восторг, а потом жгучую зависть. Я пришла домой и расплакалась у мамы в спальне, и на мой день рождения мы с ней и Селиной тайком от папы отправились в ресторан, и мама подарила плюшевого мишку.

— Странный человек был твой отец. А может, ты не знаешь, вдруг он вкладывал деньги в камни и хранил их в банковской ячейке.

— Да нет, он никогда не абонировал сейф, это же дорого. Все ценности лежат дома, что-то в спальнях, что-то в кабинете, вообще все свободные средства он вкладывал в свой концерн, все время говорил: «Деньги должны работать больше, чем люди». Так что бриллианты не его хобби.

— О чем секретничаете? — спросил подошедший Дима.

— О бриллиантах, — серьезно ответила Луиза.

— А у вас их много? — оживился парень.

— Ну да, целая коробка, 18 штук, и каждый с голубиное яйцо, — пошутила Луиза.

— И где же хранятся эти сокровища?

— О, сначала надо попасть в кухню, из кухни в прачечную, там стоит старая-престарая стиральная машина. Надо отодрать заднюю панель, и там под изоляцией лежит шкатулка.

— Дима, — позвал Аркадий, — поди сюда.

Парень отошел, Луиза хихикнула:

— Какой смешной и доверчивый, по-моему, он мне поверил.

— А нельзя ли получить кофе? — поинтересовалась Оксанка.

— Сейчас попрошу сварить, — радостно предложила Оля и пошла к двери, но вдруг остановилась.

— Что случилось? — забеспокоилась Наташка.

— Да какое-то непонятное ощущение в животе и голове одновременно.

— Как это? — поинтересовалась Оксана.

— Ну в животе что-то так странно поджимается, голова вроде кружится, а на уши как шапка натягивается, слышу плохо.

— И давно с тобой такое?

— Она со вчерашнего вечера недомогает, — заметил Аркадий, — ночью плохо спала, весь ужин в унитаз снесла.

— Да я уже несколько месяцев кормлю своего фаянсового друга, — засмеялась невестка, — наверное, вчера магнитная буря пронеслась или давление упало.

— Ох, не нравится мне это, — проговорила Оксана, — завтра прямо с утра едем к врачу.

## Глава 22

В больницу мы приехали около одиннадцати утра. Доктор Виньон долго беседовал с Ольгой, потом вышел к нам:

— К сожалению, должен оставить будущую маму в больнице.

Аркадий побелел:

— Что, так плохо?

— Нет, нет, но мне не очень нравится тонус...

И акушер пустился в медицинские подробности. Мы с Аркадием не поняли ни слова, но Оксана слушала перевод с явным интересом и пояснила:

— Они ее кладут, как у нас говорят, на сохранение. Жаль, не прихватили все необходимое, надо поехать домой и привезти.

— Что привезти? — удивилась я.

— Как? Тапочки, пижаму, мыло, кипятильник... Ты в больнице лежала когда-нибудь? Еще чаю хорошо взять, у меня больные в отделении всегда чаи гоняют.

Я рассмеялась от души:

— Бедная ты моя, дитя совковой медицины. Пойдем, посмотришь, как это бывает у нормальных людей.

Сначала мы двинулись в палату. Оксанка с удивлением рассматривала большую удобную кровать с тремя подушками и двумя пушистыми, мягкими одеялами. Потом не удержалась и пощупала простыню:

— Белье какое! И все продумано: тумбочка с настольной лампой, телевизор с пультом, кнопки вызова среднего медицинского персонала, шторы, а это что за дверь?

И она повернула ручку. В большой комнате оказались ванная и туалет. На крючке висело несколько полотенец разного размера. Возле ванны лежал пакет с одноразовыми тапочками. Унитаз украшала белая бумажная лента с надписью: «Стерилизовано».

Раздался вкрадчивый шорох. Молоденькая медсестра ввезла кресло на колесиках, в котором сидела одетая в халат заплаканная Оля.

— Ну, малыш, — засуетился Аркадий, — не расстраивайся, все будет хорошо.

— Да, — радостно подхватила медсестра, — у нас всегда бывает отлично, наши доктора успешно справляются с любыми болезнями. Лучше посмотрите меню и выберите вкусный обед, полдник и ужин. На завтрак вы, к сожалению, опоздали.

Проворковав ласковые слова, сестра вышла из палаты. Оксанка с интересом взяла большую кожаную папку и начала читать вслух:

— Завтрак. Подадут в 10 утра. Просим выбрать два горячих блюда.

1. Сок — апельсиновый, яблочный, грейпфрутовый, ананасовый.

2. Кофе натуральный.

3. Кофе растворимый.

4. Какао.

5. Молоко.

6. Йогурты: натуральный, с фруктами.

7. Каша овсяная.

8. Яичница с беконом.

9. Сотэ из курицы.

10. Омлет с грибами.

11. Рыбное суфле.

12. Оладьи с вареньем.

Сахар, соль, сливки.

— У них что здесь, ресторан? — изумилась моя подруга.

— Не хочу тут оставаться, — зарыдала Оля, — хочу домой.

Аркадий беспомощно захлопотал около плачущей жены. Дверь в палату распахнулась, и в проеме появилась огромная женщина, настоящий бегемот с добродушным лицом.

— А кто у нас так горько плачет, — загудела она уютным басом, — кто огорчает своего ребеночка?

— Не хочу тут оставаться, — как заведенная, твердила Оля.

— А почему? — заинтересованно осведомился бегемот.

— Во-первых, не люблю спать одна, без мужа.

— Прекрасно, поставим двуспальную кровать, и муж будет здесь ночевать.

— Еще со мной спит Федор Иванович.

— Это собака, — быстро пояснил Аркадий.

— Ну и чудесненько, поставим ему в углу мисочку, днем можно будет погулять в саду. Надеюсь, Федор Иванович подружится с кошкой из 11-й комнаты. А сейчас давайте познакомимся: старшая медсестра мадемуазель Кристина Леви. Моя задача, так сказать, минимум — чтобы вы были всем довольны и не нервничали, задача максимум — чтобы вы ушли домой с двумя прелестными малютками. А сейчас скажите, мой ангел, прислать библиотекаря? Или вы сами съездите в библиотеку?

— Сама пойду, — взбодрилась Оля.

— Нет, нет, дружок, — возразила мадемуазель Леви. — Никаких самостоятельных передвижений. Как только захотите выехать из палаты, нажимайте эту кнопочку. — Она ткнула пальцем, похожим на сардельку, в белую пупочку на панели у изголовья кровати. Дверь палаты растворилась, и появилась молоденькая сестра.

— Это Анриетта, — сказала бегемотша, — она будет за вами ухаживать, возить на процедуры, в библиотеку и сад. К сожалению, у нее очень большая нагрузка. Нашей Анриетте приходится заботиться сразу о трех дамах. Поэтому извините, если придется несколько минут подождать. А сейчас садитесь вот в этот экипаж, берите мужа, и поедем посмотрим, что тут у нас есть.

Забывшая о слезах Оля села в кресло. Мы с

Оксанкой остались одни. Через несколько секунд подруга обрела дар речи:

— Нет, ты слышала, что сказала эта Леви? У медсестры страшная нагрузка, целых три женщины! Интересно, как ей понравится в 6 утра раздать 40 градусников, потом сделать 20 клизм и безумное количество уколов! И они правда разрешат держать здесь Хучика?

— Не знаю, но, думаю, навряд ли. Просто мадемуазель Леви отличный психолог. Согласилась с Ольгиными капризами, и вот результат: все довольны и счастливы.

Прибежал запыхавшийся Аркашка:

— Не ждите меня, езжайте домой. Я тут с Зайцем побуду.

Дома было удивительно тихо. Дети уехали с Машкиным классом на экскурсию в Реймс. Вернуться они собирались только в понедельник. Словно тоскуя о «ветеринарах», собаки тесной кучкой спали в гостиной. Оксанка пошла в ванную, а я решила разобраться с платежами. Жуликоватый мясник третий раз присылал счет за печенку.

В кабинете я неожиданно наткнулась на Диму. Парень стоял спиной к двери и рылся на полках.

— Что ты там ищешь? — громко спросила я.

От неожиданности Дима уронил том Рабле.

— Господи, разве можно так пугать человека, подкрались, как вор, и заорали во все горло!

— Извини, пожалуйста. Просто тапочки такие легкие. Не хотела тебя напугать, а что ищешь?

— Да вот, надо кое-какой реферат подготовить, хочу Рабле процитировать.

И он поднял упавшую книгу. Что-то в этой

ситуации мне не понравилось. Вспомнились рассуждения Жоржа о слишком честных голубых глазах. На всякий случай, подождав, пока он уйдет, проверила сейф. Коробочка стояла на месте. Волноваться не стоило.

После обеда позвонила Луиза:

— Что с Олей?

— Пришлось оставить в больнице.

— Ой, как жалко. Можно ее навестить? Завтра не смогу, а в понедельник с удовольствием.

— Конечно, приезжай, наш Зайчик очень обрадуется.

— Привезу ей конфет.

— Вот замечательно, Ольга жуткая сластена.

Без детей удивительная тишина заполнила дом. Никто не носился по комнатам, не выяснял отношений, не кричал ежеминутно: «Мама», не клянчил у Луи булочки... В общем, скука смертельная.

Аркашка вернулся около десяти.

— Ну там прямо концлагерь, — возмущался Кеша. — После обеда тихий час. Изволь лежать в кровати. Проверяют, чтобы съела всю еду. Олька не догрызла пончики, так прямо кошмар начался: все прибежали и давай приставать: а почему аппетит пропал? Плохо с желудком? Или невкусно? А в 21.30 гасят свет, и все, баиньки. Телевизор смотреть нельзя. Читать тоже, извольте спать и растить ребеночка. Ей сегодня доктор Виньон сказал: «Вы, мадам, сейчас просто колба, где зарождается новая жизнь, и в первую очередь мы защищаем жизнь ребеночка. Так что придется забыть о своих желаниях и думать только о прелестных и здоровых детках».

Оксанка грустно вздохнула:

— Приеду домой, расскажу коллегам, никто не поверит. Больной еду не доел? Да и черт с ним, а на кухне — так просто рады, больше помоев для свинки и кусков для собаки. У нас одна санитарка, Зина, работает ради объедков, у нее немецкая овчарка, и жрет ужас сколько!

## Глава 23

В понедельник с утра пришлось отправиться на работу. Я тружусь в Доме наук о человеке преподавателем русского языка. До сих пор удивляюсь, зачем этим французам нужен русский. Ладно бы учились бизнесмены, связанные с Москвой! Так нет, группа состояла из пяти домохозяек-интересанток. Платили, честно говоря, гроши. Но заработок как таковой не волновал, денег у нас с Наташкой предостаточно. На работу бегала просто по привычке, да и совсем необременительно: два раза в неделю по полтора часа. Это вам не 42-часовая рабочая неделя.

Вот и сегодня, посражавшись немного с местоимениями, мои дамы, весьма довольные, отправились восвояси, а я с чувством гордости рабочего человека двинулась домой.

В холле на самом видном месте громоздились два жутких коричневых фибровых чемодана, перехваченные ремнями. Я уставилась на этих уродцев, выходцев из пятидесятых годов, и похолодела: нет, только не это.

Увидев выражение моей, так сказать, морды лица, Кешка противно хихикнул и подтвердил:

— Элеонора прикатила, как всегда, без предупреждения.

Элеонора! Элеонора Яковлевна, бывшая свекровь. Вернее, моя первая бывшая свекровь. Вообще-то, я выходила замуж четыре раза. Не подумайте, что причиной такого количества замужеств служила уникальная красота невесты. Нет, просто многие женщины живут годами с любовниками, не оформляя отношений. Мне же бабушка с детства твердила: «Никогда не ложись с мужчиной в постель без штампа в паспорте. Получит, что хочет, и не женится». Бабушкина тактика приносила удивительные результаты. И, не случись поездки в Париж, я продолжала бы без конца расписываться, потому что, как сказала одна наша преподавательница: «Замуж всегда выходят одни и те же».

Беда состояла в том, что, получив мужа, я совершенно не знала, что с ним делать.

Получалось так, что каждый раз в доме заводилось что-то похожее на экзотическое животное, типа варана или страуса эму. Его нужно было регулярно кормить, мыть клетку, чистить перья, хвалить и подбадривать. Надоедало уже через месяц.

Но и это бы ничего, однако к каждому из них прилагалась мама. Для него мама, а для меня — свекровь. И если мужья все-таки чуть-чуть отличались друг от друга: Леня весил 120 кг, а Женя всего 60, — то мамы у всех уродились, как близнецы.

Уже через неделю на голову невестки начинали сыпаться справедливые упреки: супа нет, белье не выглажено, по углам пыль. «Зачем только мой сын женился на женщине, которая не уважает его мать!» Заканчивалось одинаково: я собирала чемоданы и уходила, правда, всегда с прибылью. В первом браке обрела Аркадия. Кешка вообще-то был сыном моего мужа от первого брака. Но после развода остался у меня. Второе замужество принесло собачку непонятной породы, третье — аллергию на одеколон «Арамис», четвертое подарило Машу.

Четырнадцатилетний Аркадий страшно злился:

— Если хочешь подбирать всех брошенных младенцев, то уж лучше выбирай мальчика, а не эту сопливую девчонку!

В строю мужей и свекровей Элеонора Яковлевна, безусловно, являлась генералом. И если до сих пор я не могу вспомнить, как звали маму Лени, то Элеонору забыть невозможно. Может, потому, что она первая, а может, из-за ее уникального характера.

«Змея в сиропе» — прозвал бабушку ласковый Аркадий. Проработав почти тридцать лет в школе учительницей французского языка и литературы, она делила весь мир на отличников и двоечников. Пятерка выставлялась только тем, кто слушал, не прерывая, ее занудные сентенции и в коротких паузах ухитрялся вставлять: «Как вы правы». Двойку получали все остальные.

После того, как мы расстались с Костиком, Элеонора Яковлевна ни разу не позвонила мне, родственные чувства проснулись после нашего с детьми отъезда в Париж. Раз в году Нора внезапно сваливалась на голову, как индонезийский тайфун «Мария».

Поглядывая на мое лицо, Аркадий продолжал прихихикивать:

— Смотри, что она нам с Машкой в подарок привезла.

И он показал прозрачный кулек с пятью помятыми и немного подгнившими яблоками.

— Эти плоды, — начал цитировать Кеша, — выросли на необозримых просторах великой страны России. Всегда помни о своей Родине и, любуясь прекрасными дарами, знай, что в первую очередь ты должен уважать и любить меня, женщину, которая родила великого человека — твоего отца.

Подарки Элеоноры всегда потрясающи. Однажды, пересилив собственную скаредность, свекровь презентовала нам с Костиком керамическую вазу. На следующий день ваза пропала. А на Новый год свекровь снова подарила ее, но второго января забрала обратно, ей показалось, что я недостаточно благодарна. Ваза появилась потом еще раз, на 8 Марта, и потом исчезла окончательно. Такая же участь постигла и байковое одеяло времен Первой мировой войны.

Я вздрогнула и пошла здороваться с несчастьем. Вечером мы все собрались за ужином. Софи торжественно внесла супницу.

— Сегодня специально для Элеоноры Яковлевны Луи сварил мясную солянку, — торжественно объявила Наташка.

— Не стоило беспокоиться, — мрачно произнесла гостья и поджала губы, — я не искушена в яствах, и мне достаточно на ужин половинки йогурта.

Рассерженная Наташка велела Софи:

— Принеси пол-йогурта.

Софи удалилась на кухню. Элеонорины губы превратились в нитку:

— Неуправляемое обжорство ведет к ужасным последствиям. Как только человек перестает думать о прекрасном...

— Вот тут вы не правы, — возразила Оксанка, — еда тоже может быть прекрасной. А Луи настоящий художник, попробуйте-ка салат.

Элеонора пошла багровыми пятнами от злобы. Мы все затаились в ожидании, но Оксанка, никогда не видевшая мою свекровь, опрометчиво продолжала:

— Или вот пирожки, просто потрясающие, я пополнела здесь на целых пять килограмм.

— Еще бы, — процедила сквозь зубы Нора, — на чужих-то харчах, ешь, сколько влезет, не жаль.

Дениска подскочил на стуле:

— Зачем вы моей маме грубите, сами уже вторую тарелку супа хомякаете!

Элеонора в сердцах стукнула ложкой.

— Дети должны молчать, а ты, — она обернулась к Аркадию, — почему равнодушно смотришь на то, как оскорбляют мать твоего отца?

Машка кинулась в бой:

— Денька вас не оскорблял, он прав. Хотели пол-йогурта, а уже вон сколько съели!

Элеонора встала из-за стола:

— До тех пор, пока дети находятся тут, покоя не будет. Уже девять, им пора в кровать. А вас, милочка, — обратилась она к Оксане, — лишний вес не украшает. Следует похудеть немного. Дайте мне чайную ложку соли, соды и стакан кипяченой воды.

— Вы будете есть соль с водой? — удивилась Маня.

Элеонора, как все школьные учителя, ненавидящая детей, с перекошенным от злости лицом пояснила:

— После еды необходимо полоскать рот раствором соли и соды. Остатки пищи разлагаются между зубами и ведут к образованию кариеса.

Меня замутило; кажется, Наташку тоже, потому что она вдруг выскочила из комнаты.

Поздно вечером, когда я уже лежала в постели, вошел Аркадий.

— Бабулек в своем репертуаре. Говорит, что у нее совершенно нет денег, и спрашивает, не дашь ли ты ей какую-нибудь старенькую кофточку и юбочку, чтобы срам прикрыть!

Я вздохнула. Муж Элеоноры — генерал, обласканный властями. Ей осталась от него пятикомнатная квартира, двухэтажная дача и полный кошелек. Покойный свекор явно обладал даром предвидения. Деньги копил в долларах, и теперь Нора ни в чем не нуждалась. Впрочем, это не мешало ей сдавать свои необозримые апартаменты какому-то дипломату. Сама она жила на даче и, скорей всего, еще не прикасалась к «золотому запасу».

— Скажи ей, что завтра поедем и купим все необходимое.

## Глава 24

Вторник посвятили магазинам.

— В человеке все должно быть прекрасно, — трубно вещала Элеонора Яковлевна, пока Аркадий рулил в «Самаритэн». — Неаккуратно одетый, плохо причесанный человек своим видом оскорбляет окружающих. Но при этом одежда не должна бросаться в глаза.

В своих рассуждениях она была абсолютно права и обладала к тому же отменным вкусом. Во всяком случае, с полок и вешалок универмага снимались самые дорогие и модные вещи. Кешка только крякнул, поглядев на счет.

Покупочная оргия продолжалась до обеда. Потом Нора с внуком двинулись домой, я же, придумав себе какие-то неотложные дела, стала бездумно бродить по улицам, радуясь, что осталась наконец в одиночестве, съела любимый гамбургер, спокойно почитала газету, спокойно покурила на набережной... Но все имеет свой конец. Пришлось возвращаться домой.

В холле тихо тикали часы, безлюдно в столовой и гостиной, в гараже отсутствовали машины и мотоцикл. Домашние трусливо бежали кто куда, оставив поле боя за Норой. Я села в гостиной и стала ждать их возвращения.

Элеонора Яковлевна, очевидно, принимала ванну, во всяком случае, она не показывалась на глаза, и, расслабившись, я мирно задремала на диване.

— Мадам, — кто-то потряс меня за плечо, — мадам, проснитесь.

Веки не хотели открываться, но наконец разомкнулись, и передо мной возникло озабоченное лицо Софи:

— Мадам, может, посмотреть, что с гостьей? В ванной уже четыре часа шумит душ, и она ни разу не вышла оттуда. Вдруг стало плохо с сердцем?

Я с трудом приняла сидячее положение:

— У этой дамы, Софи, нет сердца. А где все?

— Никого нет. Мадам Натали и мадам Оксана отправились в Опера, месье у жены в больнице, а у детей практические занятия в ветеринарной клинике. Маша сказала, что они должны убрать клетки с животными и приедут после десяти. Еще звонила мадам Луиза, сообщила, что подъедет к девяти и привезет какой-то сюрприз для Оксаны.

Я лениво встала с дивана. Софи права, надо посмотреть, что с Элеонорой, вдруг утонула? Дверь оказалась незапертой, постучавшись, я распахнула створку.

Нора сидела в кресле, спиной ко входу. Виднелась голова с аккуратной укладкой и безвольно повисшая рука. Надо же, спит! На столике около кресла стояла початая бутылка «Амаретто» и пустой бокал. Хороша ханжа, пьянствует потихоньку, лакомится ликером, а потом читает мораль о здоровом образе жизни. Ну, не упущу такую чудесную возможность, поставлю эту занудную нахалку в неудобное положение.

— Элеонора Яковлевна, ужин готов!

Я обошла кресло и увидела ее лицо. Выпученные глаза, изо рта вытекла струйка слюны, щеки и лоб какого-то непередаваемого синюшного оттенка — свекровь казалась бесповоротно и окончательно мертвой.

«Господи, — пронеслось в голове, — как повезло Лельке, пятой Костиной жене, избавилась от гарпии».

Но буквально через секунду другая мысль пронзила мозг — умерла! Умерла внезапно, не болея, у меня дома. Боже, что делать? Конечно же, звонить Жоржу!

К половине десятого дом заполнился народом. Приехали Жорж, эксперт Патрик и незнакомый полицейский врач. Патрик внимательно поглядел на тело, понюхал бокал и спросил:

— Кто-нибудь еще пил из этой бутылки?

— Вроде бы нет. Даже не знаю, где она ее взяла. В доме не держат «Амаретто», его никто не любит. Из ликеров у нас «Болс» и «Айриш крим». Впрочем, сейчас спрошу у Софи.

Пришедшая экономка сразу внесла ясность. Где-то около 12 дня посыльный принес красивую коробку с карточкой «Сюрприз для мадам Васильевой». Подарок оставили в холле на столике.

— А почему она взяла этот подарок? — удивился Жорж.

— Видишь ли, фамилия Элеоноры тоже Васильева, она очень распространена в России, мы с первым мужем однофамильцы. Наверное, Нора решила, что это ее подарок. А ты думаешь, она выпила и сердце не выдержало?

Патрик хмыкнул:

— Бьюсь об заклад, в этой бутылке столько цианида, что хватит на всех твоих свекровей — бывших и будущих.

Я побелела:

— Как цианид? Ее что — отравили?

— Похоже.

— Господи, как же это ты можешь так сразу определить?

— Я ничего не определяю, — нахмурился Патрик, — я только предполагаю. Во-первых, характерный для отравления цианидами цвет лица, потом запах, чувствуешь аромат горького миндаля?

— «Амаретто» всегда пахнет миндалем.

Патрик согласно закивал головой:

— Вот именно, поэтому его, как правило, выбирают для этой цели. Люди так примитивны — засовывают яд либо в миндальные пирожные, либо в «Амаретто», думают, что замаскируют запах отравы. И, надо признать, часто такая уловка срабатывает.

Твоя свекровь почти целый стакан выпила и

ничего не заподозрила. Первый раз вижу, чтобы ликер пили стаканами. Она, наверное, его залпом опорожнила, никак не иначе. Яд уже через несколько секунд парализует глотательные мышцы, обычно рюмку допить не успевают.

— Хватит читать лекции по судебной медицине, — вмешался Жорж, — займись телом, а я побеседую с Дашей.

Мы спустились в гостиную.

— Ты понимаешь, что я должен оформить беседу официально? — спросил Жорж, доставая разнообразные бланки. — У твоей бывшей свекрови были враги?

— Полно, ее ненавидела куча народа. Да и не удивительно, она ни о ком не сказала доброго слова. Вечно всех поучала, вещала, как образовательная программа. Жадная, занудная, нахальная — да ее никто не любил, а родственники терпели по обязанности.

— Но ведь все знакомые остались в России?

— Да, во Франции она общалась только с нами.

— Ну а кто из вас мог желать ее смерти?

— В прошлые годы — я. Целых пять лет перед сном представляла кровавые сцены: давила Нору машиной, вешала на дереве, резала кинжалом... Потом развелась с Костиком, и она стала для меня ничем — нулем, пустотой. Я даже поняла, что среди остальных моих свекровей она еще не самая страшная. Марья Константиновна, с ее фальшивыми ласками, куда противней! Наташка познакомилась с Норой только в Париже, а Оксанка вообще вчера в первый раз ее увидела. Нет, здесь никто не хотел ее убить. Мы ее терпеть не могли и еле-еле выдерживали неделю, но отравить — это уж слишком!

Жорж нахмурился:

— Ты понимаешь, что это означает?

— Что мы ее не убивали!

— Что на самом деле хотели отравить тебя, моя радость!

— Ты шутишь!

— Ни в коем случае. По твоим словам, у Норы не было никого в Париже. Кто же прислал ей бутылку? Нет, мой котик, ликер предназначался тебе! Элеонора неожиданно явилась в гости?

— Ну да, она никогда не предупреждает о визитах.

— Вот видишь, никто и знать не знал, что она здесь. Нет, это твой подарок, а Нора воспользовалась презентом по ошибке. Ну а теперь подумай, кто же тебя так смертельно любит?

Я прикусила губу. Кто? Наташка, Оксанка, Аркашка, Оля, Маня, Деня — подозревать кого-нибудь из домашних смешно. Дима? Но он-то как раз знал, что я терпеть не могу «Амаретто» и не стану пробовать ликер. Софи, Луи, Ив, а может, молочник или булочник? Нет, вероятнее всего, мясник, я недавно ругалась с ним из-за счетов. Есть еще мои слушательницы из Дома наук о человеке, но они даже не знают, где я живу. Еще парочка знакомых в провинции, несколько сослуживцев Аркадия... Кому я могла насолить? Честно говоря, больше всего неприятностей причинила Жоржу. Может, комиссар решил от меня избавиться и теперь сам расследует неудавшееся покушение?

В холле послышались возбужденные голоса, и в гостиную ворвались ажиотированные дети.

— Что, — затараторили они, перебивая друг друга, — это правда? Нам дядя Патрик сказал!

А ее отравили? А куда теперь труп денут? А хоронить мы где ее будем?

— Да, действительно, — проговорила вошедшая Наташка, — а что будет с похоронами?

Жорж вздохнул:

— Следует сообщить в консульство, а потом, если не хотите сопровождать гроб в Москву, позвоните родственникам.

Наташка повернулась ко мне:

— Вызывай Костю.

Время удивительно меняет человеческие лица, но менее властно над голосами.

«Алло», раздавшееся из трубки, заставило меня моментально вздрогнуть. Более двадцати лет не слышала этого чуть гнусавого восклицания.

— Костик? Это Даша Васильева, твоя бывшая жена.

— Ну и что? Чего надо?

— Костя, а ты знаешь, где сейчас Элеонора Яковлевна?

— Ну и дурацкие у тебя вопросы, как всегда. Она к тебе в Париж уехала. Сделай милость, придержи у себя дорогую маму, мы тут с Лелькой хоть отдохнем немного. Тебе-то хорошо, спихнула ее на меня и усвистела, а я всю жизнь теперь мучаюсь!

В этом весь Костик! Ну надо же, упрекать бывшую жену в том, что она, уходя из дома, не забрала с собой свекровь!

— Я уже сделала тебе милость. Приезжай и забирай тело Норы, она сегодня умерла!

— Как?!

— Не знаю, надеюсь, что спокойно. Ее отравили.

В трубке воцарилась звенящая тишина. Потом сквозь города и страны прорвался Лелькин крик:

— Дашка, это правда?

— Абсолютная.

Трубку выхватил Костик:

— А как ехать, ну визы и все прочее, и денег на билеты нет, учти, мы не миллионеры, как ты, а бедные художники!

Знакомые слова, у Костика никогда нет денег.

— Консульство пришлет вам телеграмму. В этом случае визы не понадобятся. А деньги... Ну одолжи у кого-нибудь, я возмещу все расходы.

## Глава 25

Лелька прилетела в пятницу рейсом «Эр Франс». Я встречала ее в аэропорту. Выглядела женщина прекрасно: стройная, рыжеволосая, в элегантном и, вероятно, очень дорогом дорожном костюме. Скромный макияж, аккуратная кожаная сумка в тон ей и туфли. Из драгоценностей только тоненькая золотая цепочка на гладкой белой шее, обручальное кольцо и браслет с аметистами. Ничего лишнего, бросающегося в глаза, все просто и... дорого.

Следом за Лелькой брел незнакомый полный и абсолютно лысый мужик лет шестидесяти. Значит, Костик не смог приехать, укрылся, как всегда, за спиной жены.

Лелька подскочила ко мне и клюнула в щеку:

— Привет, прекрасно смотришься. Ну, поехали, мало времени, только три дня удалось в академии выдрать. Денег не платят, а присутствия на работе требуют, гады. Надеюсь, все документы готовы, а то еще хочется Париж посмотреть и купить кое-что! Ты пока чемодан получи, — приказала она лысому. Тот послушно затопал к кругу, где крутился багаж.

Я не выдержала и полюбопытствовала:

— А кто это с тобой приехал? Лицо какое-то знакомое. Где же я с ним встречалась?

Лелька уставилась на меня серыми глазами:

— Ну, ты даешь! В постели ты с ним встречалась! Это же твой бывший, а мой настоящий муж Костик!

Челюсть поехала у меня вбок, как каретка пишущей машинки. Этот лысый, толстый, старый боров — Костик! Как же так, мы же одногодки. А где же его роскошные кудрявые волосы?

Лелька понимающе вздохнула:

— Конечно, он немного изменился. Но, знаешь, в России сейчас такая ужасная жизнь! Все дорого, продукты почти недоступны. Поэтому приходится питаться картошкой с макаронами. Да еще Элеонора Яковлевна по каждому поводу скандал поднимает: яйца не покупай, яблоки не бери. Господи, как она мне надоела! Ой!

Лелька осеклась и вспомнила наконец причину своего приезда в Париж. Вернулся потный Костик с огромным чемоданом, и мы пошли к машине.

— Что-то авто простоватое, я думал, ты на «Роллс-Ройсе» разъезжаешь, — съязвил бывший муж, усаживаясь в «Пежо».

— Французы выскочек не любят. Предпочитают одежду поскромней, машины попроще. Тут не принято выставляться, — парировала я.

Дома были все, кроме Оли. Маня удивленно раскрыла глаза и прошептала:

— Мамулечка, и ты была замужем за этой

свинкой? Правильно убежала от него. Представляешь, он сейчас жил бы с нами, интересно, как папуля Кешке понравится?

Аркашке Костик совершенно не понравился. Сначала отец попытался обнять его, но непочтительный сын выскользнул из объятий, и тому просто пришлось ограничиться рукопожатием. Однако Костик решил так просто не сдаваться:

— Мама просила передать тебе привет.

Кешка вздернул брови:

— Что-то я не понимаю, Константин Михайлович, о какой это маме вы толкуете? Моя всегда при мне.

И он обнял меня за плечи. Костику пришлось заткнуться.

Я проводила гостей в комнату, затем спустилась вниз:

— Аркашка, будь человеком, свози их по магазинам!

— И не подумаю, — возмутился тот, — не надейся, даже пальцем не пошевелю. За двадцать лет он ни разу про меня не вспомнил, даже на день рождения не звонил. А теперь, нате, я твой папочка... да пошел он!

— Правильно, Кешка, — заверещала Маня, — нужна тебе эта лысая свинка. Лучше пусть мама за Жоржа замуж выходит, и Хучик у нас останется!

Не успела Маруся закончить тираду, как со второго этажа послышался истошный вопль. Мы бросились наверх.

В просторной комнате для гостей на двуспальной кровати, поджав ноги, сидела Лелька.

— Что ты так орешь? — спросила Оксанка.

Лелька ткнула пальцем в сторону окна. В углу мирно сидел Снап с Хучиком в зубах.

— Ну и что? — изумилась я. — Это Снап, он просто решил с гостями познакомиться.

— Он ест кошку! — в ужасе прошептала Лелька.

— Это не кошка, — засмеялась Наташка, — это Федор Иванович, Снап его очень сильно любит и везде с собой носит. Эй, Снаповский, отпусти сейчас же Хучика!

Послушный ротвейлер выплюнул мопса. Меланхоличный Хуч тут же поковылял к Лельке.

— Господи, как я испугалась, — пробормотала та. — Только стала сумку распаковывать, слышу, кто-то сопит, оборачиваюсь и вижу: собака Баскервилей жрет несчастное живое существо.

— Это не собака Баскервилей, — возмутился Денька, — самый обычный ротвейлер, а у нас еще питбуль живет и две кошки.

— Ну, прямо зоопарк, — проговорила Лелька.

— Ладно, ладно, — успокоила ее Наташка, — распаковывайся и спускайся в гостиную, надо решить много вопросов. Кстати, где Костик?

— Не знаю, вышел из комнаты и исчез.

Бывший супруг обнаружился в кабинете. Стоял молча перед небольшой картиной Констебля. Увидев меня, вздохнул и агрессивно спросил:

— Ты хоть знаешь, сколько стоит это полотно?

— В общих чертах.

— «В общих чертах», — передразнил Костик, — да если его продать, я могу всю жизнь не работать в этом идиотском институте, не думать о хлебе для семьи. Я сумел бы написать свои картины, а так на творчество нет времени. Быт заедает.

Костик не менялся. В бытность моим мужем он регулярно увольнялся с работы и оседал дома, готовясь создать шедевр. Однако злая судьба все время ставила препоны.

Сначала приходилось покупать новый мольберт, старый выглядел обшарпанным. Потом начинались регулярные головные боли, и он мог только лежать на диване и смотреть телевизор. Затем подводило давление — поднималось до 200, и приходилось опять лежать. Когда наконец здоровье приходило в порядок, наступали погожие осенние дни, бабье лето, самая пора для сбора грибов, а Костик страстный грибник. В середине октября уже моросил дождь, уходил нужный свет, пропадала натура... Шедевр оставался ненаписанным.

Я обозлилась:

— Ты помнишь, зачем приехал? Хватит глядеть по сторонам.

Мы вышли в коридор, и через несколько шагов Костик превратился в жену Лота.

— Что это? — ткнул он пальцем в небольшое полотно. — Что это?

— Ван Гог, сам не видишь?

— Почему он висит тут, его же никто не заметит.

— Жан очень не любил Ван Гога, говорил, что у него от этого, так сказать, творчества открывается понос. Поэтому картину перевесили подальше от спальни, чтобы не раздражать.

— Твой муж-миллионер просто ненормальный, продал бы лучше, а то запихнул в темный угол такое!

Я усмехнулась. Значит, Костик полагает, что это я вышла замуж за Жана, а не Наташка. Разубеждать его мне не хотелось:

— Видишь ли, Жан не очень разбирался в искусстве. Он просто вкладывал деньги. Коллекцию основал еще прадед, и Макмайеры никогда ничего не продавали.

Бывший муж посинел:

— Ты хочешь сказать, что все, здесь понавешанное, — подлинное?

— Да, копий нет.

— Ну ты и сволочь. — Костик окончательно перестал владеть собой. — Живешь в трехэтажном особняке с приживалами, купаешься в деньгах, а я медные копейки собираю, на кефире экономлю. Да как же не стыдно, бросила меня на произвол судьбы, без средств к существованию, не позвонила ни разу. Хоть сейчас помоги немного, я ведь теперь сирота.

Я окинула 45-летнего сироту взглядом. Напомнить ему, что ушла прочь после того, как однажды застала сокровище в постели с натурщицей? Рассказать, как мы с Аркашкой покупали картошку не на килограммы, а поштучно? Спеть сагу о мокрых дырявых ботинках, о курточке из кожзаменителя, в которой трясешься декабрьским вечером? Об отключенном за неуплату телефоне, о бесконечных долгах, о Новом годе с одной селедкой? Нет уж, ни за что. Пусть завидует, и я сказала:

— Картины можешь посмотреть потом. В библиотеке, кстати, альбомы с гравюрами, а сейчас пойдем вниз, надо отдать документы.

Но Костик все не мог утешиться и бубнил:

— Как это ты так живешь? Дверь нараспашку, полно людей, и сигнализации небось у полотен нет. А вдруг украдут?

— Коллекция застрахована. Картины слишком ценны, продать их вору будет трудно. Дома почти постоянно кто-то есть, и пока нас бог миловал от разбойных нападений.

В гостиную мы вошли молча. Наташка взяла большую папку и передала Костику:

— Тут все необходимое. Разнообразные справки, свидетельства, разрешения, квитанция об уплате и два билета в Москву на понедельник.

Костик открыл папку и разочарованно пробормотал:

— Билеты-то «Аэрофлота», а не «Эр Франс».

— А что ты имеешь против российской авиакомпании?

— Сервис не тот, еда плохая, и вылетает очень рано.

— Зато дешевле.

Костик возмущенно фыркнул:

— Вам только копейки считать!

Наташа подняла холодный взгляд:

— В данной ситуации, Константин Михайлович, торг неуместен. Если желаете узнать подробности смерти вашей матери, у комиссара Перье свободное время от 14.00 до 14.30.

Вошедшая Лелька сразу вмешалась:

— А где комиссар находится? В центре? Очень хочется сделать покупки, а то у меня ничего нет к зиме.

Оксанка уставилась на Лельку, как на таракана. Та, не замечая, продолжала тарахтеть:

— Подскажите, шубу лучше приобретать в большом магазине или пойти в бутик, там, наверное, эксклюзивные вещи.

— Ты готова прямо сейчас ехать, — съехидничала я.

— Да, — радостно согласилась Лелька, — только кто нас отвезет?

— Конечно, Аркадий, — сообщил Костя, — должен же сын пообщаться с отцом.

Я развела руками:

— Увы, Кешка сегодня уехал в провинцию Коньяк. У него там процесс. Вернется только в понедельник. Просил передать привет.

— Какой такой процесс, — возмутился благородный отец, — он чем вообще занимается?

— Кеша изучает право, — слишком любезно проговорила Оксана, всегда кидавшаяся на защиту детей, своих и чужих, — у него сейчас практика в крупной адвокатской конторе, много командировок.

Лелька гнула свое:

— Ну, решай скорей, кто нас будет сопровождать, не забудь, мы не знаем языка!

Повисло тягостное молчание, которое нарушила отважная Маня:

— Я могу.

— Ты? — Костик с сомнением поглядел на девочку. — А что, у тебя есть права?

— У меня мотоцикл, — гордо оповестила Маня, — правда, последнее время у него плоховато с тормозами, останавливается не сразу.

— Бог мой, ни за что не поеду на мотоцикле, — возмутилась Лелька, — вы что, тут все сумасшедшие? Представляете картину: я еду на дурацкой тарахтелке!

Атмосфера начинала накаляться, и разрядил ее Денька:

— Надо вызвать такси, а мы с Машкой поедем сопровождающими. Маня как переводчик, а я помогу таскать сумки!

Милый, вечно желающий всем помочь Дениска предлагал соломоново решение. Машину вызвали, и Костик с Лелькой под конвоем детей двинулись потрошить магазины.

— Ну и фрукты, — выпалила Оксана, увидев, как сладкая парочка выметается из дому. — А откуда ты эту Лельку знаешь, если с бывшим двадцать лет не общалась?

— Ох, сложно объяснить. Костик после меня женился на Кате Ротман. Катин бывший муж, предшественник Костика, работал в милиции. А его первая жена вышла потом замуж за Лелькиного брата. Брата в свое время Катькин прежний задержал за вождение в пьяном виде.

Оксанка затрясла головой:

— Погоди, погоди, а ты-то тут при чем?

— Дай договорить. Лелькин брат работал у нас на факультете, и я ее сто лет знаю. Так вот, женившись на Светке, он познакомился с Катькой, а потом с Костиком, и в результате Лелька вышла за того замуж. Поняла?

— Ну, не очень.

— Да зачем тебе все это? Я Лельку много лет знаю.

— И она всегда такая?

— Ага, и Костик тоже, жуткие вурдалаки.

На Жоржа гости произвели ошеломляющее впечатление.

— Представляешь, — делился он, — первым делом сын убитой спросил, положена ли им денежная компенсация. Я даже сначала не понял, о чем речь. Потом, конечно, сказал, что полиция ничего не выплачивает родственникам, а следует обращаться в страховую компанию. Тогда он стал настаивать на опознании тела.

Представляешь, морока, вскрывать запаянный, готовый к транспортировке гроб! Убеждал, убеждал его. Нет, уперся рогами: хочу видеть тело. Договорились, что за два часа до отлета, прямо в аэропорту, вскроем гроб и тут же опять запаем. Извини, моя радость, но он согласился оплатить расходы и велел прислать счет Наташке. Где был твой разум в момент свадьбы с ним, а? Или его жизнь без тебя так доконала? Жуткий случай!

Надо отдать должное, сироты не докучали. Два с половиной дня они, задрав хвост, носились по городу.

— Лелька купила шубу, кучу платьев, белье кружевное, косметику, — сплетничала Маруська, — а он захотел часы. Угадай, куда они велели отвезти их за часами? К Картье. У Деньки при виде тамошних цен даже голос пропал.

Наконец наступил долгожданный понедельник. Чемоданы и сумки еле влезли в «Пежо». В аэропорту нас встречал любезный представитель полиции. Он увел Костика куда-то в служебные помещения. Лелька, отказавшись сопровождать мужа, стала изучать ларьки. Время тянулось томительно. Часа через полтора появился вспотевший, утирающий лысину платком Костик:

— Такая долгая процедура! Такое занудство, куча бумаг, фу, устал.

— Так и незачем было все затевать.

Костик вздохнул и ничего не ответил. В конце концов объявили посадку, полная радости, я приветливо прощалась с сиротами.

— И все-таки могла бы нам помочь, — сказал на прощание Костик, — пятьсот баксов в месяц — копейки, а мы голову из нищеты высунем. Подумай, а то непорядочно получается. Все-таки мы родственники и должны поддерживать друг друга в трудную минуту. Я о тебе всегда думал, а

вот ты, видно, про нас забыла, только на два дня
и пригласила, даже недели пожить не предложила.

Я лишилась дара речи. Так, молча, и смотрела
им вслед.

Вечером приехала Луиза. Вошла, как всегда,
застенчиво улыбаясь, в гостиную и проговорила:

— Целую неделю собиралась нанести визит, и
все никак не получалось. Маме очень плохо, никак не оправится. Каждый день приходит доктор,
а толку чуть. В холодильнике лекарств больше,
чем продуктов, — витамины, успокаивающие,
укрепляющие, бальзамы, настойки... Сейчас стали уколы делать. И все равно сил у нее совсем
нет — лежит целыми днями лицом к стене. Последнее время стала запирать дверь. Я стучу, стучу, потом ухожу. А открывает только тогда, когда
захочет. Может вообще целый день никого не
впускать и сидеть голодной.

— Даже не знаю, что посоветовать.

— Не берите в голову, лучше посмотрите, какой сувенир я принесла для вашей подруги-хи-
рурга.

И девушка протянула Оксанке большой пакет.
Та развернула бумагу и зацокала языком от восторга. Перед ней лежал старинный хирургичес-
кий атлас с роскошными картинками.

— Какая прелесть, — закричала подруга, —
какая очаровательная книга! Нет, ты только посмотри на этот кишечник!

И в полном экстазе стала тыкать мне под нос
изображение какого-то гигантского червя.

— Нет уж, не желаю смотреть на всякие гадости.

— Это не гадости, — оскорбилась Оксанка, —
это твое внутреннее устройство. И где только Лу
раздобыла такую прелесть?

Выяснилось, что на прошлой неделе неизвестный вандал опять залез в дом Роуэнов. Проник в прачечную, разбросал там все, что мог, и отправился в библиотеку. Утром Луиза нашла на полу кучу книг, вываленную с полок. Среди них оказался атлас.

— Я даже не знала, что у нас есть такая редкость, — тихо рассказывала Луиза, — наверное, его когда-то приобрел дедушка, как и остальные книги, папа практически ничего не покупал. Мне эта анатомия ни к чему, а мадам Оксане интересно.

Не просто интересно, а очень интересно. Моя ненормальная подруга моментально исчезла из комнаты со словами:

— Пойду Деньке покажу.

Мы с Луизой уселись поудобней и принялись смаковать кофе с пирожными. Когда я доедала третий эклер, в гостиную вихрем ворвалась возбужденная Наталья.

— Послушай, поди сюда! — закричала она, не обращая внимания на гостью.

— Что случилось?

Не говоря ни слова, Наташка поволокла меня за руку на второй этаж и поставила перед пустой стеной в коридоре.

— Гляди!

— Куда, здесь же ничего нет.

— Вот именно, ничего, а где Ван Гог?

Изумительно чистая стена, а правда, где Ван Гог? Неужели? Одна и та же мысль одновременно вонзилась в наши головы. Костик!

— Сироты, уезжая, ухитрились нас обокрасть. Но как им удалось протащить полотно через таможню?

— Подумаешь, труд, — возмутилась вошедшая

Оксанка, — свернули трубочкой и сунули в чемодан.

— Нет, это невозможно, — возразила Наталья, — весь багаж просвечивается, и картину сразу увидят. Скорей всего всучил кому-нибудь из консульских, а те провезут в дипломатической почте.

— Да, он в консульство ходил в пятницу, — вмешалась я, — а Ван Гог в воскресенье еще висел, значит, он снял его прямо перед отлетом. Вот сволочь.

— Гроб, — внезапно сообразила Оксанка, — вот почему лысый боров хотел вскрыть гроб, чтобы спрятать украденное. Ну кому придет в голову проверять последний приют бедной российской туристки. В Москве тоже не станут досматривать. Бьюсь об заклад, он рыдал на таможне и хватался за сердце, рассказывая о кончине любимой мамы.

Она подала мне трубку:

— Позвони-ка ворюгам.

В квартире у Костика долго никто не подходил, потом раздалось гнусавое:

— Алло.

— Это я, Даша, как долетели?

— Ужасно. Горячего не дали, стюардессы — хамки, да еще полный самолет неуправляемых детей. Теперь голова раскалывается.

— А больше ничего не беспокоит?

— А что должно беспокоить?

— Совесть, хотя, скорее всего, у вас ее просто нет.

Трубку перехватила Лелька:

— Не смей кричать на моего мужа!

— Да твой он, твой, мне и даром не нужен, а вот Ван Гога хочу получить обратно.

Воцарилась тишина, потом Костик проговорил:

— Намекаешь, что я украл картину?

— Не намекаю, а утверждаю. Верни полотно по-хорошему, иначе пойду в полицию.

Бывший муж трубно засмеялся:

— Иди, иди, прямо сейчас. И в какую: французскую или российскую? То-то там обрадуются. Сигнализация у картин была? За руки кто меня ловил? Свидетели где? Может, сама Ван Гога продала, а на меня валишь. Знать не знаю, куда картина подевалась. Я ее через границу провозил? Будешь приставать — подам в суд за клевету.

И бросил трубку. Наташка смотрела на меня расстроенным взглядом. Она сразу поняла, что Ван Гог пропал безвозвратно, и понимала, как я переживаю.

— Послушай, — вдруг сказала она, — помнишь, как я потеряла кошелек с нашим стратегическим запасом?

Было такое дело. Как раз накануне Нового года. До этого мы пять месяцев откладывали из наших копеечных зарплат кой-какие денежки. Задумали грандиозные подарки для Аркадия и Мани и обильный стол к празднику.

То ли Наташка положила портмоне мимо сумки, то ли его просто украли, но из «Детского мира» она тогда пришла в слезах и без покупок. В долг мы принципиально не брали, опираясь на мудрость «берешь чужие ненадолго, а отдаешь свои и навсегда», поэтому 31 декабря на столе красовалась селедка с репчатым луком.

— Вот та пропажа была настоящей драмой, — продолжала Наталья, — а сейчас что, последнего лишились? Да и Ван Гог достался дедушке Макмайеру по дешевке. Его тогда в Европе никто всерьез не принимал, считали сумасшедшим, идиотом.

— Конечно, картину жаль, но хуже всего ощущение гадливости, чего-то грязного, куда ткнули носом, — вздохнула Оксанка.

И она оказалась права. Всю ночь и утро следующего дня меня мучила моральная изжога. Днем, по дороге в больницу, решила пока все-таки ничего не рассказывать Оле. Когда еще вернется домой. И потом, всегда можно соврать, что полотно отдали на реставрацию. С этими мыслями я поднялась к невестке. Та сидела в постели с грудой воздушных шариков.

— Что ты делаешь?

— Велели надуть десять шариков. Каждый день ерунду всякую придумывают. Зато знаю теперь, кто родится.

— Девочки!

— Нет.

— Мальчики...

— Нет.

— Не пугай меня, кто же?

— И девочка, и мальчик, королевская парочка.

Вот радостная новость. Девочку заберу себе, а мальчишку пусть сами воспитывают. Оля выглядела довольной и отдохнувшей.

— Тебя сегодня навестит Луиза, мы с ней вчера договорились: я днем, она вечером.

После обеда визит завершился. Медсестра занавесила окна, я поцеловала будущую маму и спустилась в просторный холл.

В больших кожаных креслах сидело множество женщин с разными сроками беременности. Кого-то выписывали, кто-то, наоборот, ложился в клинику. Несколько счастливиц держали в руках букеты, а новоиспеченные папы млели, заглядывая в кружевные кульки. Неожиданно меня тронули за локоть:

— Даша, как я рада вас видеть.

Около стены сидела улыбающаяся Каролина Роуэн. Выглядела дама превосходно, правда, была несколько бледновата. Судя по рассказам Луизы, ее мать стояла одной ногой в могиле. Однако перед моим взором явилась элегантная, ухоженная женщина без возраста.

— Добрый день, Каролина, как вы оказались здесь?

— Ничего особенного, дежурный визит к гинекологу. А у меня предложение — выпьем вместе кофе, а то Лу все время у вас гостит, надо же нам тоже познакомиться поближе. Я знаю чудесное местечко, и недалеко. А потом подвезу к вашей машине.

Отказать в такой милой просьбе невозможно, и Каролина стала плутать по улочкам. За разговором я не сразу поняла, что мы отъехали довольно далеко от центра и несемся по окраинным переулкам.

— А где же кафе?

— Да вот тут, рядом.

Я почувствовала укус комара, взмахнула рукой, и мир исчез.

## Глава 26

Шел дождь, он падал крупными каплями на лицо, стекал за шиворот. Пахло сыростью, гнилыми тряпками, и было темно. Через секунду я поняла, что лежу с закрытыми глазами, и разлепила веки.

Перед взором предстал жуткий потолок с трещинами, из которых капала грязная вода. Увернуться от душа не представлялось возможным. Руки и ноги отказывались повиноваться, шея не поворачивалась. Несколько минут понадобилось, чтобы сообразить: кто-то спеленал меня, как младенца. Все тело, перехваченное, как свивальником, жесткой материей, немилосердно болело, жутко хотелось есть и пить. Заорать тоже представлялось проблематичным — во рту торчал отвратительно воняющий рыбой кляп. Единственным, что еще могло двигаться, были глаза, и я попыталась обозреть помещение.

Больше всего комната напоминала заброшенный чердак. Низкий потолок, деревянные стропила. В углу — круглое, покрытое грязью окошко, возле стен кучи то ли тряпок, то ли сена. Тут и там валялись вещи — сломанный стул, несколько ботинок. Какие-то коробки и сундуки громоздились прямо возле лица. Воздух наполняли омерзительные запахи.

Я попыталась пошевелиться. Как бы не так — своеобразная смирительная рубашка даже дышать позволяла с трудом. Почему я оказалась связанной в незнакомой комнате? Навряд ли меня так одели любящие друзья, скорей всего, кто-то желает со мной расправиться. Сейчас придет убийца и... От ужаса я с удвоенной силой принялась елозить по полу. Бесполезно, ничего не изменилось. Что делать! От отчаяния и злобы я чуть не лишилась рассудка и продолжала обшаривать глазами чердак.

И тут взор упал на дивную вещь, похожую на

шинковку. Как раз такая гигантская терка была у бабушки в деревне. Осенью на ней нарезали горы вкусной белой капусты. Узкое длинное лезвие ловко рубило тугие кочаны. Хотелось надеяться, что и эта шинковка такая же острая. Но как к ней подобраться? Я в одном углу, она в противоположном, и доползти нет возможности. Зато можно перекатываться!

Собравшись с силами, я попробовала перевернуться на живот. С третьей попытки получилось. Потом опять на спину. Через какое-то время я вплотную подкатилась к терке и принялась тереться об нее боком.

Пот тек по лицу, тело, тоже вспотевшее под тряпками, немилосердно чесалось, от напряжения заболел живот, и безумно захотелось в туалет.

Но в какой-то момент вдруг почувствовала, что могу шевелить левой рукой, еще пара секунд, и руки вылезли из тряпичного кокона. С удвоенной силой я стала вытаскивать ноги.

И вот наконец стою свободная и покачиваюсь от слабости. Единственная дверь, ведущая на чердак, оказалась запертой. Но человек, обреченный на смерть, бывает на редкость сообразительным.

В мгновение ока к грязному окошку были подтащены ящики, стекло разбито, и вот уже моя голова высунулась наружу. К счастью, земля совсем близко — этаж второй, не выше.

Кряхтя, я пролезла в окошко, повисела немного на руках и кулем рухнула вниз. Жуткая боль разлилась от щиколотки до бедра. Встать на ноги оказалось невозможным. К тому же обвалилась прямо в кусты дикой ежевики, и теперь к боли в ноге прибавилась еще боль от большого количества царапин и ссадин.

Полежав пару минут, попробовала принять вертикальное положение. Оказалось, что могу даже медленно идти. Чувствуя себя русалочкой, я медленно поковыляла вдоль забора, увидела калитку и вывалилась на небольшую тихую улицу. Справа и слева стояли типовые одноэтажные дома, казавшиеся заброшенными. Итак, я в пригороде Парижа, пока, правда, непонятно где, сейчас найду название улицы.

Синяя табличка, висевшая на углу, не внесла ясности — «Oberstraße». Какое странное название, никогда не слышала такого. Мои руины ползли по непонятной улице, постанывая от боли. Господи, хоть бы кто-нибудь попался навстречу, или просто увидеть телефонную будку, в полицию можно позвонить бесплатно.

Кое-как добравшись до перекрестка, повернула налево и оказалась... на громадном проспекте, полном машин, магазинов и людей. От шума закружилась голова, я прислонилась к стене, с трудом сдерживая дрожь в коленях.

Мужчина в форме, напоминавшей полицейскую, обратился ко мне:

— Kann ich helfen? Was ist los?[1]

— Боже, что это, я не понимаю ни слова. Язык непонятен.

— Sind sie krank?[2] — продолжал настаивать мужчина. Внезапно все завертелось, на уши надвинулась шапка, звук пропал, а за ним погас и свет.

---

[1] Могу я помочь? Что случилось? *(нем.)*

[2] Вы больны? *(нем.)*

Затем появились тихие голоса:

— Nicht so schnell, bitte[1].

— Aha, sie hat die Augen geffnet[2].

Молодой худощавый мужчина в белом халате, ласково улыбаясь, проговорил:

— So, wie heiβen Sie?[3]

Я посмотрела на него:

— Где я?

— Sprechen sie deutsch?[4]

Deutsch, на это познаний хватило. Ну надо же, врач говорит по-немецки! Я замотала головой и, как идиотка, стала тыкать себе в грудь пальцем:

— Нет, нет, nicht französisch![5]

Доктор удивленно вскинул брови, вышел из комнаты и через несколько секунд вернулся вместе с молоденькой сестрой. Та заговорила на ломаном французском:

— Вы иностранка?

— Где я?

— В больнице города Бремен.

— Где?

— В больнице города Бремен.

— А что, во Франции есть Бремен?

Медсестра с жалостью посмотрела в сторону врача.

— Нет, Бремен в Германии.

— Я что, в Германии?

— Ну да, — терпеливо продолжала медсестра, — в городе Бремен.

---

[1] Не так быстро, пожалуйста *(нем.)*.

[2] Ага, она открыла глаза *(нем.)*.

[3] Итак, как вас зовут? *(нем.)*

[4] Вы говорите по-немецки? *(нем.)*

[5] Нет, французский! *(нем.)*

— А как я сюда попала?

— По «Скорой помощи». Привезли полицейские. У вас вывих правой ноги, множественные ушибы и ссадины. Сообщите, пожалуйста, имя, фамилию и дату рождения.

— Можно позвонить в Париж? Хочу вызвать родственников.

Сестра обратилась к врачу, и какое-то время они тарахтели и лаяли. В конце концов в палату торжественно внесли радиотелефон. Плохо слушающимися пальцами я набрала номер, подошла Наталья. Услышав мой голос, она стала вопить что-то нечленораздельное, потом наконец догадалась позвать свободно владеющего немецким Аркадия.

Начались переговоры с доктором. Какой, однако, кошмар, когда не понимаешь ни слова. И до чего же ужасный язык: грубый, лающий, отрывистый, не то что мелодичный и ясный французский. С этими мыслями я отбыла в царство Морфея.

Домашние примчались на следующее утро. Еще не принесли завтрак, а они уже тут как тут: Наталья, Аркадий и Оксанка, хорошо хоть детей не взяли.

— Ты знаешь, что Жорж уже три дня ищет тебя по всей Франции? — заорал с порога сын. — Полиция поднята на ноги, а я насмотрелся на разнообразные обезображенные трупы.

— Каждого утопленника, хоть чуть похожего на тебя, совали нам под нос, — подхватила Наталья, — ума можно лишиться. Только Оксанка на них спокойно смотрела.

— Мне это тоже не нравилось, — подхватила

эстафету Оксанка, — все время ожидала увидеть в прозекторской твою дурацкую морду.

— Могли бы спросить о моем самочувствии, — обиделась я.

— Нет, это ты нам скажи, где была, — опять начал орать Аркадий, — каким образом попала в Германию? Что за чертовщина, ну погоди, вот отвезем домой и отдадим Жоржу, узнаешь где раки зимуют!

В палате сразу похолодало... Встречаться с комиссаром не хотелось. Скорей всего, он начнет страшно ругаться. На всякий случай я откинулась на подушки и демонстративно застонала.

— Не прикидывайся, — улыбнулась Оксанка, — вывих — это не смертельно. К тому же колют обезболивающее, скорей всего, у тебя ничего и не болит. Лучше расскажи, где была?

— Не знаю, на чердаке.

— Где?

— На чердаке какого-то дома, я и не подозревала, что столько времени прошло, то-то ноги тряслись, небось не кормили ничем.

Домашние переглянулись.

— Пойдем, Кешка, я хочу поговорить с врачом, — сказала Оксана, и они двинулись в коридор.

Наталья устало вздохнула:

— Опять влезла в историю, любительница приключений.

## Глава 27

Через день я оказалась дома. Жорж приехал после обеда и попросил всех собраться в столовой. Заинтригованные Наталья и Оксана, меланхоличный Дима, взбудораженные дети, невозмутимый Аркадий и полная раскаяния ваша покорная слуга уселись в кресла. Под ногами путались собаки.

— Ну, любовь моя, — сладким голосом пропел комиссар, — расскажи теперь, что же произошло.

Я пожала плечами:

— Не знаю, ей-богу, не знаю. Сначала Каролина Роуэн пригласила выпить кофе, а потом... бац, и я в Германии.

— Ах, Каролина, — протянул Жорж, — вот оно что. А ведь я просил, настаивал не вмешиваться, умолял не совать длинный нос во все дыры. Но нет, как же, разве Даша успокоится! И вот результат: полиция не может задержать убийцу, потому что наша милая мадам помогла ей скрыться.

— Как это помогла убийце скрыться? Даже не знаю, кто прикончил Франциска Роуэна. Ну виновата, хотела поговорить с Катрин, ну ездила в «Зеленую хижину», ну обыскала комнату Селины, подумаешь!

Наталья остановила поток оправданий:

— Жорж, дорогой, расскажите все по порядку.

И комиссар начал повествование:

— История эта началась очень давно. Можно сказать, в тот момент, когда Сюзанна Роуэн, измученная нищетой, решилась отдать одного из сыновей на воспитание.

Несчастной мадам Роуэн доставались от пьяницы-мужа только синяки да шишки. Редкий день супруг не узюзюкивался до беспамятства. Когда-то Леон Роуэн, классный специалист и отличный столяр, великолепно зарабатывал. Но постепенно терял квалификацию, а с ней и заработок. Семья жила на грани нищеты. К тому же

Сюзанна регулярно беременела. Правда, все дети умирали в младенчестве, то ли от голода, то ли от болезней. Чудом уцелели только двое: Франциск и Анри.

Когда братьям исполнился год, стало ясно, что двух мальчиков Роуэнам не прокормить. Дети росли здоровыми и, к большой досаде отца, не собирались умирать. Тогда Леон велел жене оставить одного сына, а другого куда-нибудь деть.

Робкая, забитая мужем Сюзанна побоялась возражать. Анри получил новых маму и папу — Клэр и Роже Леблан. Неизвестно, что случилось бы, если бы Франциск уехал к Лебланам, а Анри остался дома. Но это пустые гадания.

Жизнь потекла своим чередом. Для Франциска — нищая, полная невзгод. К счастью, когда он пошел в первый класс, Леон скончался, и мальчик остался с матерью.

На Сюзанну вдовство подействовало благотворно. Наконец-то она получила возможность хоть немного отдыхать по вечерам. Иногда женщина даже позволяла себе мелкие радости: покупку радио или новую кофту. Быт налаживался, больше не требовалось тратить деньги на иждивенца, и в доме стали появляться сыр, масло, сахар. Сюзанна не покладая рук убирала чужие квартиры, стирала, гладила.

Франциск рос спокойным, тихим ребенком. Больше всего на свете он любил читать и, когда другие дети с визгом гоняли мяч, сидел с книжкой в углу. Учился он хорошо, и мать не могла нарадоваться.

Уже в десять лет Франциск понял, что единственный для него путь выбраться из нищеты — это получить образование. Он засел за учебники, его письменные работы неизменно отмечались всеми учителями. Пять лет подряд мальчик переходил из класса в класс первым учеником. В результате получил стипендию и стал изучать химию в университете.

За пять студенческих лет юноша не позволил себе ни разу расслабиться. Лучшая курсовая, лучшая лабораторная работа, самый интересный доклад, самые подробные исследования — вот каков студент Роуэн. Даже любовь обошла его стороной. Франциск не участвовал в попойках, не имел друзей — он с остервенением грыз гранит наук и наконец догрыз. Получил диплом с отличием и престижное место работы в косметической фирме.

Судьба Анри складывалась по-другому. То ли он был испорчен с рождения, то ли богатые Лебланы избаловали мальчишку своей неуемной любовью, но подросток катился по наклонной плоскости; самозабвенно врал, воровал и с трудом закончил школу. Клэр пролила реки слез, пытаясь вразумить приемного сына, но тот оказался невменяемым. К 23 годам он во второй раз попал в тюрьму. Измученная, доведенная до отчаяния, мадам Леблан явилась к Сюзанне Роуэн и рассказала всю правду об Анри.

Узнал о брате-близнеце и Франциск. Появление столь близкого родственника-уголовника не обрадовало юношу. Под угрозой оказывалась его работа. Увидев, что мать исправно бегает на свидания в тюрьму, Роуэн ушел из дома. Снял квартирку и стал вести одинокий образ жизни.

В фирме, куда Франциск поступил на работу, заведовал отделом Жюльен Кнур. Он внимательно приглядывался к старательному и аккуратному сотруднику. Раз в году, перед Рождеством, в фирме устраивали бал. Жюльен привел на праздник свою дочь.

Каролина Кнур слыла неудачницей. Интересная внешне, с покладистым характером и большим приданым, девушка никак не могла устроить свою жизнь. Все подруги давно выскочили замуж, а она к тридцати годам превращалась в старую деву. Хитрый Жюльен Кнур познакомил Каролину с Франциском. Походя начальник рассказал подчиненному о стеснительности дочери и... большом приданом.

Франциск недолго сомневался. Приятная внешность Каролины, ее молчаливость понравились Роуэну. Ухаживать он не умел, да и, честно говоря, не очень хотел тратить деньги на всякие конфеты и букеты. Через неделю жених явился к Кнуру и попросил руки дочери. Предложение приняли с радостью и сыграли пышную свадьбу.

Вот так Франциск из малообеспеченного служащего превратился в солидного буржуа. Своей привычке трудиться не покладая рук он не изменил и после женитьбы.

Бедная Каролина целыми днями просиживала одна. Постоянно занятый муж успешно продвигался вверх по финансовой лестнице, она же существовала как в тумане. Дни тянулись бесконечно, до тошноты похожие друг на друга: парикмахер, косметичка, телевизор... К тому же после нескольких месяцев брака Франциск начал упрекать жену в мотовстве. Дальше — больше.

Через несколько лет супруги Роуэн стали абсолютно чужими друг другу. Немного сблизило их рождение дочерей, сначала Луизы, потом Селины. Но девочки быстро росли, умилительный период пухлого младенчества закончился. Каролине остались только мечты и дамские романы, которые женщина глотала пачками.

Когда сначала Луиза, а потом Селина пошли в школу, их мать неожиданно открыла для себя увлекательное хобби. Франциск, которому жена надоела до безумия, стал уезжать отдыхать в одиночестве. Постепенно сложилась традиция: муж ехал в дешевую «Зеленую хижину», жена, после небольшого скандала и дежурных упреков, — в Германию или Швейцарию.

Однажды Каролина случайно попала в Монте-Карло. Вид казино ошеломил мадам Роуэн. Она рискнула купить несколько фишек и выиграла первые деньги. С тех пор Каролина превратилась в азартного игрока. Действовала женщина крайне осторожно и страсти отдавалась только на отдыхе. В целом она полностью оправдывала поговорку: «Не везет в любви, везет в карты». Мадам Роуэн выигрывала довольно крупные суммы и тратила их потом только на свои прихоти: косметику, модную одежду, коробки шоколадных конфет.

Но в казино Каролину привлекали не только деньги. Ей нравилась атмосфера праздника, так непохожая на унылую жизнь в Париже.

Там, дома, полагалось выключать свет в десять, чтобы экономить электричество, колготки следовало снимать прямо в холле, дабы не порвать, ужин не подавался вовсе, и никогда не приходили гости.

Здесь, в Монте-Карло, всю ночь горели яркие люстры, работал и буфет и ресторан, шикарно одетые мужчины и женщины, сверкающие драгоценностями, тихо смеялись, разговаривали, всем было весело.

Каролине казалось, что даже состояния здесь проигрывают со смехом. Ради двух счастливых, блестящих недель в казино она терпела весь год скучного Франциска и тоскливое, полное ограничений существование в Париже.

Здесь, в Монте-Карло, она жила как голливудская кинозвезда: заказывала в два часа ночи шампанское и русскую икру, требовала украшать номер дорогими цветами, сорила чаевыми. Вот это была жизнь.

Но казино подарило Каролине не только деньги. В его стенах началось самое увлекательное приключение. Однажды, выиграв, как всегда, довольно крупную сумму, она сложила фишки в сумочку и бесцельно огляделась по сторонам. В противоположном углу, возле одного из столов стоял... Франциск.

У Каролины похолодела спина и загорелись уши. Ей и в голову не могло прийти, что муж окажется в казино. Спрятавшись за большой пальмой, женщина с изумлением стала наблюдать за супругом. Удивляться было чему. Во-первых, на нем был элегантный и, очевидно, безумно дорогой костюм. Галстук украшала красивая булавка, золотые часы на запястье сверкали камнями, похожими на бриллианты. Во-вторых, на нем буквально повисла очаровательная молодая брюнетка, чуть старше Селины. Ее черное платье, спереди глухо закрытое, сзади имело декольте чуть ли не до самых ягодиц. К тому же юная профурсетка, увешанная золотыми украшениями, походила на рождественскую елку.

Почти не дыша, Каролина наблюдала, как не

везло Франциску. В конце концов, проигравшись в пух и прах, он снял часы и отнес их к окошку кассы. Больше всего Каролину поразило то, что муж при этом весело смеялся и похлопывал свою спутницу по заднице.

Остолбенев от изумления, она потеряла бдительность и вышла из укрытия. Как раз в этот момент Франциск решил покинуть казино, и Каролина столкнулась с супругом лицом к лицу.

Тот окинул ее холодным, оценивающим взглядом и вежливо посторонился. Мадам Роуэн замерла с открытым ртом. Муж ничего ей не сказал, более того, сделал вид, что они незнакомы. Это совершенно деморализовало Каролину.

Заплатив портье, она узнала, что Франциск живет в отеле под именем Анри Леблан, а женщина — дорогая проститутка. От негодования Каролина первый раз в жизни впала в ярость. Вот, значит, как. Дома заставляет близких считать сантимы, а сам здесь проигрывает безумные суммы, да еще балуется с девочками по вызову!

Не помня себя от злости, женщина понеслась прямо в номер к изменнику. Распахнула дверь и обнаружила, что супруг моется. Полная мстительного задора, Каролина вломилась в ванную, отдернула занавеску и замерла. Человек с лицом Франциска, стоящий под душем, обладал телом совершенно другого мужчины. На груди и лопатках у него красовались татуировки, а через живот шел длинный старый шрам.

В смущении Каролина села на унитаз. Сказать было нечего. Анри завернулся в полотенце и примостился на краю ванной. Так начался их безумный, сумасшедший роман.

К моменту встречи с мадам Роуэн Анри уже

успел много раз побывать за решеткой. Пожалуй, он перепробовал все виды мошенничества: воровал в магазинах, притворялся страховым агентом, угонял автомобили, занимался шулерством.

К тому же он был многоженцем, в нескольких крупных городах жили женщины, считавшие, что их муж — коммивояжер, часто и надолго уезжающий по делам. Анри подобная жизнь не угнетала, он постоянно ввязывался в приключения и неприятности, получая от них гигантское удовольствие.

Настроение иногда портило безденежье. Леблан абсолютно не умел копить деньги и радостно тратил все, что удавалось получить.

При всем при этом Анри обладал добрым и ласковым нравом. Десятки брошенных женщин вспоминали о нем с нежностью. Он врывался в их жизнь, как фейерверк. Говорил изумительные комплименты, водил в рестораны, дарил подарки, а потом вдруг исчезал, частенько прихватив с собой что-нибудь ценное. Но сердиться на него было невозможно.

Узнав, что мадам перепутала его с братом, Анри понял, что в руки приплыл уникальный, единственный в своем роде шанс. И он начал ухаживать за женщиной. Целый год Каролина жила, как в удивительном фильме, как в одном из своих любимых романов.

На нее потоками выливались признания в любви, она бежала на свидания в маленькие гостиницы, бродила по улицам со своим Ромео. В чаду любовного угара бедная женщина как-то не замечала, что сама платила по всем счетам. Порой посыльный из цветочного магазина, протягивая букет, тут же вручал счет, но какое это имело значение, когда любимый и единственный был рядом.

К тому же он так походил на мужа, что Каролину совершенно не мучила совесть. Она изменяла Франциску с... Франциском, со вторым его «я». Анри даже познакомил ее со своей родной матерью Сюзанной. Чистенькая старушка простодушно рассказала Каролине про свою жизнь. Больше всего Сюзанну расстраивало то, что выращенный ею Франциск ни разу не позвонил за все годы, а отданный на воспитание Анри регулярно приезжал с продуктами и деньгами.

— Не того я в детстве выбрала, — сетовала Сюзанна, — ну и пусть уголовник, зато ласковый и заботливый. А что толку во Франциске? Как только стал на ноги, бросил меня.

Все это укрепляло любовь Каролины. И вот наконец настал момент, когда она поняла, что больше не может так жить. И Анри изложил ей план.

О том, что у Франциска есть брат-близнец, практически никто не знал. Значит, можно сделать так, что один исчезнет, а другой займет его место. Денег, заработанных Роуэном, должно хватить на долгие годы счастливой семейной жизни. Некоторую путаницу в привычках легко списать на амнезию. Для руководства концерном они наймут управляющего. Все так легко, так просто. Абсолютно лишенная воли, Каролина была согласна на все.

Оставалось разработать детали убийства. Анри познакомил Каролину с Катрин Дюруа. Когда-то они были любовниками, потом расстались. Катрин тоже пару раз побывала за решеткой и за деньги была готова совершить любое преступление.

Акцию решили провести во время ежегодного отдыха. Катрин, вооруженная шприцем, напросилась в машину к Франциску. Укол — и мужчина мгновенно потерял сознание. Катрин отогнала машину к условленному месту, где ждали Каролина и Анри.

Любовники быстро раздели Франциска и голым закопали в землю. Убить его все же не смогли, понадеялись, что месье Роуэн задохнется.

После этого Анри в одежде Франциска как ни в чем не бывало вернулся в «Зеленую хижину». Потом инсценировал автомобильную аварию, разбил машину и даже лег в больницу. Только это была косметическая лечебница, где Леблану удалили татуировки. План удался потому, что у Роуэна практически не существовало друзей. Никто не рвался к нему в больницу, никто не волновался о здоровье, кроме... Каролины.

Итак, все прошло удачно. Франциск исчез, а его место прочно занял Анри. Домашние только удивлялись происшедшим переменам в характере отца.

Жорж остановился и перевел дух. Мы слушали раскрыв рты. Даже Дима и дети не произнесли ни слова. Комиссар залпом выпил стакан минеральной воды и продолжил:

— Все, что я рассказал, полиция может доказать. Мы проверили приходные книги отеля, где останавливались Анри и Каролина, служащие рассказали много интересного, да и Сюзанна Роуэн была более чем откровенна. Дальше начинаются догадки.

Каким-то образом Селина обнаружила, что

место ее отца занял мошенник. Она принялась следить за Анри и в конце концов заявила матери, что живущий в их доме мужчина — самозванец.

Каролина, очевидно, каким-то образом успокоила дочь. Потом Анри таинственным образом погиб в Тунисе, мы до сих пор не знаем, что привело его туда и кто всадил ему пулю в лоб.

После смерти Анри жизнь потеряла для Каролины всякий смысл. Вы знаете, что она попала в клинику, потом долго лечилась уже дома. Но настоящий кошмар начался, когда вернулся Франциск. Муж все-таки не обвинял ее в своем убийстве, винил во всем только брата. К жене предъявлял другие претензии: как это она не разобралась в обмане.

В этот и без того напряженный момент опять появилась Катрин Дюруа. Она уже успела потратить полученные деньги и решила шантажировать мадам Роуэн. Будь Анри жив, шантажистка моментально получила бы по рукам. Но Каролина испугалась и отнесла вымогательнице крупную сумму.

Очевидно, момент передачи денег увидела следившая за ними Селина. Возмущенная девушка потребовала от матери объяснений, угрожая в противном случае рассказать о своих подозрениях воскресшему отцу. Испугавшись разоблачения, Каролина угостила дочь вином со снотворным, а затем инсценировала ее самоубийство.

Полиция сразу поняла, что это инсценировка, к тому же плохая. Во-первых, по виду борозды на шее судмедэксперт почти со стопроцентной уверенностью может сказать, повесился ли несчастный сам или ему помогли. А во-вторых, наличие большого количества барбитуратов в крови сразу привлекло внимание уголовной полиции. Под подозрение попадали все домашние. И тут в дело активно вмешалась Даша.

Уж не знаю, как она нашла Катрин Дюруа. Но наш, так сказать, частный детектив начал расследование. Сначала за свое неуемное любопытство она получила лампой по голове. Но это не остудило ее горячую голову. Даша ухитрилась подглядеть очередную встречу Катрин и Каролины. Более того, нашла убежище шантажистки, где та проживала под чужой фамилией.

Даша решила докопаться до истины, а Катрин ни за что не хотела ее открывать. Она попыталась убежать от назойливой посетительницы, но на улице ее поджидала мадам Роуэн с пистолетом.

К этому моменту Каролина превратилась в законченную убийцу, жестокую и беспощадную. Первой, правда неудавшейся, жертвой стал Франциск, потом Селина, затем снова пришлось расправиться с Франциском. Да, да, именно с Франциском. Но он сам оказался виноват, торжественно предупредив жену о том, что едет вносить изменения в завещание. Сам бог велел подстеречь жертву на переполненной станции метро и толкнуть под колеса. Происшедшее смахивало на несчастный случай.

Следующим объектом стала мадемуазель Дюруа. Скорей всего, мадам Роуэн надоело платить шантажистке. В роковой для Катрин день Каролина расплатилась в последний раз и пошла за жертвой. Но тут карты спутала Даша.

Обнаружив, что не одна она следит за женщиной, убийца затаилась на чердаке, откуда открывался великолепный обзор. Ждать пришлось недолго, минут через пятнадцать Катрин выскочила из дома, Даша за ней. Момент оказался крайне подходящим, и пуля попала точно в цель.

Вроде все нужные люди были убиты, но теперь Каролину пугала Даша. Она не знала, что ей рассказала Катрин, к тому же эта пронырливая иностранка подружилась с Селиной, затем с Луизой, стала приходить в гости да еще присутствовала при смерти Анри в Тунисе. По разумению мадам Роуэн, которая становилась неуправляемой, Дашу следовало устранить.

Каролина понимала, что сделать это будет трудно. Очевидно, она перебирала разные возможности: автомобильная катастрофа, несчастье в лифте, отравление! Сказано — сделано. В бутылку «Амаретто» насыпается большая порция цианида и посылается жертве на дом. Но здесь случилась неудача. Каролина не знала, что Даша не выносит «Амаретто», и была не в курсе, что в доме живет еще одна мадам Васильева. В результате все-таки получился труп, но не тот. Ошибка вышла. И тут Каролина окончательно потеряла голову.

Конечно, Даше следовало не заниматься самодеятельностью, а сразу прийти в полицию, мадам Роуэн уже сейчас сидела бы в Сантэ. Но, к сожалению, лавры Эркюля Пуаро не давали сыщице спать спокойно. Увидев, что жертва по недоразумению оказалась жива, Каролина решила действовать по уже однажды опробованному сценарию.

Она заманила глупую женщину в машину, изловчилась и сделала ей тот же самый укол. Но только теперь рядом не было Анри, чтобы помочь закопать тело. Поэтому Каролине пришлось прибегнуть к помощи уголовников. Каким-то образом ей удалось договориться с Морисом Рикардом, руководителем одной из банд. Наверное, она познакомилась с ним в казино. Соблазнившись приличной наградой, а скорее всего, просто желая оказать услугу приглянувшейся женщине (Морис известен как неуправляемый бабник), Рикард взялся за организацию похищения.

Когда Каролина привезла в условленное место глубоко спящую Дашу, наемный киллер перегрузил жертву в свою машину и вывез в Германию.

Там он поместил ее на чердак заброшенного дома, связал как следует и стал ждать приказа. Хитрый Рикард, конечно, пообещал Каролине расправиться с Дашей и взял у нее довольно крупную сумму. Но сам приказа об уничтожении не отдал, решил подождать, пока одурманенная жертва проснется.

Морис задумал сначала вытрясти из Даши информацию, а уже потом ее убрать. Его очень интересовало, чем же та помешала Каролине. Рикард собирался потом шантажировать вдову и выпотрошить как следует ее карманы.

Утром киллер наведался на чердак, но птичка мирно спала в клетке и не думала просыпаться. Крепко связанной женщине, казалось, было некуда деваться, и убийца особенно не волновался. Представляю, как у него изменилось лицо, когда он увидел, что клетка пуста.

Каролина сразу узнала, что Даша уцелела. Ничего не подозревавшая Луиза каждый день названивала Наташе, волнуясь о судьбе подруги. И конечно же, рассказала матери о неудаче Дашнепинга.

Реакция Каролины была мгновенной: она собрала документы, деньги и бежала. Сейчас мы ищем ее, но пока безуспешно. Скорей всего, убийца с поддельным паспортом находится в Америке, или Австралии, или Новой Зеландии.

Жорж замолк, потом посмотрел в мою сторону и произнес:

— Если бы ты, мой ангел, не влезла в это дело, полиция обязательно арестовала бы Каролину. Мы следили за ней и выжидали удобный момент. Так нет же! Появилась, влезла, все спутала, и вот результат — подозреваемая на свободе. Наш доктор считает, что у мадам Роуэн явные психические отклонения. Неизвестно, как поведет себя безумная убийца. Во всяком случае, рекомендую тебе быть очень осторожной и не выходить одной из дома.

— Что мне теперь, всю жизнь ходить с провожатым? — возмутилась я.

— По крайней мере, какое-то время, пока полиция не убедится, что Каролины нет в Париже. И умерь активность, не мешай работать.

— Вот ты говорил, что Каролина выигрывала крупные суммы, интересно, куда она их девала? — не могла я успокоиться.

— Служащие казино хорошо знали мадам Роуэн и в один голос говорят о больших выигрышах. Но она и тратила много.

— Может, Каролина приобретала дорогостоящие вещи? Как насчет бриллиантов?

Жорж подозрительно посмотрел на меня:

— Почему тебя так интересуют бриллианты? Ты что-то знаешь? Каролина показывала камни?

— Нет, нет, просто интересно, куда девались выигрыши.

— Мать, — сказал Аркашка, — если ты что-то скрываешь, то лучше прямо сейчас расскажи. Какие бриллианты?

— Нет, нет, просто так спросила, ей-богу.

Жорж вздохнул. Конечно, он не поверил.

## Глава 28

Через несколько дней я в сопровождении Оксаны отправилась к Луизе. Девушка выглядела подавленной и несчастной. К тому же у нее начался сильный насморк, глаза слезились, нос приобрел багровый оттенок.

— Лучше всего в таком состоянии лечь в кровать и спокойно уснуть, — предписала Оксана.

Луиза помотала головой:

— Это невозможно. Жду агента по продаже квартир.

— Зачем?

— Решила продать дом. Здесь все были несчастливы. К тому же по ночам чудятся призраки. Вижу Селину в ванной, папу в кабинете. Господи, мама, наверное, сошла с ума и тебя тоже хотела убить.

— Где же ты поселишься?

— Куплю небольшую квартирку и попробую начать жизнь с нуля. Денег у меня достаточно.

— Скучно ничего не делать, — проговорила Оксанка, — переведи ей, что я советую пойти куда-нибудь учиться, и потом, куда подевался Пьер? Они что, развелись?

Луиза замялась.

— Нет, окончательно мы не расходились и по документам все еще муж и жена. Но фактически уже давно чужие люди. Я неинтересна Пьеру, кажется, он завел другую. А учиться я и сама хотела пойти. Всю юность мечтала стать художницей, рисовать пейзажи, и неплохо получалось. Но папа протестовал: надо покупать кисти, краски, бумагу. А маме не нравился запах. Теперь смогу поступить в Академию художеств. Заплачу за обучение, и примут без экзаменов.

Беседу прервал звонок в дверь. Приятный молодой мужчина из риелторской конторы был готов приступить к осмотру дома. Мы откланялись и уехали.

— Жалко ее, — пробормотала Оксанка, — ни родителей, ни родственников, ни работы. Даже подруг нет, кроме тебя. Вот несчастье.

Дома нас встретил настойчивый телефонный звонок. Я схватила трубку. В ухе зазвенел противный Лелькин голос:

— Ну ты и сволочь, как только такое могло прийти тебе в голову.

Кое-как успокоив истеричку, я услышала удивительную информацию. Вчера ночью в дом к Костику вломились спортивного вида молодые люди с бритыми затылками. Поигрывая бицепсами, качки потребовали у ошеломленных сирот то, что те привезли из Парижа.

Костик сначала сделал вид, что не понимает, но пара оплеух быстро вернула память. Лелька принесла Ван Гога. Но один из бандитов заявил, что «дурацкие картинки нам ни к чему», и велел отдать какие-то слезы.

Костик и Лелька пытались уверить нападавших, что никаких слез, кроме собственных, у них нет. Тогда их жестоко избили.

— Отдайте подобру-поздорову, — увещевали бандиты, нанося удары, — а то хуже будет.

Рыдая, Костик просил взять Ван Гога, рассказывая о его ценности. В конце концов один из нападавших вытащил сотовый телефон и связался с начальством. В результате братки взяли, как они сказали, «мазню» и, наподдав последний раз хозяину по зубам, начали крушить квартиру.

Сирот заперли в туалете, предварительно обшарив сливной бачок. Два часа в комнатах бушевал ураган, потом все стихло. Еще через час Костя с Лелькой решили выглянуть из укрытия.

Представшая картина ужасала. В гостиной вспороты диван и кресла, разбит телевизор и выпотрошены стулья. Картины валялись на полу, разломанные рамы — рядом. В спальне летал пух из подушек, на трюмо кучками лежала вытряхнутая косметика и выдавленный из тюбиков крем.

Но больше всего пострадала кухня. Там перебили и испортили буквально все. Кофе, чай, сахар и крупы ровным ковром устилали пол. Вся техника: тостер, миксер, кофеварка и соковыжималка, разобранная на части, — громоздилась в мойке. Продукты, вытащенные из холодильника, бросили в ванну. Довершала картину гигантская записка с орфографическими ошибками, приклеенная медом на новенькие обои в кабинете: «Верни все. А то хуже будит. Еще вирнемся». На следующий день Костика с инфарктом увезли в больницу, а Лелька кинулась звонить в Париж.

— Ну зачем ты наняла этих бандитов? — рыдала она в трубку. — И что еще пропало, какие слезы, что это?

— Значит, все-таки вы украли Ван Гога?

— Ну, не украли, а просто взяли. Подумаешь, он совсем вам не нужен, а нам жить не на что. И вообще, Костик — твой бывший муж, и ты должна его поддерживать. Обеднели, что ли? Паршивую картину мужу пожалела, ну и жадность! Да еще бандитов наняла. Ну, получила Ван Гога назад, подавись теперь им, но, скажи на милость, чего еще ты хочешь?

Объясняться с обезумевшей Лелькой не представлялось возможным, и я просто положила трубку.

— Что случилось? — поинтересовалась Оксанка.

— Кто-то разгромил квартиру ворюг и требует у них слезы.

— Вот ведь странно, — протянула Оксана, — у меня тоже хотели получить слезы. Интересно, что это такое, не знаешь?

Я знала, но отрицательно помотала головой.

Присутствующая при разговоре Маша вздохнула:

— Когда кто-то что-то ищет, надо это что-то получше прятать. Во всяком случае, сейф не подойдет. Следует искать оригинальные решения.

Я посмотрела на девочку с подозрением. Уж не задумала ли она перепрятать камни? Да нет, навряд ли. И притом ребенок не знает про несгораемый шкаф за книгами. И про сейф сказала просто так. Интересно, чьи камни, кто их ищет? Но кто бы он ни был, перед расходами не останавливается — сначала громит Оксанкину квартиру, потом запихивает Деньку в Бутырку. Потом обыскивает мой дом и особняк Луизы и, наконец, потрошит сирот.

Интересно, сколько могут стоить спрятанные в сейфе бриллианты? Надо оценить находку. Завтра возьму один алмаз и поеду к ювелиру.

Сказано — сделано. Наутро, около девяти, пока все спали, я тихонько выскользнула из дома.

Побег заметил только заспанный Дима, мрачно пивший в одиночестве кофе.

— Вы куда собрались? — спросил он.

— В парикмахерскую, а ты почему вскочил?

— Да в этой дурацкой фирме теперь установили часы работы и требуют сидеть с 9 часов на месте. Вот жуть, так рано вставать приходится. Вы ведь в центр поедете? Подвезите меня.

Я посадила Диму в машину, на бульваре Распай он вышел, а я покатила к ювелиру.

Месье Леру очень любезен, не могу сказать, что я частая гостья в его салоне, но иногда заглядываю: покупала часы Кешке, браслет Наташке на день рождения, первые сережки для Мани.

— О, дорогая мадам, — разулыбался Огюст Леру, — рад вас видеть. У кого на этот раз праздник, кому будете покупать подарок?

— Невестка собирается рожать. Хочется презентовать что-нибудь особенное, даже уникальное. Покажите кольца с бриллиантами.

— Бриллианты, — месье Леру оживился, — чудесный выбор. Вечные камни; нет женщины, которая устоит перед их завораживающим блеском.

И он начал вынимать из сейфов бархатные коробочки. Я медленно перебирала украшения. Камни в оправах были разного размера — от микроскопических осколков до вполне приличных алмазов. Но все были намного меньше того, что лежал у меня в сумочке. Порывшись в коробочках, я вытащила кольцо в элегантной оправе с камнем размером с рисовое зерно.

— Это, пожалуй, подойдет. А какова цена?

Прочитав небольшую лекцию о подорожании

алмазов на мировом рынке, Огюст назвал безумную сумму.

— А что, цена кольца зависит от размера камня?

Ювелир снова пустился в рассуждения, но в конце концов признал, что качество и объем бриллианта являются определяющими в стоимости кольца.

— Очень симпатичное украшение, — протянула я лениво, — вот только камень какой-то маленький и невразумительный, к тому же желтоватый. Нет, мне не нравится. А можно заказать кольцо? Дело в том, что от бабушки остались кое-какие камушки.

И я полезла в сумочку. Огюст взял специальную лупу-монокль и в ожидании посмотрел на меня. Я раскрыла мешочек и выкатила корунд на стол. Лупа, звякнув, упала рядом.

— Бог мой, — прошептал ювелир, — мадам, это стоит целое состояние! Такую вещь просто опасно вставлять в оправу, вы не сможете носить это украшение. Конечно, я сделаю кольцо, но потом поместите его в сейф, иначе спровоцируете бандитов на нападение. А лучше всего, чтобы никто не знал о существовании в семье подобного камня. Такую драгоценность следует хранить втайне и передавать из поколения в поколение. Поймите, это не украшение, а вклад денег. А вы принесли его в сумочке, одна, без сопровождения, боже, какая неосторожность!

Месье Леру покраснел, на лбу заблестели капли пота.

— Мадам, — продолжал он, — прежде чем заказывать кольцо, следует подумать. Тем более если собираетесь подарить его невестке. А вдруг развод, и камень уходит из вашей семьи. Нет, это неразумно, простите, просто глупо. Выберите для невестки что-нибудь из ассортимента магазина. У нас есть и ожерелья, и браслеты, и кулоны. А свой камень унесите домой, а лучше всего прямо в банк. Жизнь так непредсказуема, вдруг под старость будете нуждаться, и тогда горько пожалеете об этом алмазе.

— А сколько может стоить такой бриллиант?

Огюст Леру пошевелил губами.

— Камни такого класса уходят, как правило, через аукцион. Или сделка, наоборот, совершается в полной тайне. Разрешите, осмотрю бриллиант.

Через несколько минут ювелир назвал примерную стоимость. Я произвела в уме расчет. Значит, так, этот камень — самый маленький, всего их восемнадцать. Сумма после умножения получилась такой огромной, что я тоже вспотела. Да, за такие деньги можно и убить десяток-другой людишек.

Ни за что не понесу богатство в банк. За ним охотится кто-то могущественный. А у банковских служащих есть языки и финансовые проблемы. Нет уж, пусть лежат дома. В конце концов, о сейфе знаем только я, Софи и Наташка.

Я повернулась к Огюсту:

— Вы правы, месье. Куплю для Ольги кольцо и спокойно отправлюсь домой. А завтра помещу камень в банк. Надеюсь, вы никому не расскажете о моем визите?

Ювелир мягко улыбнулся:

— Дорогая мадам, наша семья вот уже двести лет занимается своим бизнесом. Мы умеем держать язык за зубами и дорожим клиентами.

После этой тирады он вытащил из другого

сейфа еще коробочки, и мы начали выбирать подарок. Часа через полтора я оплатила в кассе покупку.

В торговом зале было многолюдно. В особенности много народа толпилось в отделе дешевых сувениров. В какой-то момент среди покупателей мелькнуло знакомое лицо. Дима! В ту же секунду подошла секретарь Огюста с молодым человеком.

— Месье Леру сказал, что вы очень плохо себя чувствуете. Вот Леон проводит вас до дома. Леон — профессиональный шофер и сам поведет машину.

Рассыпаясь в благодарностях, я краем глаза косила в сувенирный отдел. Но Дима исчез. Скорей всего, это кто-то на него похожий. Ну что мог делать подкидыш в ювелирном магазине?

Услужливый Леон доставил меня до дома и даже ввел в холл, поддерживая под локоть. Разозленная Наташка кинулась с выговором:

— Опять не слушаешься. Тебе было велено одной не выходить, вдруг Каролина в Париже.

— Вот, смотри, что я купила для Ольги.

— Прекрасная вещь. Но можно подождать несколько дней, — вмешался Аркадий, — мы очень волновались.

От дальнейших нравоучений спас телефонный звонок. Наташка сняла трубку и побледнела.

— Как избили? Где она? Сейчас приедем.

Мы с Аркадием уставились на Наташку.

— Звонили из госпиталя Святой Анны, — сообщила подруга, — к ним привезли жестоко избитую Луизу. В сумочке нашли Дашкину визитную карточку.

— А кто ее избил?

— Ничего не сказали.

Госпиталь, громадный, как город, находился на другом конце Парижа. И мы, попав во все пробки, добрались до места только через два часа.

Луиза лежала в реанимации. Голову, словно шлем, охватывала тугая повязка. Левый глаз, украшенный чудовищным синяком, заплыл. Все лицо и часть шеи покрывали кровоподтеки. То, что было скрыто под простыней, выглядело, очевидно, не лучше. Возле кровати читала дешевый романчик девушка-полицейский. Увидев нас, она отложила книгу и требовательно спросила:

— Вы кто?

— Близкие знакомые, нам позвонили из больницы. Кто это ее так избил?

— Вы не француженки, — уверенно заявила девушка.

Наташка обозлилась:

— Налогов, которые я плачу в год, хватит на зарплату для половины полицейских Франции. И потом, какое вам дело до нашей национальности!

Девица, грозный страж закона, вдруг приветливо заулыбалась:

— Не хотела вас обидеть. Просто потерпевшая в бреду все время повторяет иностранные имена, а я не могу понять, какие. Может, разберете, если услышите.

— А что произошло?

— Пока ничего не знаем.

Оказалось, что «Скорую помощь» вызвал маклер по продаже квартир. Он пришел, чтобы подписать договор купли-продажи. Дверь дома оказалась незапертой, и он обнаружил Луизу в холле у подножия лестницы, всю в крови и без сознания.

Приехавшие врачи сразу определили черепно-мозговую травму и переломы ребер. Полицейские попытались восстановить картину происшедшего. Выходило, что ночью в дом проник вор. Он вел себя неосторожно, зашумел и разбудил хозяйку.

Луиза, накинув халат, вышла в коридор. Негодяй, притаившийся за занавеской, ударил ее по голове табуреткой и столкнул со второго этажа. Потеряв сознание, девушка скатилась по ступенькам, ломая ребра. Но бандит на этом не успокоился. Тоже спустился вниз и несколько раз с размаху ударил неподвижное тело ногой. Удары бандита пришлись по лицу и животу. Убивать почему-то не захотел, только изуродовал.

Полицейских поразило необыкновенное равнодушие бандита. Оставив жертву истекать кровью, он хладнокровно вскрыл все коробки и узлы, которые Лу собрала, готовясь к переезду. Взял ли домушник что-нибудь, полицейские не знали. Луиза лежала без сознания, и врачи сомневались в благополучном исходе.

Мы посидели немного возле несчастной, мучаясь собственной беспомощностью. На обратной дороге Наташка задумчиво произнесла:

— Интересно, что ищут? Не знаешь?

Я покраснела, помолчала минуту и выложила Наташке все.

— Боже, — проговорила узнавшая правду подруга, — ты хоть понимаешь, что наделала? Спрятала чужую собственность, а бандиты за ней гоняются. Надо вернуть все.

— Как? Дать объявление в «Пари суар»? Найдены бриллианты безумной стоимости, кому надо — забирайте.

Наташка призадумалась:

— Надо узнать, чьи камни, и отдать. У тебя есть предположения?

Я помотала головой:

— Нет. Знаю только, что бандит — любитель карамелек «Гусиные лапки» фабрики «Красный Октябрь». Он потерял одну, когда шарил в моей спальне.

— Значит, русский. Эх, что же ты не положила коробочку с камнями на стол. Взял бы и отвязался.

— Да когда он обшаривал наш дом, портил паштеты и варенье, я еще не знала, что ему надо. А теперь он больше к нам не приходит, лазает по знакомым. Наверное, думает, что я отдала драгоценности кому-нибудь на сохранение. И у Костика с Лелькой побывал, и у Луизы, а до этого вломился к Оксанке.

— Послушай, давай расскажем Жоржу!

— Ни за что. Сами узнаем. Нечего сюда комиссара впутывать. Да и что он сделает?

Мы прикатили домой, решив никому ничего не рассказывать.

## Глава 29

Ольга чувствовала себя совсем хорошо, и врач разрешил ей вернуться домой. Для будущей мамы оборудовали отдельную комнату на третьем этаже.

— Нечего жить с беременной женой в одной спальне, — постановила Оксанка. — Ей надо спокойно спать, родятся дети — не отдохнешь.

Аркашка вяло сопротивлялся, но в конце концов согласился. И когда привез Зайца домой, то сразу повел на третий этаж.

Возвращение Ольки обставили торжественно.

На столе красовался гигантский букет роз — знак внимания любящего мужа. На кровати лежали новый халат и ночная рубашка — презент внимательной Маруси. Большая коробка шоколадных и, очевидно, вредных для беременной конфет аппетитно пахла на ночном столике — Наташка, сама ужасная сластена, решила обрадовать Зайку своей радостью. От меня были детективы и корзинка с розовой шерстью.

Когда невестка влезла наконец на третий этаж и устроилась на диване, в дверь постучал Луи. Хитро улыбаясь, он принес поднос с обожаемыми Ольгой свежеприготовленными мидиями в винном соусе.

Растроганная девушка зарыдала:

— Как вы все меня любите!

— Вот еще, — фыркнул Кешка, — очень надо тебя любить. Ты сейчас просто футляр для моих детей, вот и заботимся о его сохранности.

Мы оставили супругов вдвоем выяснять отношения и пошли в столовую.

— Надо было освободить комнату для гостей на первом этаже и устроить Зайца там, — проговорила Наташка, — тяжело на третий этаж по лестницам карабкаться.

— Ничего, ничего, — успокоила Оксанка, — полезно физкультурой заниматься. Тихонько поднимется, тихонько спустится. Зато там спокойно, никакого шума, и телефона нет.

Не успела она вспомнить про телефон, как тот тут же зазвенел. Медсестра из госпиталя сообщила, что Луиза пришла в сознание и просила меня приехать.

Лу выглядела ужасно. Маленькое бледное личико с черными подглазниками. Нос заострился и вытянулся, в ноздри подведены трубочки с кислородом. Какие-то шланги и бутылки громоздились вокруг кровати. У изголовья моргал зеленым огоньком непонятный прибор. Желтоватые, восковые руки бессильно лежали поверх одеяла.

Но все-таки она пришла в себя. И когда я появилась в палате, попыталась улыбнуться. Хотя улыбка больше походила на гримасу.

— Луизонька, — зашептала я со слезами на глазах, — ты обязательно поправишься, поступишь в Академию художеств, а мы потом будем за безумные деньги покупать твои пейзажи. Потерпи немного, все пройдет, здесь чудесные врачи, новейшие лекарства, великолепный уход.

Я говорила и говорила, не веря собственным словам. Уж очень плохо выглядела девушка, краше в гроб кладут. Найти бы негодяя, который так изуродовал бедняжку. Вдруг я поняла, что Луиза пытается что-то сказать. Ее щеки напряглись, губы беззвучно зашевелились. Я прижалась ухом к ее лицу, пытаясь уловить звук.

— Дима, Дима, — шептала Луиза.

— Ты хочешь, чтобы сюда пришел Дима? — изумилась я.

Глаза Луизы наполнились слезами, она опять пошевелила губами:

— Дима, Дима.

— Я сейчас привезу его.

Девушка через силу, отрицательно покачала головой.

— Дима, Дима бил.

Я оторопела от ужаса. Нет, наверное, что-то не так поняла. Или у несчастной от побоев помутился рассудок.

— Ты хочешь сказать, что это Дима так тебя изуродовал?

Луиза с неожиданной силой закивала головой:

— Дима, Дима.

— Луизонька, может, ты перепутала? Полиция говорит, что напали сзади. Ты не могла видеть разбойника, да и Диме незачем тебя избивать!

Слезы потекли по лицу девушки.

— Дима, Дима бил, видела Диму, он бил ногами.

Больная пришла в сильное возбуждение, стала метаться по кровати. Я вызвала сестру, и та моментально сделала укол. Через несколько минут Луиза заснула, держа меня за руку. Ее пальцы, холодные и влажные, никак не хотели разжиматься, когда я вытаскивала ладонь.

Врач, лечивший Луизу, молодой и чрезвычайно серьезный, сидел в ординаторской у компьютера.

— Мне хочется узнать о состоянии здоровья Луизы Роуэн.

Доктор повернулся на стуле:

— А вы кто?

— Близкая подруга. А что, после такой травмы может помутиться рассудок?

— Запросто. Черепно-мозговая травма — коварная вещь. Головные боли, тошнота, амнезия, носовое кровотечение, потеря слуха — вот далеко не полный перечень осложнений.

— А галлюцинации бывают? Может ей сейчас казаться, что она вспомнила имя нападавшего?

— Конечно, но я всегда предостерегаю полицейских, советую быть очень осторожными, допрашивая подобных потерпевших. Тем более что они, как правило, находятся под влиянием сильнодействующих лекарств. Сейчас ей кажется, что она все отлично вспомнила, однако чаще всего подобные больные заговариваются. Нет, я не стал бы полагаться на такого свидетеля. А что, ваша подруга называет какие-то имена? Полицейские просили записывать все, что она говорит.

— Да нет, бормочет ерунду. А какой диагноз, сумеет Луиза выкарабкаться?

Ординатор развел руками:

— Я не Иисус Христос. Будем лечить, а там посмотрим. Сегодня в наших руках довольно мощные лекарства, хорошо еще, что не пришлось делать трепанацию черепа.

Расстроенная и уставшая, я вернулась домой вечером и застала домашних за ужином. На горячее подали кровяную колбасу с тушеными яблоками, и я внимательно следила, как Дима расправляется с сочной кожицей.

Пребывание в Париже явно пошло подкидышу на пользу. Его лицо приобрело спокойное, расслабленное выражение. Густые светлые волосы, подстриженные парикмахером, лежали красивой волной. Он больше не носил застиранную футболку и индийские джинсы. Этим довольно прохладным осенним вечером на нем была светло-бежевая рубашка от Гуччи, простые темно-синие «Левисы» и кожаные ботинки от Пазолини. Конечно, не самые дорогие вещи, но и не дешевые. К тому же от Димы одуряюще пахло духами Пако Рабанна. Интересно, сколько ему платят в этой фирме? И где он берет деньги на всякие покупки?

Ни я, ни Наташка последнее время не давали ему ни копейки. Может, Аркадий спонсирует прижившегося оболтуса?

Дима оторвался от аппетитной колбасы и поглядел на меня.

— Послушай, а как долго продлится твоя стажировка? — спросила я, поймав его взгляд.

— Обещают еще полгода, а там посмотрим.

— И ты собираешься все это время жить у нас?

— А что, надоел?

— Да нет, просто подумала, вдруг тебе захочется снять жилье.

— Ну уж нет, — рассмеялся Дима, — я к вам привык, даже собак полюбил, да и денег мало платят, я еще хотел маме подарков привезти. Вы не волнуйтесь, скоро уеду, через год — точно.

И он смачно захрустел тостом. Ольга отодвинула тарелку и медленно вылезла из-за стола.

— Боже, как мне надоел живот.

Аркашка обнял ее и повел наверх. Дима зевнул:

— Пойду лягу, устал.

Остались только я, Наташка и Оксанка.

— Видала, — рассмеялась Наташка, — он здесь еще год собирается жить.

— И мы с Денькой поселились у вас неизвестно на сколько, — вздохнула Оксанка.

— Вы — другое дело, — отрезала Наталья, — а Дима просто бесцеремонный нахал.

Поздно вечером, около полуночи, мне безумно захотелось есть. Поборовшись немного с голодом, я тихонько пошла на кухню. Погода испортилась окончательно, мелкий дождь сеял по крыше. Сегодня Софи включила отопление, и приятное тепло растекалось по коридору, только из-под дверей Диминой комнаты несло могильным холодом. В тишине слышалось поскрипывание. Ветер дунул сильней, что-то резко стукнуло, раздался звон разбитого стекла.

Окно... Дима заснул с открытым окном, и вот теперь оно разбилось. Я постучала в дверь.

— Дима, проснись.

Нет ответа. Постучала сильней, опять безрезультатно. Что там случилось? Вдруг ему плохо? Дверь, запертая на ключ изнутри, не открывалась, подкидыш не отвечал. Встревоженная, я надела джинсы, свитер и вышла в сад. Сбоку стояла большая садовая лестница. Я пододвинула ее к окну. Влезу через разбитое стекло и посмотрю, что случилось.

Мокрые ступеньки скользили под ногами, пока я карабкалась вверх, противный дождь заливался за воротник, ветер задувал под свитер. Окончательно промокнув и замерзнув, я ввалилась в Димину спальню.

Кровать стояла пустой. В робком свете ночника комната казалась огромной, но Димы нигде не было. Ни в ванной, ни в туалете. А дверь оказалась запертой на задвижку. Значит, он, поужинав, поднялся наверх. До этого подставил к окну лестницу и, когда все заснули, спустился вниз. Отодвинул лестницу и отправился по своим таинственным делам.

Здорово придумано. Все уверены, что он спит. Интересно, часто он проделывает подобные штуки? И куда ходит по ночам, может, любовницу завел?

Я вылезла назад в окно, спустилась и поставила лестницу на место. Не стану никому рассказывать об открытии, лучше послежу за ним и выясню все сама.

Утром, около девяти, беглец как ни в чем не бывало, зевая, пил кофе с круассанами.

— Не выспался, — фальшиво посочувствовала я.

Дима кивнул с набитым ртом:

— Ну и жуткая погода. Заснул с открытым окном, а оно ночью разбилось. Наверное, ветер рамой хлопнул.

— Ну и крепко же ты спишь!

— Устаю очень на работе, да и поднимаюсь ни свет ни заря.

— Восемь утра, разве это рано?

— Ну, кому как, а я всю жизнь ходил на службу к одиннадцати.

Я внимательно поглядела на парня. Надо узнать, чем он занимается на работе и сколько получает в месяц.

## Глава 30

Вытянуть из Димы название фирмы, пригласившей его на стажировку, оказалось невозможным. Он ловко уходил от расспросов. Два раза я предлагала подвезти его до места, но каждый раз подкидыш вылезал на бульваре Распай и исчезал в толпе, как привидение. Проследить за ним я тоже не могла, слишком велик риск быть обнаруженной.

Через несколько дней бесплодных попыток меня вдруг осенило, и, купив газету бесплатных объявлений, я тут же нашла адрес частного детективного агентства.

Симпатичная молодая брюнетка внимательно выслушала меня, мило улыбаясь. Потом деловым тоном сообщила, что ее зовут Мадлен, что проследить за Димой не составит труда и что надо оплатить не только каждый день слежки, но и непредвиденные расходы.

— Такси, на котором будут ехать мои люди, разнообразные взятки — за ваш счет, — втолковывала Мадлен.

Мы договорились пока на неделю. И ровно через семь дней я получила озадачивающий отчет.

Итак, в понедельник объект высадился в 9 утра на бульваре Распай. Сначала бесцельно бродил по улице, в 11 выпил кофе с булочками. В 12 отправился в кино, где просидел до 15. Затем со вкусом пообедал в дорогом ресторане и отправился домой. Вторник как две капли воды походил на понедельник, в среду Дима вместо кино направился на выставку древних монет, а в четверг любовался аквариумными рыбками, в пятницу опять пошел в кино.

Выходило, что он вообще не работает, а дурит всем голову, регулярно уходя «на службу». Мадлен удалось узнать, что приглашение для въезда во Францию послал Диме Вацлав Новицкий, француз польского происхождения.

— Очень скользкий тип, — морщилась Мадлен, рассказывая подробности. — Вацлав приехал во Францию около 30 лет назад как жертва репрессий. Рассказывал всем, будто протестовал против ввода советских войск в Чехословакию и оказался за решеткой.

Местная эмиграция приняла его довольно дружелюбно, Вацлаву помогли с работой, нашли дешевую квартиру. Но через несколько лет выяснилось, что поляк сидел в варшавской тюрьме... за грабеж.

Вацлава перестали принимать во многих домах, но ему, очевидно, было наплевать. К тому времени он уже владел небольшим гаражом и автомастерской. Потом два работающих у Вацлава механика, русских по национальности, попались на продаже краденых автомобилей. Новицкий тогда сумел выйти сухим из воды.

С тех пор он несколько раз попадал в поле зрения полиции, но ему удавалось доказать свою невиновность. Вацлав, скорей всего, тесно связан с уголовным миром, только вот доказать эту связь не представляется возможным.

Но и это было еще не самым странным. В ночь с субботы на воскресенье наш гость покинул свою спальню около часа ночи. Вылез по садовой лестнице, поймал такси и поехал... к Новицкому. Дверь на условный сигнал открыл сам Вацлав. Дима проскользнул внутрь. Домой вернулся к пяти утра.

Конечно, Дима — не самый приятный человек. Оксанке с трудом удалось отучить Дениску называть парня козлом, а Маня всякий раз кривила губы, когда подкидыш оказывался рядом. Но все-таки не верилось, что он связан с уголовным миром. Ведь он из очень приличной семьи: и отец, и мать — доктора наук, интеллигентные люди. Сам Дима закончил университет, защитил кандидатскую диссертацию, блестяще знал французский язык. Что же связывает его с приблатненным Вацлавом Новицким и почему встречались они только по ночам? Зачем он врал нам про работу в мифической фирме? И откуда, в конце концов, у него деньги? Кто и за что платит недотепе?

Все эти вопросы крутились в голове колесом, пока я добиралась из агентства домой.

Дома царил переполох. Приехал ветеринар делать прививки собакам. Месье Гастон Жув любил животных и великолепно разбирался в разнообразных кошачьих и собачьих недугах. Но вот только пациенты не испытывали к нему никакой благодарности и малодушно прятались при появлении улыбчивого доктора.

Вот и сегодня, не успел Гастон войти в холл, как все животные моментально испарились. Не помогли ни ласковые слова, ни сдобное печенье. Маня и Денька отчаянно шуршали обертками от конфет, но всегда прибегавшие на этот звук Банди, Снап и Федор Иванович затаились.

Наташка и Оксанка искали их по всему дому; Гастон, посмеиваясь, пил в гостиной кофе. Я пошла к себе, полная раздумий.

В спальне слабо пахло воском. Очевидно, приходящая прислуга натирала сегодня мебель. Я открыла окно и вдохнула холодный, сырой воздух, терпко пахнущий прелыми листьями. Вдруг за спиной раздалось тихое сопение. От неожиданности и ужаса я чуть не вывалилась наружу. Но, быстро обернувшись, увидела, что в комнате пусто. Сопение неслось из-под кровати. Преодолевая страх, я опустилась на колени и увидела черные глаза и мокрый нос Снапа.

— Ах вот ты где, ну-ка вылезай, трусишка. Такой большой ротвейлер, а боишься простого укола.

Сконфуженный пес выполз на середину комнаты, за ним выбрался верный Хуч. Я открыла дверь и закричала:

— Наташка, Оксанка, дружки здесь!

Подруги прибежали и защелкнули на Снапе поводок. Стащить упирающуюся четырьмя лапами шестидесятикилограммовую тушку по лестнице не представлялось возможным, и Гастон поднялся наверх. Через секунду привитый Снап радостно пожирал печенье, а повизгивающий Хучик путался у нас под ногами.

Оставалось найти Банди. Мы облазили весь дом, кроме Диминой комнаты.

— Неудобно как-то, — сказала Оксана, — может, не надо, когда его нет, заходить?

— Глупости все это, — рассмеялась Наташка, — Банди определенно здесь.

И она распахнула дверь. В комнате царил армейский порядок. Кровать застелена идеально, на покрывале ни морщинки, подушка — точно посередине. Домашние тапочки, как на картинке, пятка к пятке. На столе, стульях, креслах и диване нет никаких вещей. Комната выглядела изумительно безликой, было не похоже, что Дима живет в ней вот уже несколько месяцев.

— Пожалуй, самый храбрый питбуль под кроватью, — проговорила Наташка и громовым голосом приказала: — Банди, сию минуту иди сюда!

Покрывало задергалось, и пит появился на свет. Наташка ухватила его за длинный тонкий хвост и закричала:

— Оксанка, быстрей надевай ошейник!

Пока они стреножили Банди, я подошла к окну и отодвинула занавеску. На подоконнике, в самом углу валялся фантик. Я машинально взяла бумажку и разгладила ее — карамель «Гусиные лапки» фабрики «Красный Октябрь»!

— Ну, что ты там мечтаешь, — воззвала Оксанка, — помоги скорей, вывертывается, негодник.

Ноги машинально понесли меня на зов, но голова отказывалась соображать. Значит, это Дима ищет камни! А может, неизвестный злоумышленник обыскивал его комнату и забыл фантик? Нет, не похоже. Здесь какой-то идеальный порядок, аккуратный хозяин, скорей всего, выбросил бы бумажку, да и горничная приходит мыть комнаты через день. Я вспомнила запах воска в своей спальне. Значит, убирали сегодня утром и, конечно, вытирали подоконники.

— Наташка, а Дима обедал?

— Волнуешься о его желудке? Обедал, к тому же с большим аппетитом, а потом опять уехал. Его фирма куда-то отправила по делам.

Мы потащили Банди в коридор, где со шприцем на изготовку караулил ветеринар.

— Мадам, — раздался тихий голос Софи, — звонила медсестра из больницы. Что-то случилось с Луизой, я толком не поняла. Вроде бы там перепутали лекарства и что-то не то ей укололи.

В Луизиной палате царил беспорядок. Кровать пуста, скомканные простыни и подушка с одеялом лежат в кресле. Одышливая, полная женщина мыла пол остро пахнущей жидкостью.

— Что случилось?

— Не знаю, я уборщица, мне приказали приготовить палату для другой больной.

Я побежала искать врача, в ординаторской дежурил незнакомый доктор.

— Куда увезли Луизу Роуэн?

Врач замялся, потом начал мямлить:

— Мы вынуждены перевести больную в палату реанимации.

— Почему? Ей стало хуже?

— К сожалению, у мадам Роуэн начались нарушения сердечного ритма, требуется постоянное наблюдение за самочувствием.

— Но нам звонила медсестра и говорила о каком-то неправильно сделанном уколе.

Врач начал судорожно кашлять, потом спросил:

— А кто вам звонил?

— Не знаю, просто сестра из клиники.

— Скорей всего, вы не так поняли. Наверное, наша сотрудница сообщила, что Луизе следует делать уколы.

— Могу я увидеть подругу?

— К сожалению, в реанимацию не пускают посетителей и не принимают цветы. Подождите несколько дней.

Я покинула нерасколовшегося доктора и пошла искать сестру. Здесь повезло больше. Молоденькая гасконка тряслась от страха, не успел мой рот вымолвить вопрос, как девушка затарахтела:

— Ей-богу, не виновата. Вашей подруге регулярно делали уколы, но внутривенные не назначались. А когда я пришла ей ставить градусник, то обнаружила развязанный жгут. Я сразу поняла, что приходил кто-то посторонний.

— Почему?

— Наши жгуты синего цвета, а около постели валялся красный. Мадам очень плохо выглядела, я тут же вызвала доктора, а тот послал за заведующим. Не знаю, что они подумали, но допросили всех сестер. Ни одна не делала укола — значит, пришел посторонний. А уж что он там ввел в вену, кто знает. Но я не виновата, сразу же сообщила вам, и меня уже за это отругали.

— В полицию сообщали?

Девушка пожала плечами:

— Спрашивайте начальство, я только выполняю приказы.

— В каком состоянии Луиза?

— В ужасном, почти на том свете, только не говорите никому, что я сказала. Заведующий страшно боится, что после ее смерти родственники подадут в суд на больницу. И правильно сделают. Представляете, что произойдет, если каждый сможет ходить беспрепятственно по этажам и делать уколы? Мрак.

— Охрана не заметила постороннего?

— Да здесь проходной двор, восемь этажей, а пост только у главного входа. Постоянно ходят люди, их даже ни о чем не спрашивают. Кроме того, полно входов, которые никто не охраняет: для медперсонала, для подвоза продуктов, для машины из прачечной, для трупов.

Я поежилась, представляя, как толпы трупов пробираются к выходу, отталкивая корзинки с продуктами и тюки с бельем.

— У моей подруги есть шанс выжить?

— Шанс есть всегда. Сейчас в реанимации все вокруг нее прыгают, как сумасшедшие, боятся родственников и судебного процесса.

Я поблагодарила словоохотливую девицу и поехала в удрученном настроении домой.

Дома, как всегда, кипели страсти. Луи решил испечь к чаю безе и, готовя тесто, включил духовку. Через минуту из плиты послышался истошный вой. Перепуганный насмерть повар открыл дверцу, и прямо ему в лицо вывалилась кошка Клеопатра с подпаленной шкурой.

— И когда только она успела залезть в духовку, — сокрушался Луи, пока Софи собиралась

идти с ним к врачу обрабатывать кошачьи царапины.

— Кошки любят тепло и закрытые простран-
ства, — пояснил Денька, — вот Клепа и нашла
подходящий домик.

— А хорошо, что Луи не вышел из кухни, —
заметила, вернувшись в столовую, Маня.

— Да уж, — захихикал Дима, — вот казус:
пришел назад, открыл духовку, а там кошка в
собственном соку.

— Ну ты козел, — возмутилась Маня.

Оксана удовлетворенно вздохнула, наконец
кто-то другой, а не Денька обозвал Диму козлом.

Дима возмущенно отодвинулся от стола:

— Мала еще обзываться, за собой последи,
красавица. Врешь матери на каждом шагу, обезь-
яна вонючая.

От негодования Маня побледнела, только уши
загорелись красным цветом:

— Я вру?! Да я никогда не говорю неправду.

— Фу-ты ну-ты, — не успокаивался Дима, — а
почему во вторник в 11.30 ела в кондитерской
пирожное? Небось уроки прогуливала?

— А ты как оказался в той кондитерской? —
ледяным голосом осведомился Аркадий.

— Хватит, перестаньте, — попыталась утихо-
мирить всех Оксанка.

— Ничего не прогуливала, отменили хореогра-
фию, учитель заболел, — оправдывалась Маня.

— Маруська никогда не врет, — авторитетно
заявил Денька, — всегда только правду говорит.

— Помалкивай, жених, — разошелся окончательно подкидыш — она что, маме правду рассказывает о том, чем вы по вечерам занимаетесь?

Ха-ха, в Ветеринарную академию они ходят! Небось по углам обжимаетесь.

Денька мгновенно выплеснул Диме в лицо стакан минеральной воды. Парень начал утираться салфеткой, и неожиданно в столовой повисла грозовая тишина. Тут я не выдержала напряжения:

— А Дима сам все время врет и поэтому других во лжи обвиняет.

— Когда это я вру? — пошел в атаку парень.

— Постоянно. Например, сказал нам, что работаешь в фирме, а сам просто каждый день гуляешь по улицам. Например, недавно был в кино, на выставке, в ресторане, где угодно, только не на работе.

— Чушь какая.

— Вовсе нет. Еще ты сказал, что фирма вызвала тебя на стажировку, и опять солгал. Приглашение прислал Вацлав Новицкий.

— Кто это?

— Откуда ты знаешь? — в один голос изумленно спросили Оля и Наташка.

— Вацлав Новицкий, поляк с уголовным прошлым, темная личность. Вы еще всего самого интересного не знаете. Наш гость по ночам тайком уходит из дома. Спускается по садовой лестнице и ездит по каким-то делам. Вот ночь с субботы на воскресенье провел дома у Новицкого. А я знаю все из донесений частного детектива.

— Та-ак, — протянул Дима, — «хвост» подцепили и мусору небось своему рассказали.

— Не хами, — обозлилась я, — пользуешься нашим гостеприимством и нас же в какие-то темные дела втягиваешь. В одну из ночей, когда тебя не было, кто-то жестоко избил Луизу. Так вот, она пришла в себя и рассказала, что бил ее ты, причем ногами. И спасибо за совет рассказать все Жоржу, прямо сейчас и позвоню комиссару. И потом, где ты провел сегодняшний день, когда Луизу пытались убить?

Вздох изумления пронесся по столовой.

— Как убить? — переспросила Оля.

— Элементарно. Сделали внутривенный укол, вызвавший нарушение сердечного ритма. По счастью, медсестра сразу заметила, что Лу плохо. Сейчас она в реанимации, жива, скоро сумеет говорить, и, надеюсь, узнаем много интересного.

Дима медленно встал и подошел ко мне.

— Да что вы, ей-богу, монстра из меня делаете, наемного убийцу, прямо Дона Корлеоне. А что, и комиссару эти глупости натрепали?

— Нет, — заболтал мой глупый язык, — пока не рассказала, но обязательно позвоню Жоржу, прямо сейчас...

Договорить не удалось. Что-то сдавило горло, перекрыв доступ кислорода. В висок уперся холодный, противно пахнущий железом предмет. Ничего не понимая, я почувствовала, как какая-то неведомая сила вытаскивает меня из-за стола и толкает к дивану.

— Всем сидеть! — заорал Дима. — Абдаста настоящая, аллюр три креста от меня, не сметь бал устраивать, а то сейчас банановая бикса, ваша маменька, деревянный бушлат наденет. Поняли, ваньки долбанутые, валеты придурочные? А ты, — он грубо дернул меня за шею, — не вертайся, гнида позорная.

Даже не знаю, отчего домашние обалдели больше: от вида пистолета, приставленного к моему виску, или от непонятных слов.

— Что, — захихикал Дима, увидев вокруг раскрытые рты, — что заменжевались, мяфы! На гол попали! Ладно, ладно, так и быть, поговорим на вашем языке, не умеете по-свойски кумекать, по фене ботать в университетах не выучились, пуховые!

Мы по-прежнему плохо понимали происходящее.

— Значит, так, — постановил Дима, — всем молчать. А ты, лох, — ткнул он пальцем в Дениску, — снимай с занавесок шнуры и вяжи родственничков-приятелей.

Денька даже не пошевелился. Дима взвел курок. Услышав характерный щелчок, я завопила, как ненормальная:

— Деничка, родненький, делай, что он говорит!

— Правильно, — одобрил Дима, — слушай фраершу, плохого не посоветует.

Мальчишка медленно встал.

— Смотри, — предостерег его бандит, — чтоб без глупостей, а то тетка-то покойница.

Дениска начал выдергивать шнуры с кистями, поддерживающие занавески.

— Так, — удовлетворенно кивнул Дима, когда мальчишка закончил, — а теперь все сели на стулья, вяжи им мослы и грабли, то есть ноги с руками. Да как следует, без дураков.

Все молча расселись, и Денька старательно примотал конечности к стульям.

— Иди сюда, — позвал негодяй мальчишку.

Денька нехотя подошел.

— Спасибо тебе, — проговорил Дима и со всей силы ударил его по лицу. Подросток упал, заливаясь кровью. Оксана закричала от ужаса. Оля судорожно задышала. Дима, не отпуская меня, одной рукой проверил у всех узлы, потом связал меня и лежащего без сознания Деню.

— Беременную отпусти, — процедил Аркадий.

— Ничего, не барыня. Заткнулись все и слушайте. На помощь не придет никто, повар и Софи уехали царапки кошачьи лечить. Одни мы тут, самое время побеседовать.

Дверь тихонечко заскрипела, и в щель влез радостный Хучик. Он весело подбежал к Диме и принялся ласкаться. Парень со всего размаху ударил песика ногой. Федор Иванович странно всхлипнул и повалился безжизненной тушкой на бок. Никто из нас не издал ни звука.

— Молодцы, — одобрил негодяй, — быстро молчать научились. Говори теперь, халява, где слезы прятала?

Я попыталась хранить гордое молчание, но, когда в висок опять уперся железный палец, моментально обрела дар речи:

— Камни здесь, в доме.

— Лады.

Дима подошел к Марусе и щелкнул ее по носу.

— Вот что, мелкая, сейчас маманька скажет, куда идти и что принести. Пойдешь быстренько, времени у тебя пять минут: туда и назад, не успеешь, прощайся с мамашкой, пристрелю. Задержишься еще на пять минут — кошку эту беременную прикончу. Убежишь за полицией, всех перебью. А чтоб соблазна не было, так сделаем, — и он перерезал телефонный провод. — Ну, мамулек, пой, что делать девчонке.

— Манечка, — завела я дрожащим голосом, — бриллианты в сейфе, это...

— Знаю, — оборвала дочь, — за книгами, а ключ в глобусе.

И она понеслась на второй этаж.

— Ишь ты, — изумился Дима, — сколько ни искал, а сейфа не нашел, снимаю шляпу, здорово спрятали, икряные. Значит, пригрели камушки, ай-ай, нехорошо воровать, грех брать чужое, придется вернуть. А ты, — он посмотрел на очнувшегося Деньку, — жаль, времени нет дать ума тебе, гымза. Спасибо скажи, шмарагон, что шкатулку музыкальную тебе не устроил. А ты, лепила, — он поглядел на Оксанку, — можешь назад возвращаться. Никому больше не нужна, отчаливай домой, больные небось слезы льют, куда доктор подевался.

Раздался слоновый топот, и в комнату ворвалась вспотевшая Маня, сжимая в руке коробочку.

— Молоток, ловко сгоняла, — ухмыльнулся Дима, — иди, послушная, садись на стул.

Маня покорно плюхнулась на место. Бандит старательно связал девочку, приподняв железную крышку, аккуратно пересчитал камни и удовлетворенно хмыкнул:

— Все на месте. Что ж, разрешите мне испросить разрешения откланяться. Ваше гостеприимство воистину было бескрайним. — Негодяй снова заговорил языком интеллигентного человека, но это выглядело еще противней. — Никогда не сумею забыть приятных дней, проведенных в этом милом доме.

Бандит вытянул руку с пистолетом и ловко выстрелил несколько раз. Мы в изумлении смотрели на люстру. Плафоны, все как один, лопнули. Дима стрелял, как Тиль Уленшпигель. Увидав наши пораженные лица, негодяй захохотал, цыкнул зубом и выскочил за дверь. Через секунду мы услышали рев мотора.

— Мотоцикл угнал, — констатировала Маня, — я его сегодня прямо у двери оставила.

Следующий час мы провели, пытаясь освободиться. Как ни странно, первой избавилась от веревок Оля. Невестка тотчас же бросилась к беспомощно лежащему Хучику. Песик был жив и вяло пробовал помахать хвостом, но, как только Зайчик захотела взять его на руки, судорожно завизжал.

— Отвяжи меня скорей, — потребовал Денька.

Олька, ломая ногти, принялась за узлы. Минут через десять будущий ветеринар освободился и приступил к осмотру пострадавшего. Зайка стала распутывать Аркашку, потом вдвоем они вынули Оксанку и Наталью. Мы с Марусей покорно ждали. Наконец освободились все.

— Мать, — свирепым голосом прорычал Кешка, — рассказывай немедленно об этих камнях!

— Да, — влезла Оксанка, — сейчас же рассказывай, ужас как интересно.

— Погодите, — вмешалась разумная Зайка, — надо быстро сообщить комиссару о происшедшем и принести кусок сырого мяса.

— Ты хочешь поесть сырого мяса, — изумилась Маруся.

— Да ты погляди на Деньку, — сообщила Ольга.

Левый глаз мальчика угрожающе распухал, приобретая красный оттенок.

— Ой, боюсь, сырое мясо не поможет, — вздохнула Оксана, — надо свинцовую примочку.

— Да ну, — отмахнулся Дениска, — у Федора Ивановича, похоже, перелом ребер. Надо рентген делать.

— Позвоню Жоржу, — сообщила Наталья и пошла на улицу в автомат.

Я налила себе большую порцию водки и храбро опрокинула рюмку.

— Налей и мне, — попросили хором Оксанка и Аркадий.

— И мне, — подал голос Денька.

Я наполнила три стопки, и они выпили, не закусывая. Вернулась Наташка.

— Комиссар сейчас приедет.

Через полчаса дом кишел полицейскими. Жорж привез всю свою бригаду: экспертов, врача и трех инспекторов. От такого количества здоровых, сильных мужчин с оружием на душе сразу стало спокойней. Врач обработал Денькин глаз и наложил Хучику тугую повязку. Походя раздал всем успокаивающие таблетки. Меня почему-то все время била дрожь, я никак не могла согреться. Наташка безостановочно зевала, а Оксанка, наоборот, постоянно хихикала.

Жорж мрачно посмотрел в мою сторону, потом сказал:

— Надеюсь, что сейчас расскажешь правду.

Я упала в кресло, вытянула ноги и рассказала все. На этот раз на самом деле все.

## ЭПИЛОГ

Следующие дни прошли на нервах. Были, правда, и приятные новости. Из госпиталя сообщили, что Луизу перевели в терапевтическую палату и она ждет нас. Я поехала немедленно.

Девушка, исхудавшая и какая-то желто-зеленая, радостно заулыбалась:

— Даша, как здорово видеть тебя.

— Лу, милая, скоро поправишься.

— Я должна рассказать о Диме. В ту ужасную ночь я услышала странный шорох в столовой. Пошла туда, было уже два часа ночи, и обнаружила, что ваш гость роется в сумке с бельем. Я возмутилась и потребовала объяснений. Он заулыбался и сообщил, что пришел не один, что ты ждешь на первом этаже в холле, я пошла к лестнице и потом плохо помню. Чувствовала только, что лечу вниз, затем, как в тумане, возник Дима и принялся бить меня ногами...

Луиза вздрогнула и заплакала. Я обняла девушку за плечи.

— Не бойся, Дима больше никогда тебя не обидит.

— Его арестовали?

...Парень исчез. Полицейские методично, но тщетно вели поиски. Они установили, что Дима не вылетал самолетом и не выезжал поездом за пределы Франции, не было его и среди пассажиров парома, отправляющегося через Ла-Манш. Тщательно проверялись подозрительные автомобили, но все впустую.

В пятницу вечером в гости на уик-энд прибыл Жорж.

— Нет, — покачал он головой на наш невысказанный вопрос, — пока нет. Или негодяй прячется где-то в Париже, или... Ну, не может полиция проверить каждый автобус и каждую машину, а еще есть линии метро, переходящие в пригородные электрички. Не говоря уж о том, что он мог просто снять номер в гостинице по поддельному паспорту или навязаться в гости к какой-нибудь любвеобильной даме.

Обед прошел в молчании, так же безмолвно приступили к сырам и кофе.

— И откуда только эти бриллианты? — неожиданно громко спросил Аркадий. — Чьи они?

Жорж со вкусом раскурил кубинскую сигару, собаки отчаянно закашляли.

— Если хотите, — сообщил комиссар, — расскажу то, что знаю. Раз уж вы все были в центре этой истории, придется поделиться информацией.

И он начал обстоятельный рассказ.

Всю кашу заварил Анри Роуэн. Заняв место своего брата Франциска и получив наконец долгожданное богатство, он никак не мог бросить старых привычек.

И среди прочего по-прежнему регулярно играл в казино. Там и познакомился с одним из авторитетов российского уголовного мира.

Приятного вида мужчина средних лет, с интеллигентным лицом и мягким голосом совершенно не походил на хладнокровного убийцу и мошенника. Они сидели рядом, оба одновременно проиграли крупные суммы, и оба совершенно не расстроились.

Свой свояка видит издалека. И Анри с авторитетом быстро нашли общий язык. Сначала выпили — оба любили хороший коньяк, — потом закурили и стали обсуждать достоинства местных дам. Разговор плавно перетек в сферу бизнеса. Анри сказал, что является владельцем концерна, производящего зубную пасту. Его сообщник представился бизнесменом, владеющим сетью магазинов. Поговорили о производстве зубной пасты. Анри только недавно сам узнал, что это за хлопотное дело, и с энтузиазмом неофита начал выкладывать детали собеседнику.

— Мы очень следим за качеством, — напыщенно вещал он, — кое-какие ингредиенты приходится ввозить из ЮАР.

Услышав о ЮАР, авторитет предложил погулять. Сделка совершилась под открытым небом. Анри обязался провозить в сырье для зубной пасты контрабандные алмазы. Авторитет обещал за эту услугу астрономическую плату. К общему удовольствию, канал заработал. Первые партии бриллиантов были мелкими, и камни не представляли особой ценности. Но потом поставки стали увеличиваться, а камни дорожать. И вот настал момент, когда в жадные лапы Анри попали 18 камней особо чистой воды. И тут в голове этого неисправимого мошенника и авантюриста созрел план.

Анри сообщил компаньону, что самолет, нанятый для перевозки грузов, упал в океан. Потом он договорился с одним сказочно богатым арабом о продаже партии алмазов. Для этого поехал в Тунис, припрятав камни во флакон «Амбрэ Солэр».

Наивный Анри не знал, с кем имеет дело. Русский моментально выяснил, что никакой авиакатастрофы не было, через два дня ему сообщили о предполагаемой сделке с арабом. Авторитет немедленно послал к тунисцу одного из своих советников и предостерег шейха от общения с Анри. Не собирался он прощать и лже-Роуэна. Для этого в Париж отправили Диму.

Российская полиция любезно поделилась с французскими коллегами информацией о молодом человеке. Дима был правой рукой авторитета, даже больше, его любимым помощником, молодым, но подающим надежды.

Сын двух профессоров, сам кандидат наук, свободно владеющий тремя языками, он прекрасно чувствовал себя в любом окружении. Свой среди своих и свой среди чужих. К тому же стрелял, как олимпийский чемпион, и великолепно владел несколькими видами боевых искусств.

— Значит, вся его недотепистость и неловкость всего лишь притворство? — изумилась Наталья.

— Да, — кивнул головой Жорж, — гениальная маска неаккуратного, жадного, бедного и глуповатого парня. Думаю, что над образом потрудился талантливый режиссер-психолог. Стоит только вспомнить, каким он приехал в Париж — индийские джинсы, застиранная футболочка и вещи в кульке. Трудно поверить, что в России он один из богатейших людей. Еще его характеризуют как энциклопедически образованного человека и при этом отмечают редкую жестокость и хладнокровие. Вашему гостю убить человека — что муху прихлопнуть.

— То-то на пляже в Тунисе Оксанка удивилась, увидев его в плавках, — вспомнила я, — даже утверждала, что парень занимался карате, или дзюдо, или самбо.

Диму вводили в игру только по серьезному поводу. Восемнадцать крупных украденных бриллиантов следовало вернуть.

— Или я совсем тупой,— вмешался Аркашка, — но вот совершенно не понимаю, за каким чертом Дима приехал к нам и зачем поволок всех в Тунис. Вроде в деньгах не стеснен, мог просто тур купить.

— Ага, — хмыкнул Жорж, — не забывайте, что вся акция была тщательно спланирована. Авторитет предполагал, что Роуэн привезет камни из Парижа в Тунис для передачи арабу. Но, зная пронырливость Анри, все-таки не исключал возможности обмана. Опасался, что мошенник может привезти в Тунис подделки, а камни спрятать в Париже. Поэтому решил предусмотреть все варианты. Если камни остаются в Париже, их следует отыскать. Вдруг Дима не сумеет сразу обнаружить тайник, а срок визы ограничен одним месяцем. Вот если он живет у кого-то в гостях, а не приезжает как турист, тогда может находиться во Франции до года. Вполне хватит времени, чтобы обыскать добрую часть республики. Ну а если камни все-таки в Тунисе, их же надо вывезти оттуда.

— Ну и при чем тут мать? — хмыкнул Кешка.

— У уголовников есть такое понятие — слепой курьер. Это когда человек перевозит что-то, не подозревая об этом. Ну, к примеру, тебе дают пудреницу и просят передать приятелям. Но там не пудра, а героин. Везешь себе посылочку, и если на таможне начинаются неприятности, то происходят они с тобой, а не с настоящим владельцем вещей. Авторитет и Дима решили использовать Дашу в качестве такого слепого курьера. В Тунисе добывают драгоценные камни. Вывоз алмазов из этой страны карается крайне строго — чаще всего нарушившему закон с восточной простотой отрубают голову. Тунисские таможенники особо строго обыскивают молодых, одиноких мужчин и никогда не берут взяток. Даша, туристка средних лет, да еще с подругой и двумя крикливыми детьми, не должна была вызвать у полицейских каких-либо отрицательных эмоций. Скорей всего, Дима попросил бы ее положить к себе в чемодан какой-нибудь сувенир. Да хоть игрушечного верблюда, их все везут. Ну не влез в его сумку этот верблюд, и все тут. Неужели бы Даша отказала. Конечно, нет, повезла как миленькая. Ну а в Париже отдала бы его Диме назад.

— А если бы у мамы нашли камни? — поинтересовалась Маня.

— Плохо дело, — вздохнул комиссар. — Скорей всего, Дима наотрез отказался бы признавать игрушку своей и Дашу отправили бы за решетку, а Маню в приют. Тунисские власти крайне строго относятся к контрабандистам, и им все равно, гражданином какой страны тот является.

— Ну не сволочь ли Дима! — заорала Маня.

— Погодите, погодите, — перебила Наташка, — а зачем били Костика с женой? Ну не глупо ли предполагать, что Дашка отправила бриллианты с ними в Москву. Все, наоборот, на Запад драгоценности тащат.

— Дорогая, — откликнулся Жорж, — вы рассуждаете со своей позиции. Бандиты мыслили иначе, и им нельзя отказать в логике. Даша недавно живет во Франции, знакомых у нее тут по пальцам пересчитать. Ну куда она пойдет с такими бриллиантами! На Елисейские Поля? В магазин? Да любой ювелир сразу поймет, что камни краденые, и не захочет с ними связываться. Значит, ей понадобится искать канал сбыта камней. И как Даша станет делать это в чужой стране? Другое дело дома. Там у нее полно связей, глядишь, и отыщется сбытчик. И потом, простите, конечно, но сегодня паленые камни легче продать в России, там у вас сейчас не слишком придерживаются законов. Конечно, авторитет совсем не был уверен в том, что алмазы в кармане у Костика, но, согласитесь, он не мог исключить такую возможность. И перестаньте меня без конца перебивать, иначе никогда не договорю до конца.

Мы закивали головами и стали слушать.

— Прибыв в Париж, парень ловко подбил вас отправиться в Тунис, именно в тот отель, где Анри ждал встречи с арабом. Пока вы, дорогие дамы, купались в бассейне, парень подсел к Анри и начал выяснять отношения.

К сожалению, мелкий мошенник и воришка, бедняга Леблан никогда не встречался с преступниками верховной, так сказать, касты. Вообще, Анри был не очень умен, просто ему везло. На пути попадались либо влюбленные, как Каролина, женщины, либо простые обыватели, надуть которых — одно удовольствие.

Дима представлял совершенно другой тип: с милой улыбкой он велел Анри отдать камни. Дальнейшее нам неизвестно. Думаю, что Леблан все-таки испугался и сказал киллеру, что бриллианты у него в номере. Но, повторяю, он плохо знал главарей российского уголовного мира. Как только Диме стало известно, где алмазы, он моментально убил обманщика, прикрыл его лицо шляпой и пошел за краденым. Но здесь его ждало горькое разочарование — Леблан его обманул. Перерыв все в номере, парень вернулся на пляж, а там уже вы квохтали, как мокрые куры.

Парень сообразил, что камни каким-то непостижимым образом попали в ваши руки, и начал методичные поиски, правда, безрезультатно. Перерыл вещи Оксаны и Деньки, разгромил номер Даши и Маруси.

— А в это время флакон валялся в пляжной сумке, — проговорила я, — мы случайно прихватили его, когда собирали вещи на пляже. Все эти пузырьки с «Амбрэ Солэр» одинаковые.

— Ну да, сумка была единственной вещью, до которой он не добрался, а может, не догадался, что камни спрятаны в креме от загара.

Потом все вернулись в Париж. Потом Оксана с сыном уехали в Москву. Отправился домой и Дима, ему нужно было посоветоваться с паханом.

В Москве события приняли драматический оборот. Авторитет почему-то решил, что камни нашла Оксана. Говорят, мы подозреваем людей только в том, что способны совершить сами. Авторитет поставил себя на место Оксаны. Ну, что бы он сделал, найдя безумное сокровище? Ясное дело, не говоря никому ни слова, увез потихоньку камушки в Москву и там стал бы искать канал сбыта. Дружба дружбой, а табачок врозь! По мнению пахана, Оксана никогда не рассказала бы о находке подруге. Вообще, они сделали принципиальную ошибку: искренне считали, что их сокровище кто-то нашел и перепрятал. Итак, уголовники принялись за Оксану. Действовали по стандартной схеме — сначала обыскали квартиру. Затем посадили Дениску. Превратить парнишку в подследственного оказалось до смешного просто. За небольшую сумму денег малолетняя проститутка заявила об изнасиловании, еще десяток-другой хрустящих бумажек — следователь заводит дело и пугает до полусмерти Оксанку.

Тут роль богини судьбы начинает играть Даша. В ее безумную голову приходит не менее безумный план побега. В результате Дениска и Оксанка оказываются сначала на Кипре, а потом в Париже.

Наверное, авторитет пожалел, что незнаком с

Дашей. Думаю, что предложил бы ей хорошо оплачиваемую должность в своей банде. Надо же, так ловко организовала побег.

Но камни все еще в чужих руках, и Дима снова едет в Париж. На этот раз ему следует обыскать ваш дом и особняк Роуэнов: а вдруг Анри не брал бриллианты в Тунис? Но, с другой стороны, подделок в его вещах никаких не нашли.

У бедного авторитета просто голова пошла кругом. Он хочет найти хоть что-нибудь, чтобы возникла ясность. Если у Даши обнаруживаются подделки, значит, камни у Роуэна. Если у Роуэна пусто — бриллианты у Даши. В конце концов бандиты пришли к выводу, что у Оксаны камней нет. При ее патологической любви к сыну она бы, конечно, вернула богатство. Значит, искать следует по двум адресам. Пахан ругает растерявшегося Диму и приказывает заняться поисками.

Итак, Вацлав Новицкий посылает Диме приглашение, и тот прибывает вновь на берега Сены. Всем знакомым он сообщает, что приехал на стажировку.

По ночам, когда наивные хозяева мирно спят, бандит методично обыскивает оба дома. И тут начинают происходить невероятные события: появляется живой Франциск, погибает Селина, умирает настоящий Роуэн... Все это ужасно мешает Диме, он не понимает, что происходит, и делает ошибку за ошибкой.

— Теряет карамельку «Гусиные лапки»?

— И это тоже. Но основной промах — избиение Луизы. Вообще, Диме можно только посочувствовать. Вся эта путаница с настоящим и фальшивым Франциском хоть кого выбьет из колеи. Он не мог ни на минуту расслабиться, постоянно изображал из себя недотепу. Да еще приходилось не спать по ночам. Вот он и не выдержал и, когда Луиза застала его на месте преступления, напал на нее. Ударил по голове, сбросил с лестницы и сделал еще один промах. Не убил свидетельницу, а жестоко избил. Скорее всего, у него просто сдали нервы, ведь даже крокодилы иногда плачут. Поэтому, с наслаждением уродуя Луизу, он таким образом расслаблялся.

Но уже через несколько дней Дима спохватился и, прихватив сильнодействующий препарат, отправился в больницу, чтобы доделать работу.

Ну а дальнейшее всем известно. За столом разгорелся скандал, и в результате бандит бежал, прихватив найденные камни.

— Только вряд ли они ему понравятся, — захихикала Маруся.

— Что ты хочешь сказать? — поинтересовался комиссар.

— Ну то, что он увез, стоит копейки. Я подсунула ему в коробке красивые стекляшки. Помнишь, мамуля, они украшали рождественский костюм сказочной феи.

Еще бы не помнить! Те стразы удивительно походили на подлинные бриллианты.

— Дима ведь никогда не видел настоящих камней, он их просто искал и знал, что алмазов восемнадцать. Вот я и подложила свинью.

— Манечка, а куда же подевались бриллианты?

— Видишь ли, мамуля, когда мы их нашли, я очень нервничала. Мне казалось, что ты плохо их спрятала, сейф такой допотопный!

— Ты знаешь про сейф?

— Тоже секрет, — отмахнулась Маруся, — все знают про сейф и про ключ. И Дима через некоторое время узнал бы обязательно. Мы решили, что лучше подложить в коробку стразы, а настоящие камни перепрятать.

— Кто это — мы?

— Ну я и Денька. Мамочка, не ругайся, пришлось ему рассказать, а он придумал, как спрятать бриллианты.

— И где же они?

— Да здесь.

Мы начали оглядываться по сторонам.

— Марья, — строго сказала Ольга, — немедленно покажи тайник.

Дети радостно рассмеялись.

— Вы на него смотрите, — и Маня ткнула пальцем в аквариум.

Этот стеклянный куб с водой появился совсем недавно. Маня с Деней притащили его из зоомагазина, объясняя покупку необходимостью изучения психологии рыб. На дне аквариума громоздились художественные развалины, чистая вода прозрачно посверкивала, разноцветные рыбки красиво переливались в свете торшера. Идиллическая картина, но никаких камней в аквариуме не было.

— Ну и где же сокровище? — ехидно осведомился Жорж.

— Я читал как-то детектив. Там главный герой прячет алмазы на дне графина. Камни сливаются с водой, и их совершенно не видно. — С этими словами Денька запустил руку в аквариум, пошарил по дну и вытащил... пригоршню мокрых бриллиантов. С видом фокусника мальчишка начал сжимать и разжимать кулак.

— Боже! — вырвалось из моей груди. — Что

же теперь делать с этими гадкими камнями? Они нам не нужны!

— Ну не отдавать же их бандитам! — возмутилась Маня.

— Предлагаешь забрать себе ворованное? — вскипел Денька. — Нас с мамой такой подарок не радует!

— Спокойно, спокойно, — поднял руки Жорж, — спорить тут не о чем. Сокровище сначала будет фигурировать в деле как вещественное доказательство. Потом, если никто не предъявит на него законных прав, а, думаю, в этой ситуации такое невозможно, камни конфискуют в казну Французской Республики.

— Господи, — прошептал в полной тишине Аркадий, — вы хоть понимаете, что натворили? Ведь убийца сразу разобрался, что у него в руках фальшивки, и скоро явится, чтобы расправиться с нами. Да он всех просто убьет из-за вашей дурацкой шутки.

— А вот и нет, — сообщила Маня, — не сумеет всех убить.

— Даже если пристрелит половину, тоже обидно, — съязвила Оля, — нам могут дать охрану?

— Да не придет он никогда, — настаивала Маня.

— Почему ты в этом так уверена? — поинтересовался комиссар.

— Когда едешь от нашего дома в центр, то метров через триста дорога делает такой коварный поворот вправо, там еще знак стоит. А слева довольно глубокий заброшенный пруд.

— Ну, — поторопила Наталья, — короче.

— Не могу короче. Если повернешь направо,

поедешь в Париж, а если не сумеешь повернуть, то...

— Окажешься в пруду, — докончил Денька. — И вот там полиции следует поискать Диму, он на дне, это точно.

— Откуда вы это знаете? — испугалась я.

— Мамуля, — снисходительно протянула девочка, — ну включи логическое мышление. Дима украл мой мотоцикл, так?

— Так.

— А ты когда-нибудь видела, чтобы я не завела его в гараж, а бросила у входа?

Нет, такого никогда не случалось. Страшно неаккуратная Маня превращалась в образцовую зануду, когда речь шла об обожаемом мотоцикле. Даже заболев краснухой и прибыв из колледжа с температурой 40°С, она вымыла своего любимого коня и загнала в стойло.

— Почему я бросила его у входа? — вопрошала Маня. — Да очень просто. Должен был приехать механик.

— Ну и что? — не понял Жорж.

— Ничего, — вздохнула Маша, — просто я притащила мотоцикл из города на грузовике. Он не мог ездить, был неисправен.

— Так ведь чудесно завелся, когда Дима его угонял, — отметила Оля.

— Разве я сказала, что он не заводился, — усмехнулась Маня, — просто он не мог остановиться, полностью отказали тормоза...

ПОВЕСТИ

ГЛАВЫ ИЗ

# ДАНТИСТЫ ТОЖЕ ПЛАЧУТ

> Нет ничего тайного, что
> не сделалось бы явным...
>
> *Библейская мудрость*

## Глава 1

Я наступила на руку трупа. Бледная, безжизненная конечность противно хрустнула, и что-то похожее на крошки закопошилось под сапогом. Грязно-серая рука принадлежала длинному худому телу, шею венчала голова с растрепанными иссиня-черными волосами.

Я посмотрела на лежавшую у моих ног молодую женщину и дико закричала. Возившийся рядом в куче тряпья испитой бомж сердито проворчал:

— Ну чего верещишь, кошка драная? Манекен, что ли, никогда не видала?

Пришлось перестать орать и приглядеться повнимательней. В самом деле, среди пустых банок, бутылок и остатков пищи лежал манекен, один из тех, что пугают своей невероятной схожестью с живым человеком. Сердце перестало колотиться, и я окинула взглядом крупнейшую московскую свалку. Господи, чего здесь только нет, и как тут найти потерянное?

Вот уже несколько лет, как моя жизнь резко переменилась. Моя ближайшая подруга Наташка вышла замуж за богатого француза — Жана Макмайера. Когда-то мы вместе с Наташкой работали в заштатном институте. Я вбивала в головы тупых студентов-технарей начатки французской

грамматики, а Наталья тосковала на лаборант-
ской ставке. Ее замужество волшебным образом
изменило несколько судеб.

Сначала мы с детьми просто приехали к ней в
гости и... оказались в центре детективной истории. Жана Макмайера убили на следующий день
после нашего приезда. Никаких родственников,
кроме жены, у несчастного не было. В Наташкины руки упало солидное состояние, хорошо налаженный бизнес, коллекция картин и чудесный
дом в предместье Парижа.

В трехэтажном особняке места хватало всем, и
подруга велела мне с детьми оставаться в Париже. После недолгих колебаний я согласилась. Но
покинуть родину навсегда у нас не получилось.
И теперь мы живем полгода в Париже, полгода в
Москве. Купили двухэтажный дом рядом с Коль-
цевой дорогой и поселились все вместе, неожиданно превратившись в «новых русских». Дочь
Маша ходит в лицей, сын Аркадий заканчивает
обучение на юридическом факультете, его жена
Оля должна вот-вот родить близнецов.

Как раз из-за беременной Ольги я и оказалась
холодным, промозглым и дождливым декабрьским днем на свалке. Вчера вечером невестка
сняла с пальца брильянтовое кольцо — подарок
мужа на день рождения, положила его в замшевый мешочек и... выбросила этот ярко-красный
кисет в помойное ведро. Зачем она это сделала —
непонятно. Зайка, такую кличку дали мы невестке, утром заливалась слезами в столовой.

— Ну, не понимаю, как это получилось. В моз-
гах — компот. Ела на ужин яблоко, так огрызок
принесла в спальню и положила в секретер. А кольцо выбросила. Перепутала огрызок с кольцом!

И зарыдала еще громче. Наташка пошла на кухню, но наша сверхаккуратная домработница Ирка, конечно же, еще вчера вечером вынесла мусор.

Я побежала к бачкам на улице, но и они стояли пустыми — мусорщики приезжают где-то в шесть утра.

— Перестань рыдать, — попытался утешить жену Аркадий, — ну, подумаешь, ерунда, здоровье дороже.

От этих слов Ольга заплакала только пуще. Беременность протекала тяжело, бедную девочку постоянно тошнило, ей даже пришлось отлежать целый месяц в больнице. Нервы совершенно расшатались, и ее несчастный вид мог растрогать кого угодно.

И вот после завтрака мне пришла в голову необыкновенная мысль. А куда девают мусор? Логично предположить, что свозят на свалку. Я схватила справочник, позвонила в муниципалитет и узнала, на какую свалку отправляют отходы из нашего района. Съезжу туда и пороюсь в отбросах, вдруг да найду пропажу.

Свалка, вернее завод по утилизации мусора, находилась далеко за городом. В воротах тосковал охранник. Он оценивающим взглядом окинул «Пежо» и мою одежду и решил, что следует проявить любезность.

— Что привело в наш Клондайк?

Я достала из бумажника приятно новую купюру и постаралась внятно изложить цель визита. То ли сумма показалась стражнику достаточной, то ли его тронул рассказ о бедной беременной, но уже через несколько минут я получила исчерпывающие сведения.

Свалка четко разделена на секторы. Каждая улица имеет свой отсек. И, к примеру, мусор Шебашевского проезда никогда не перемешивается с отходами Планетной улицы. Водители машин точно знают, куда везти отбросы, и никогда не путаются. К тому же лентяя, который опустошит грузовик абы где, ждет большой штраф.

После этого, получив еще одну хрустящую бумажку, страж отвел меня в нужное место. Барахла там громоздились горы. По счастью, вчерашний мусор лежал отдельной кучей. Я нацепила резиновые перчатки и принялась потрошить вонючие пластиковые мешки.

Некоторые москвичи, вот ведь аккуратисты, упаковывают отходы, тщательно завязывая горлышко. Уже через десять минут пальцы от развязывания узлов почти перестали гнуться. Хорошо еще, что, распаковав мешок, я сразу понимала, что это не наши объедки. Дело в том, что в нашем мусоре безумное количество банок из-под собачьих и кошачьих консервов, что не удивительно — в доме живут питбуль, ротвейлер, мопс и две кошки.

Шел уже второй час неудачных поисков, когда под ногу попался проклятый манекен. Я стянула перчатки, присела на какой-то грязный сверток и со вкусом закурила «Голуаз». Передохну немного и опять пороюсь в грязи, авось повезет.

Привлеченный дымом, подошел бомж, искавший что-то в огромной груде тряпок.

— Дай сигаретку.

Я протянула ему пачку и зажигалку. Пару минут парень судорожно затягивался, потом спросил:

— А выпить нечего?

— Нет, если хочешь, оставь себе сигареты.

Побирушка просиял, потом, очевидно желая отблагодарить, сказал:

— Чего ищешь?

— Да так, семейную реликвию, почти все перерыла, а толку чуть.

— Погляди вон там.

Бомж показал на проржавевший остов, бывший когда-то электроплитой.

Я послушно подошла к плите. Прямо за ней валялось несколько светлых мешков и один темный. Насколько я помню, Ирка покупает белые упаковки. Я принялась за поиски, но тщетно. Еще дальше валялись уже разодранные пакеты, и там, среди неаппетитных остатков, лежало довольного много консервных банок.

Ноги понесли на этот Монблан, сердце радостно забилось, вот оно: «Кролик с овощами» — любимое лакомство питбуля Банди, «Говядина с рисом» — предпочтение ротвейлера Снапа. Несколько банок из-под тунца, куча объеденных артишоков. Насколько помню, вчера к обеду кухарка подавала артишоки. Точно, это наш мусор — вот пустая баночка из-под слабительных капель, которую выбросила вчера Наташка.

Полная энтузиазма, сыщица рылась дальше. В куче лежали только разодранные мешки, и я разбрасывала отбросы как гиена, хищно улыбаясь. Вот он! Не может быть! Грязный алый замшевый мешочек показался среди конфетных фантиков.

Я потащила его к себе, но не тут-то было — кисет зацепился за что-то шнурком. Пришлось порыть поглубже. Показались бледные тонкие пальцы, я рыла дальше, обнаружилась женская рука с часиками на запястье. Именно за эти часики, вернее за звенья браслета, и зацепился шнурок.

Ну надо же, еще один манекен. Присев на корточки и сопя от напряжения, я стала отцеплять шелковые нити, но они держались прочно. Вот ведь ерунда какая, и разорвать прочную витую веревочку нет сил.

Пришлось кликнуть бомжа:

— Помоги, пожалуйста.

Нищий подошел:

— Чего тебе?

— Да вот, нашла потерю. Нет ли ножичка, веревку разрезать?

Но бомж как укушенный отскочил в сторону:

— Нет, я в эти игры не играю.

— Не пугайся, сам же говорил, что манекен.

— Там был манекен, а здесь нет, мне с милицией связываться неохота.

И он исчез со скоростью звука.

Я присмотрелась повнимательней. Синеватую, похожую на ливерную колбасу руку покрывали царапины, возле ногтей виднелись заусенцы. Боже мой, а я держу это в своей ладони. К горлу подступил комок, желудок противно сжался, на уши наделась плотная шапка, в глазах зарябило, и храбрая Даша бесславно хлопнулась в обморок.

## Глава 2

Сначала возник запах мужского лосьона, потом появился звук.

— Даша, очнись.

Я медленно разлепила веки и увидела приветливое лицо полковника. Господи, ну почему судьба вечно подбрасывает мне такие гадости?

Толстенький, лысоватый Александр Михайлович — верный старый друг. Все домашние трогательно любят его. Кухарка готовит по субботам грибное суфле в надежде, что Александр Михайлович заглянет на уик-энд и полакомится любимым блюдом. Наташке нравится вязать ему довольно уродливые жилетки, Аркашка обсуждает с полковником всяческие юридические казусы, а Маня и Оля надеются, что когда-нибудь Александр Михайлович предложит мне руку и сердце, а я отвечу «да».

Полковник — старый и верный друг. Познакомились мы много лет назад, когда я была нищей преподавательницей французского языка и ради дополнительного заработка взялась вести группу в Академии МВД. На первом же занятии меня поразил бравый капитан, абсолютно неспособный к восприятию иностранного языка. Он дрался с глаголами аки лев, но, увы, безрезультатно. Раз восемь приходил ко мне, пытаясь сдать зачет по теме «Москва — столица СССР». Наконец мне все надоело, я поставила пригорюнившемуся мужику незаслуженную оценку. Тот просиял и на следующий день явился с огромным букетом роз и приглашением сходить в ресторан. С тех пор мы нежно дружим.

Оказавшись в Париже, мы наплевали на должностные инструкции и познакомили его с французским коллегой — комиссаром Перье. Первая встреча прошла на уровне, и мы тихонько посмеивались, глядя, как профессионалы пытаются объясниться без посторонней помощи. Жорж знает примерно с десяток русских фраз, произносит их, невероятно коверкая пройзношение. Такие же познания французского отягощают и нашего полковника. К тому же оба мужчины похожи внешне: толстенькие, лысоватые любители поесть.

Перед самым отъездом Александра Михайловича в Москву Жорж вздохнул и сказал:

— Уезжаешь, и девочки все тоже на зиму в Москву собираются. Знаешь что, на память подарю тебе своего английского мопса Хуча. Забирай его в Москву, смотри на собачку и вспоминай меня.

Мы захихикали, и вот таким образом Хуч вместе с нашими собаками и кошками прибыл в Россию... Маша долгое время уверяла, что Хуч — внебрачный сын Александра Михайловича. Они и вправду чрезвычайно похожи, даже похрапывают одинаково в кресле после вкусного субботнего обеда. Александр Михайлович — убежденный холостяк, никогда не имел ни жены, ни детей, и Хуч заменил ему семью. Но примерно через год после переезда в Москву мопс благополучно оказался у нас.

Хуч — имя, звучащее для русского уха ужасно, поэтому Оля переименовала песика в Федора Ивановича. Он согласно откликается на обе клички. Ротвейлер и питбуль, проживающие в доме, тоже любят мопсика. Правда, Аркашка уверяет, что Снап и Банди принимают его за особо крупную и тучную мышь. Может, это и так, потому что ротвейлер, как правило, таскает Федора Ивановича по всему дому, как щенка, ухватив за загривок. Ленивый мопсик воспринимает подобный способ передвижения с явным удовольствием.

В идиллических отношениях с Александром

Михайловичем есть довольно большая ложка дегтя — его работа. Александр Михайлович — милиционер, более того, полковник. Несколько раз нам приходилось беседовать, так сказать, на официальном языке, с оформлением протокола. После одного дела полковник строго предупредил:

— Дай честное слово, что больше никогда не станешь мешаться под ногами.

С легким сердцем я поклялась никогда, никогда, никогда... Но кто же виноват, что на свалке обнаружился труп?

Александр Михайлович продолжал улыбаться:

— Ну, дорогая моя, расскажи, что привело тебя в такое странное для приличной дамы место? Только не говори, что собираешь бутылки и тряпки.

— Искала кольцо, которое выбросила Олька.

— Ну и нашла?

— Нашла. Только взять не смогла.

— Что же помешало, моя радость? — продолжал издеваться полковник.

— Послушай, перестань так разговаривать. Я что, виновата? Просто нашла труп. Колечко лежит в мешочке, мешочек зацепился за часы, а часы на руке этой несчастной.

Александр Михайлович крякнул:

— Ну, теперь мешочек получишь только после официального опознания.

— Не вредничай, отдай сразу.

Дверь конторы открылась, и на пороге возник медицинский эксперт Женя. Увидев меня, он расплылся в улыбке:

— Даша, и ты здесь?

— Здесь, здесь, — вздохнул Александр Михайлович, — и опять нашла мертвеца. Просто хобби какое-то влипать в истории. Ну, что у тебя?

Женя задумчиво почесал намечающуюся лысинку.

— Пока ничего определенного. На вид 16—18 лет, скорее всего убита ударом тупого предмета по голове. Одета в дешевую одежду не первой молодости, туфли отсутствуют. Похоже, что при жизни была хороша собой. Подробности после вскрытия.

Я сглотнула слюну и шумно вздохнула.

— Только не вздумай опять грохнуться в обморок, — сердито проговорил Александр Михайлович, — дай чаевые служащему, который приволок твою тушку в контору. И собирайся домой.

Мы вышли из здания на улицу. Возле ворот стоял фургон, куда крепкие санитары загружали носилки с большим пластиковым мешком.

«Бедная девушка, — подумала я, — такая молодая. Кому могла помешать? Любовнику? А может, стала свидетельницей какого-то преступления или была проституткой? Все равно, жаль несчастного ребенка, она чуть старше Маши».

С тяжелыми мыслями села за руль и поехала домой. За ужином рассказала своим о происшествии.

— Страх какой, — передернула плечами впечатлительная Оля, — спасибо, конечно, за поиски, но, боюсь, не смогу больше надеть кольцо.

Дверь столовой тихонько скрипнула, и в образовавшуюся щель влез мокрый Банди. Он отряхнулся, разбрасывая вокруг комочки грязи.

— Фу, — закричал Аркашка, — фу, пришел с улицы и прямо сюда. Там что, снег идет?

Мы поглядели в окно. Действительно, падал

мокрый, противный снег с дождем. Зима в этом году неприятная: вместо привычного мороза кругом слякоть.

— Значит, близнецы родятся уже в следующем году, — пошутила Зайка, — завтра 31 декабря.

Но она оказалась не совсем права. В девять часов вечера последнего дня года мы сели за праздничный стол. Под елкой лежали подарки. Сначала выпили за старый год, потом принялись разглядывать презенты. Ольга потянулась за пакетом, охнула и ухватилась за живот — начались схватки.

Пока трясущийся от волнения Аркашка выгонял машину из гаража, Наташка и Маруся закутывали Ольгу в шубу. Я бестолково пыталась помочь.

Сев в машину, мы вовремя вспомнили, что забыли документы, я побежала в кабинет и по дороге позвонила доктору. Не скажу, чтобы он очень обрадовался перспективе провести праздничный вечер на работе.

Наконец двинулись в путь. Дорога была ужасающей. Мокрый асфальт покрывала ледяная каша, на ветровое стекло все время летела грязная жижа, и «дворники» еле-еле справлялись с работой. Аркашка гнал на большой скорости. При каждом очередном Ольгином стоне он закусывал губу и нажимал посильней на педаль газа.

— Кешка, осторожней, как бы в аварию не попасть, — проговорила боязливая Наташка.

Не успела она захлопнуть рот, как прямо перед нами возник багажник чужой машины.

— Тормози! — завопила Маня.

Раздался визг, стук, звон разбитого стекла. Автомобиль резко остановился. Аркашка выскочил на улицу и кинулся к капоту, я за ним. Из другой, тоже разбитой машины вышел обозленный водитель.

— Каким надо быть идиотом, чтобы ездить на большой скорости в такую погоду, — начал возмущаться он.

Аркашка беспомощно махнул рукой:

— Все, дальше не поедем, пробит радиатор. Надо срочно ловить такси.

— Где же найти такси 31 декабря в 10.30 вечера? — спросила подошедшая Наташка. — Надо что-то делать, а то опоздаем.

— Ну вы даете, — проговорил незнакомый водитель, — разбили мне багажник и делаете вид, что ничего не случилось, на вечеринку торопитесь...

Аркашка повернулся.

— Тысяча извинений, я, безусловно, виноват. Вот визитная карточка, надеюсь, машина застрахована. Но сейчас, извините меня, жена собралась рожать, и, если не найдем такси, дети появятся на свет прямо здесь.

Водитель растерянно переводил взгляд с меня на Наташку, потом сел в свою машину, завел мотор и уехал. Мы остались одни, шел снег, на улице не было ни души.

— Сейчас позвоню, — сказала Наташка, — вызову «Скорую помощь» или милицию.

В этот момент послышалось урчание мотора. Мы замахали руками. Машина остановилась, и в окошко высунулся водитель разбитого автомобиля.

— Садитесь, отвезу в клинику. У меня только багажник разбит, а мотор в полном порядке.

Аркашка кинулся за Ольгой, мы с Наташкой и Маней забились на заднее сиденье. Зайка, бледная до синевы, судорожно вздыхала и охала, когда «жигуль» наконец двинулся с места. Нервная обстановка подействовала на водителя, и он погнал быстрей, чем Аркашка.

Минут через десять Ольга уже сидела в приемном отделении. В просторном холле, кроме нас, никого не было.

— Кто это собрался рожать прямо под Новый год? — пошутила медсестра, увозящая будущую маму.

Кешка рванулся за ними, но был остановлен железной рукой санитарки. Испуганное личико Зайки мелькнуло в проеме двери.

Наташка нервно закурила, Маня расстегнула куртку и плюхнулась в кресло.

— Может, сходить за кофе? — предложила я.

— Ну, как ты можешь думать о еде в такой момент! — взвыл будущий отец и забегал по холлу.

Кто-то тронул меня за плечо. Рядом стоял наш спаситель.

— Позвольте представиться. Меня зовут Владимир Резниченко.

Кешка перестал бегать и сказал:

— Огромное спасибо, господин Резниченко, и простите нас.

— Ну что вы, что вы. Прекрасно понимаю, такой напряженный момент, волнение...

Дверь, ведущая в глубь клиники, распахнулась, и весело улыбающаяся девушка радостно проговорила:

— Поздравляю! У вас мальчик, вес 2.100, рост 46 см.

Аркашка онемел:

— Как мальчик, а где девочка?

— Пока только мальчик, но надеемся, что сестричка не задержится.

Я посмотрела на часы — без десяти полночь. Так, близнецы родятся в разных годах, надо же такому случиться.

— Мелкий такой, — разочарованно протянула Маня, — 2.100, как головка сыра «Рокфор».

— Близнецы, как правило, бывают меньше, — сказал Владимир, — но зато потом быстро набирают вес и хорошо развиваются.

— Вы врач? — спросила Наташка.

— Стоматолог, — засмеялся Резниченко, — с другого, так сказать, конца, но кое-что из курса акушерства осталось в памяти. Рад знакомству, должен ехать. — И он протянул визитную карточку.

Мы дождались появления девочки — вес 2 кг, рост 43 см — и отправились домой.

Утром первый звонок сделали Александру Михайловичу и рассказали о рождении близнецов. Полковник пришел в полный восторг. Следующая неделя целиком и полностью была посвящена покупкам. Суеверная Наташка не разрешала до родов приобретать никакие вещи и теперь в самозабвении носилась по магазинам, скупая распашонки, пинетки, памперсы, бутылочки. Не отставала от нее Маня — тащила плюшевых мишек и собачек.

На втором этаже оборудовали большую детскую.

— Станут постарше, расселим по разным комнатам, — приговаривала Наташка, — а пока пусть живут вместе.

Две разноцветные колыбельки с пологами ждали хозяев, шкафчики ломились от пушистых кофточек и крошечных штанишек. И как апофеоз — гигантская железная дорога и два трехколесных велосипеда, купленные обезумевшим от радости Аркадием.

За день до приезда близнецов домой я нашла в сумке визитную карточку выручившего нас водителя и устыдилась — надо хоть позвонить ему.

Трубку сняла женщина.

— Алло.

— Будьте любезны господина Резниченко.

— Он будет через час, что передать?

Я попыталась объяснить цель звонка. Женщина стала еще любезней.

— О, это у вас родились двойняшки! Владимир очень переживал. Давайте познакомимся, я Нелли Резниченко. Кстати, страховая компания требует ваши свидетельские показания, а их агент примерно через час приедет к нам. Если не очень заняты, подъезжайте, а то придется тащиться в агентство, такая морока!

Мне пришлось согласиться.

Резниченко жили в престижном районе. Консьерж вежливо осведомился о моей фамилии и вызвал лифт. Я поднялась на третий этаж. На площадке находилась всего одна квартира. Тяжелая дубовая дверь распахнулась, в проеме улыбался Владимир.

— Как мило, что согласились заехать.

Он провел меня в роскошно обставленную гостиную. На широком кожаном диване цвета топленого молока сидела полная женщина без возраста. Короткие белокурые волосы, скорей всего крашеные, карие глаза.

— Познакомьтесь, — проговорил дантист, — моя жена Нелли.

Женщина приветливо улыбнулась:

— Здравствуйте, присаживайтесь. Как смотрите на чашечку кофе?

Я заверила ее, что смотрю благосклонно, и симпатичная домработница принесла поднос с кофейником, конфетами и булочками. Владимир вынул из бара бутылку. Скорее всего, у него нет недостатка в клиентах — коньяк был двадцатилетней выдержки. Разговор плавно потек своим чередом: обсудили погоду, падение рубля, невероятные цены.

— Мамочка, — раздался вдруг робкий детский голосок.

Я невольно повернула голову. В комнату, неслышно ступая, вошла девушка лет семнадцати. Такая же шатенка, как отец, но глаза материнские — карие с длинными пушистыми ресницами. Она странно двигалась, словно кто-то связал ей ноги в коленях. На руках у девочки весело гулил младенец примерно восьмимесячного возраста.

— А это наши дети, — обрадовался Владимир. — Ева и Юра.

«Ничего себе разница между братом и сестрой», — подумала я.

Словно услышав мои мысли, дантист рассмеялся.

— Классическая ошибка супругов средних лет. Думаете, что пришел климакс, и не волнуетесь о задержке. А потом раз, и получается отличный мальчишка.

— Владимир! — возмущенно сказала Нелли.

— Прости, дорогая, юмор врача грубо физиологичен, циничен даже.

Женщина покраснела как-то странно — пятнами. Багровые ореолы покрыли шею, побежали по щекам, на лбу выступила испарина.

«Похоже, что у нее и правда климакс, — невольно подумала я, — успела родить в последний час».

Очевидно, Нелли очень разозлилась на мужа, потому что грубо обратилась к дочери:

— Что тебе надо, зачем принесла малыша?

— Мамочка, Юра не хочет спать, плачет все время, — робко проговорила девочка.

— Ну, так успокой, дай соску и не приставай с глупыми вопросами.

Ева потупилась, малыш весело пускал слюни.

Владимир, желая сгладить грубость жены, бодро потер руки:

— Садись, доченька, выпей кофейку.

— Ей вреден кофе, — отрезала мать, — к тому же надо делать уроки, опять получит кол по французскому. Ты написала упражнение?

Девочка кивнула.

— А проверила?

Дочка вздохнула.

— Кажется, правильно, пусть папа посмотрит.

— Папа может только советы давать, — продолжала злиться женщина.

Глаза Евы стали медленно наливаться слезами. Она умоляюще поглядела на отца. Я решила вмешаться.

— Можно взглянуть на работу? Преподаю иностранные языки.

Девочка обрадованно побежала в комнату. В гостиной повисло тягостное молчание. Чтобы нарушить его, я встала и подошла к большому шкафу со стеклянными дверцами.

— Какая прелесть!

На полочках стояли разнообразные фигурки — нэцкэ. Нелли подошла ко мне. Красные пятна сошли с лица, и она вновь стала приветливой хозяйкой дома.

— Правда, хороши? Собираю с двенадцати лет. Первую фигурку, вон того дракончика, подарил на день рождения дедушка, с тех пор просто заболела нэцкэ. Здесь есть настоящие редкости, но кое-что не представляет ценности. Вот, например, подделка, правда очень симпатичная.

Фигурки стояли парами, некоторые по трое. Дракончики, жабы, божки, собачки... Только утка пребывала в одиночестве.

— Ну, теперь знаю, что можно вам подарить, — и я показала на унылую утку.

Нелли горестно вздохнула:

— Даже не ищите ей пару. Вы уже догадались, что скульптурки живут семьями? Так вот, уток нигде нет — лебедей сколько угодно, а с утками настоящая драма. И самое обидное, что пара-то у нее была. Прелестная фигурка, чуть розоватая, глаза — цветные бусинки. Увидела вещицу и просто влюбилась. Был, к сожалению, небольшой дефект — отбитая правая лапка, но ее это не портило. Я так радовалась, что нашла селезня для утки! И, представьте, он пропал, просто исчез, как испарился!

— Не расстраивайся, дорогая, — проговорил Владимир, — еще когда-нибудь попадется селезень.

Вернулась Ева с исчерканной тетрадкой. Я поглядела упражнение. Французский явно не был ее коньком. Жуткие ошибки, убогая лексика. Кое-как поправив, а вернее, написав изложение заново, я отдала работу девочке.

Нелли опять начала злиться:

— Сиди и работай, лентяйка, гулять не пойдешь, давай быстрее. Проснется Юра, дашь ему кашу.

«Зачем только рожать ребенка, если ненавидишь детей, — подумала я. — И потом, можно нанять девочке репетитора, вроде не нуждаются; похоже, что из Евы сделали няню для Юры».

Раздумья прервал вошедший служащий страховой компании.

## Глава 3

Через несколько дней пришлось поехать к Александру Михайловичу. на работу, оформить свидетельские показания. В огромном здании было ужасно холодно, никакие батареи не способны согреть такое помещение.

Полковник, укутанный в одну из отвратительных Наташкиных фуфаек, шмыгал носом.

— Скорее всего, не приеду в субботу, насморк начинается, еще заражу всех.

С этими словами он достал разнообразные бланки и церемонно спросил:

— Фамилия, имя, год рождения, адрес, пожалуйста.

Ну надо же такое спросить!

— Сам все знаешь, неужели и адрес забыл?

Александр Михайлович побагровел.

— Ты свидетель, а я — официальное лицо, не мешай допросу.

Пришлось терпеливо отвечать на дурацкие вопросы. Наконец все бумажки были заполнены, и я спросила:

— Кто эта несчастная девочка, что показало вскрытие?

Полковник взглянул в окно и сообщил:

— Тайна следствия не разглашается, иди домой.

Хлопнув дверью кабинета и искренне надеясь, что полковник уронил стакан с чаем, я двинулась на поиски эксперта.

Женя отыскался в соседней комнате. Он разложил на столе бутерброды, открыл стакан с супом и приготовился славно отдохнуть.

— Приятного аппетита!

— О, спасибо.

Эксперт принялся с аппетитом жевать.

— Женя, помнишь девочку, которую нашли на свалке?

Мужчина кивнул с набитым ртом.

— Ты уже вскрыл труп?

Эксперт засмеялся и погрозил пальцем:

— Даша, полковник запретил тебе что-либо рассказывать, но могу поделиться кое-какими секретами, правда, не бесплатно. Обещай сделать Аньке контрольную. Учти, там пятнадцать страниц.

— Да пожалуйста, прямо сейчас напишу, или пусть позвонит домой. Так что с девочкой?

Мужчина порылся в папках.

— Так, примерно шестнадцать-восемнадцать лет. Зубы в плохом состоянии, полно незалеченного кариеса. Думаю, она из бедной семьи, плохо питалась. Внутренние органы без патологических изменений, то есть абсолютно здорова. Скорей всего, курила, но немного, баловалась. Перед смертью, примерно часа за два, съела гамбургер.

— А что явилось причиной кончины?

— Удар по затылочной части, нанесенный тупым тяжелым предметом.

— Кирпичом?

— Нет, скорей сковородкой или кастрюлей. В ране обнаружены частички металла со следами синей краски. Навевают воспоминания о кухонной утвари. Скорей всего, бытовуха — поругались, подрались, хлоп — убили. Сплошь и рядом такое.

— Как она выглядела внешне?

— Ну, ничего хорошего. Хотя при жизни была, очевидно, симпатичной, даже красивой. Вот, посмотри!

И Женя вынул из папки целую серию фотографий трупа. Я изловчилась и, пока эксперт закуривал сигарету, припрятала одну в карман.

— Бедняжку никто не искал?

— Похоже, что нет. Может, приехала из провинции.

— Вдруг она проститутка?

— С таким нижним бельем? Да и одежда не фонтан — дешевенькая кофточка, брючки из дерюжки, один носок рваный, ногти на ногах без педикюра. Много с таким видом не заработаешь. И, главное, никаких меток прачечной, никаких зацепок. Скорей всего, так и закопаем неопознанной. Единственное, что представляет интерес, — это утка.

— Какая утка?

— С внутренней стороны ее штанишки имеют маленький карман. Очень необычный покрой, первый раз вижу такой тайничок. Так вот, там нашлась фигурка нэцкэ — утка.

По моей спине пробежала дрожь.

— Женя, миленький, покажи эту штучку.

— Ладно, только за это будешь месяц заниматься с Анькой, а то этой идиотке двоек наставили.

— Хорошо, хорошо. Неси фигурку.

Женя стал рыться в шкафах и вытащил целлофановый пакетик с биркой. Внутри находилась скульптурка утки. Розоватая, глаза — цветные бусинки, правая лапка отбита. И я точно знала, где несчастная взяла ее.

Домой ехала потрясенная. Что могло связывать жертву с Резниченко? Может, была у них в гостях? Тогда почему Владимир и Нелли не волнуются? Вдруг работала домработницей? Или дружила с кем-то в доме, с той же Евой, они примерно одного возраста. Сама девочка украла фигурку или ей подарили утку? Ясно одно, концы истории следует искать в роскошной квартире на улице Усиевича.

Александр Михайлович поступил со мной отвратительно, заставив диктовать биографические данные. Что ж, ничего не расскажу ему и сама попробую разобраться в этом деле. Всегда обожала детективы и загадочные истории.

Дома царил форменный кавардак. Со второго этажа доносился душераздирающий плач — близнецам пришла пора подкрепиться. Я поднялась в детскую.

Растрепанная Оля сражалась с памперсами. Ирка держала на руках отчаянно вопившую Анну.

— Крыша поехала, — пробормотала невестка, — они все делают одновременно — едят, спят, какают. Нет бы по очереди. Обделаются и начинают орать. Пока одного переодеваешь, второй криком исходит!

— А где Аркадий?

— На работе, Наташка поехала с Маней в агентство.

— Куда?

— В агентство. Нам нужна няня, иначе все с ума сойдут.

Зайка залепила наконец на Ваньке памперс и сунула мне в руки копошащийся, орущий комочек.

— Сделай доброе дело, сунь ему бутылочку.

Я воткнула соску в маленький ротик, и младенец сосредоточенно замолчал, удовлетворенно жмурясь. Его сестрица продолжала неумолчно визжать. Вдруг она замолчала и тоже зашевелила губами, как будто сосала. Это было так странно. Я вспомнила все, что читала о близнецах.

Не так давно в одном журнале писали о разлученных близнецах. Они не встречались несколько десятилетий, и потом выяснилось, что, не сговариваясь, мужчины выбрали одну и ту же профессию, в один год женились на миловидных блондинках. Вскоре у них родились сыновья, и они назвали мальчиков одним и тем же именем.

Анька открыла беззубый ротик и издала ужасающий вопль. Да, нам крайне необходима няня. Не прошло и нескольких часов, как Наташка и Маруся привезли ее.

Молоденькая, чуть старше двадцати лет, девушка робко топталась возле обшарпанного чемодана. Дешевенькое, потертое драповое пальтишко, сапожки «прощай, молодость». Где они откопали это чудовище? Глядевшая на небесное явление Ирка, казалось, разделяла мое мнение.

— Ну, что встала, снимай пальто, — скомандовала Маня, и девица послушно вылезла из верхнего одеяния. Под ним обнаружился плохо связанный свитер, узенькая коричневая юбочка чуть выше костлявых коленок. Девушка выглядела худой до неприличия и, скорее всего, в обнаженном виде напоминала пособие по анатомии.

— Куды польт покласть? — спросила она приятным, неожиданно мелодичным голосом, отводя со лба прядку довольно неопрятных темно-русых волос.

«Боже, кого эти ненормальные наняли? — пронеслось в моей голове. — Вроде она русская, но как странно говорит!»

— Польт? — переспросила Наташка. — Ах, пальто, вот сюда, в шкаф. Бери чемодан, отведу наверх.

— Только, прежде чем идти к детям, пусть переоденется и примет ванну, — не выдержала Ирка.

Я тихонько ткнула домработницу рукой, ну нельзя же так сразу. Увидев мой жест, Наташка усмехнулась и повела странную няню в комнату. Мы с Иркой уставились на Маню.

— Рассказывай, где откопали такое чудо-юдо?

Маруся вздохнула и начала повествование. История выглядела так.

Они приехали в агентство и просмотрели почти всю картотеку. Большинство кандидатов оказались неподходящими. Пожилых отмели сразу. Молодые казались несерьезными. Тут в приемной послышался чей-то робкий плач. Любопытная Маруся выглянула и увидела несчастное существо, рыдавшее у окна. Дочь — девочка жалостливая, и она моментально стала успокаивать незнакомку.

Примерно десять минут понадобилось, чтобы понять, что Лена украинка. Успокоившись и утерев сопли, девушка поведала моим домашним рождественскую историю бедной сироты.

Она закончила десятилетку в маленькой деревне, где невозможно найти работу. А так как в аттестате стояли одни тройки, вопрос о том, чтобы ехать на учебу в город, не поднимался. Пришлось работать на огороде, убирать хату, нянчиться с малышами. В семье, кроме Ленки, еще десять детишек мал мала меньше, крепко пьющий отец и измученная работой мать. Денег не видели давно, вели почти натуральное хозяйство: сажали картошку, держали свиней, кур, корову. Вставали в пять утра, ложились в восемь вечера, чтобы зря не жечь электричество. Телевизора у них никогда не было, а радио сломалось несколько лет назад. Так и провела бы Ленка жизнь в навозе и пеленках, но вдруг судьба сдала ей козырную карту.

Из города, да не из какого-нибудь, а из самого Киева, приехала родная тетка, сестра матери, почти сказочная фея. Что подвигло Фаину навестить родных — неведомо. По их понятиям, она была богачкой, одна одежда чего стоила. В день приезда на тетке красовалась яркая китайская куртка, корейский костюм «Adidas» и отличные черные кроссовки. Выглядела 45-летняя Фаина лет на тридцать, и Ленкина мать смотрелась возле старшей сестры старухой.

Выпили, как водится, за встречу, и Фаина рассказала, что служит у богатого человека домработницей. Работа не пыльная: прибрать, постирать, жрачку сготовить, и платят за все отлично.

Ленка завистливо вздохнула, ей за ту же самую домашнюю работу доставались только побои да попреки. Скромная, молчаливая племянница понравилась гостье. Вечером они сели на крылечке и от души поболтали. К утру судьба Ленки изменилась самым чудесным образом.

Фаина забрала ее с собой. Дочка хозяина недавно родила, и в доме понадобилась нянька. Первые дни Ленка жила как в тумане. Изумляло все — краны в ванной, из которых чудесным образом текла не только холодная, но даже и горячая вода; белоснежный туалет, где после оправки следовало попшикать из баллончика ароматным воздухом; необыкновенная печка, гревшая еду за считаные минуты, да еще и сообщавшая о готовности мелодичным звоном; чайник со свистком.

Впервые у девушки оказалась своя комната, и, ложась спать, она никогда не забывала помолиться о здоровье тетки.

Хозяин, вдовец непонятного возраста, занимался бизнесом: что-то покупал, затем продавал и дома появлялся редко. Дочка Алиса, только что родившая мальчика, день-деньской валялась в кровати, по вечерам же исчезала с мужем. Ленка крутилась как белка в колесе, но после тяжелой деревенской работы нынешняя казалась ерундой.

Примерно через год райской жизни на горизонте возникли тучи. У хозяина начались какие-то неприятности, а от дочери ушел муж. В мае отец отправил Алису в Москву, купив там небольшую квартиру. Так Ленка неожиданно оказалась в России.

Очевидно, дела у хозяина пошли совсем плохо, потому что из Киева перестали поступать деньги. Приунывшая вначале Алиса внезапно приободрилась и стала опять исчезать куда-то по вечерам. А в один прекрасный день объявила, что выходит замуж. Няньке было наплевать, замужем хозяйка или нет, но новый муж тут же приказал рассчитать Ленку, мотивируя решение очень просто: «Не нравится она мне».

Алиса вручила няньке небольшую синенькую книжечку — паспорт — и конверт с деньгами. Дверь захлопнулась, девушка оказалась в прямом смысле на улице.

На несколько дней ее приютила сердобольная лифтерша, она же посоветовала пойти в бюро по найму прислуги. Ленке даже в голову не приходило, что можно обратиться за помощью в посольство. Скорей всего, не знала о существовании подобного зверя. Консьержка сама отвела Ленку в бюро по найму прислуги. Отсидев довольно длинную очередь, девушка попала к служащей. Через некоторое время ей с трудом втолковали, что работы в Москве она никогда не найдет. Во-первых, является иностранкой и, следовательно, должна иметь разрешение на трудовую деятельность; во-вторых, полагается предъявить рекомендации. К тому же от няньки в Москве требовалось: минимум — окончить полугодовые курсы, максимум — иметь диплом медсестры. Хорошо, если кандидатка знает английский, компьютер, владеет приемами самообороны.

Бедная Ленка умела только пеленать да тетешкать младенца. Она вышла в коридор, жизнь показалась конченой: ни денег, ни знакомых, ни жилья, ни работы... От отчаяния бедолага завыла в голос, и тут судьба опять вынула из рукава козырь. Плач услышала Маня.

— Надо помочь, — тарахтела девочка.

— Украина теперь независимое государство, — машинально возразила я, — надо отвести несчастную в посольство, купить билет и отправить домой.

— Мамусечка, — запричитала Маруся, — ну так жаль девчонку, представляешь, бедняжка даже ничего из одежды не купила, а эта жлобица-хозяйка платила 200 рублей в месяц и уверяла, что вполне хватит. Давай дадим ей заработать, смотри, какая милая у нее улыбка.

Я вздохнула, Маня умела вить из домашних веревки. Интересно, что скажет Аркадий.

Но к моменту возвращения Кешки с работы умытая и одетая в старые Машины вещи нянька приобрела приличный вид. Ирка покормила девушку на кухне, и они с кухаркой были тронуты ее старательностью.

— Съела обед, потом перемыла гору посуды в мойке, подтерла пол — и все сама, без приказа. Может, если откормить и научить пользоваться ножом, будет ничего?

## Глава 4

Я не оставляла надежды узнать, что связывало семейство Резниченко с погибшей девочкой. Следовало придумать какой-то повод для встречи. Решила использовать в качестве наживки Марусю.

— Манечка, кажется, тебе следует обратиться к стоматологу.

— Зачем это? — удивилась девочка.

— Для профилактики, открой-ка рот.

Маня повиновалась, и я увидела множество абсолютно белых и крепких зубов в розовых, как у кошки, деснах!

Да, дантисту здесь явно нечего делать, тем

лучше, просто поглядит на Маньку, а потом и по-болтаем.

Владимир любезно согласился принять нас после обеда. Представляясь дантистом, он явно скромничал. Выяснилось, что наш спаситель — владелец стоматологической клиники, оборудованной по последнему писку техники.

Кабинет, куда провели Марусю, напоминал рубку корабля: кругом разнообразные приборы, разноцветные лампочки, экраны телевизоров.

— Вот здесь покажем мультфильмы, — радостно засмеялся Владимир, — а на том увидим, что у тебя с деснами.

На одном из экранов на самом деле запрыгали Том и Джерри. Пока молодой доктор, женщина, похожая на картинку из журнала мод, изучала Марусины клычки, мы с Владимиром отправились в его кабинет.

Здесь все тоже было верхом совершенства — мебель, кофе и коньяк.

— Кажется, у вашей дочери нет особых проблем с зубами, — заметил Владимир.

— Да, но не хочется, чтобы они появились, слышала, будто кариес возникает от недостаточного питания.

Резниченко кивнул головой.

— Существует такая теория, но большую роль играет уход за ротовой полостью, наследственность...

— Значит, если у человека полно кариозных зубов, это еще не свидетельствует о том, что он нуждается?

— Зубы закладываются в организме ребенка во время беременности матери. Если она нерегулярно ела или злоупотребляла табаком и алкоголем, вы гарантированно получите больными даже молочные зубы. Вообще, состояние рта пациента говорит о содержимом его кошелька так же точно, как банковский счет.

— Как это?

— Если все залечены, стоят необходимые коронки, пломбы — следовательно, финансовое положение устойчивое, человек может тратить деньги на дантиста.

— Наверное, тщательно следите за здоровьем жены и детей?

Стоматолог весело улыбнулся.

— Сапожник, как правило, ходит без сапог. Нелли предпочитает другого доктора, у Юры пока нечего лечить, а Ева впадает в истерику при виде бормашины.

— У вас такая милая дочь, — стала я подбираться с другой стороны, — наверное, у нее много подруг, толпятся, должно быть, целыми днями в комнате. У Маруси постоянно кто-то гостит из одноклассниц.

Но Владимир не захотел поддержать тему, сухо сказал, что Ева учится в лицее и подруг не имеет.

Ладно, попробую по-другому.

— Так трудно найти приличную прислугу. Хочу нанять домработницу, но пока не получается. Нелли не может мне помочь?

— Навряд ли. У нас работает только Люда, знаем ее довольно долго и полностью доверяем. А готовит жена сама, она страстная кулинарка. Надо пригласить вас на цветной обед.

— А что это такое?

— Ну, например, зеленый ленч: салат из горошка и капусты, суп из шпината, на второе —

овощное ассорти: спаржа, артишоки, затем мятное желе.

— Все блюда зеленого цвета?

— Правильно. Оригинально, да?

— Неужели Нелли готовит все сама? И вы никогда не нанимаете прислугу в помощь?

— Разве что раз в году, на день рождения жены.

— А когда у нее день рождения?

— Скоро, в январе.

Опять ничего не узнала. Ладно, пойду ва-банк. Я закашлялась и, картинно задыхаясь, полезла в сумочку, вытащила носовой платок и «случайно» выронила фото несчастной на стол. Потом стала кашлять дальше, давая Владимиру возможность как следует разглядеть снимок.

Но дантист остался спокоен, только слегка удивился.

— Какая странная фотография, похоже, что ее сделали с трупа.

— Как вы догадались?

— Ну, я же врач — эти открытые глаза, судорога мышц рта. Зачем носите с собой такой неприятный снимок?

Пришлось срочно выкручиваться.

— Вчера приходил в гости полковник и забыл фото, хочу вернуть.

Резниченко никак не прореагировал. Прибежала довольная Маня. Доктор не сделала ей больно и подарила на память о посещении клиники воздушный шарик в виде зуба. Мы расшаркались, откланялись и ушли. Да, тяжела жизнь детектива.

Дома стояла непривычная тишина. Оля лежала в гостиной на диване.

— Разве ты мать? Кукушка, — накинулась на невестку Маруся. — Где дети?

— Спят, — махнула рукой Зайка. — Не понимаю, как Ленка управляется, только оба молчат, когда она с ними возится, и у Аркашки молчат. Ванька ему все время улыбается. Стоит мне подойти, как начинается безумный визг.

В этот момент раздался телефонный звонок.

— Алло.

— Здравствуйте, — прошуршал робкий детский голосок, — вас беспокоит Ева Резниченко, помните меня?

— Конечно, детка, рада тебя слышать.

— Простите, что беспокою своим звонком, но мне очень нужна помощь.

— Обязательно помогу, если сумею, а в чем дело?

Девушка замялась, потом совсем тихо пояснила:

— Задали сочинение на тему «Фантазия Рабле»... Я облегченно вздохнула, ну это в моих силах.

— Приезжай прямо сейчас.

Ева добиралась больше часа и вошла, запыхавшись.

— Пожалуйста, не рассказывайте маме о моем визите, — проговорила она, снимая простенькое пальтишко, — я сказала, что отправляюсь на дополнительные занятия в лицей.

— Надеюсь, Нелли не станет проверять.

Ева помотала головой.

— Нет, ей придется самой заниматься с Юрой, а он такой капризный.

В холл влетела Маня, за ней трусцой бежали собаки.

— Мамусечка, еду к Сашке, будем готовиться к контрольной. Привет, — кивнула она Еве.

Собаки принялись обнюхивать гостью, энергично вертя хвостами. Ева заулыбалась и вытащила из кармана пакетик соленых орешков.

— Можно их угостить?

— Конечно, — разрешила Маруся, — любишь животных?

— Очень, — покраснела Ева.

— А кто у тебя? Кошка, собака?

— Никого. Хочется хомячка завести, но мама против, говорит, пахнут ужасно и на мышей похожи.

В Марусиных глазах промелькнула жалость, и она унеслась по своим делам. Мы сели в кабинете и начали заниматься французским. Ева оказалась старательной и послушной, но господь явно не рассчитывал, что она станет языковедом. В конце концов, махнув рукой на педагогические принципы, я написала ей сочинение, и мы перешли в столовую.

— Ты любишь чай или кофе?

— Чай лучше, а можно, буду иногда приходить заниматься с вами? Учительница в лицее так быстро объясняет и никогда не повторяет сказанного. В прошлом году я оказалась одиннадцатой на экзамене.

— А сколько человек в классе?

— Двенадцать.

Да уж, не лучший результат. Ева смутилась и взяла пирожное, широкий рукав блузки вздернулся, обнажая худенькую руку. Я увидела на коже многочисленные синяки.

— Что у тебя на руке?

Ева смутилась еще больше и спустила рукав.

— Да так, ушиблась.

И она принялась засовывать печенье в раскрытую пасть довольного Федора Ивановича. Снап и Банди ждали своей доли.

— Какие чудесные собачки, какие прелестные, — не переставала восхищаться девочка и вдруг замолчала. В столовую парочкой вошли кошки — трехцветная Клеопатра и белая Фифина.

— Как, у вас и кошки живут? Ой, очень, ну просто ужасно хочется котенка.

— В чем же дело?

— У мамы аллергия на шерсть.

«Похоже, что Нелли просто не любит животных, — подумалось мне, — и интересно, кто бьет бедную Еву по рукам?»

## Глава 5

Междугородные звонки почему-то всегда раздаются рано утром. То ли люди забывают о разнице во времени, то ли массово экономят деньги, пользуясь льготным тарифом. Вот и сейчас будильник показывал шесть утра, когда я сняла трубку.

— Привет, москвичка, — завопила мембрана, — не раздумала встречать с нами старый Новый год? Учти, едем все, выдержишь нашествие?

Это был Левчик, вернее, Лев Константинович Арцеулов. Сколько лет мы знакомы, сказать страшно, так долго не живут. Дружили еще наши родители. Существовала семейная легенда о том, как моя мать, придя в гости к Арцеуловым, села на сломанный стул и упала. В результате я родилась на три недели раньше срока.

С Левчиком и его братом-погодком Генкой мы сидели в одной песочнице, ходили в одну школу. Дороги не разошлись и на первом курсе института. Но когда Арцеуловы перешли на второй, их мать неожиданно заболела туберкулезом. Врачи порекомендовали немедленно уехать в Ялту. Семья за две недели провернула обмен и перебралась на берег моря. Я стала ездить к ним отдыхать. Но кто мог подумать, что через десяток лет мы окажемся в разных государствах?!

Братья Арцеуловы — преподаватели французского, и если можно найти двух совершенно непохожих людей, то это они. Левчик толст, как носорог, одышлив, шумен, постоянно со всеми ругается. Генка, похожий на спичку, по большей части молчит. Левчик обожает шумные компании, застолье, вкусную еду. Генка предпочитает сидеть в одиночестве с книжкой, приход гостей приводит его в состояние коллапса.

Насколько непохожи братья, настолько же различны и их жены. Соня, супруга Левчика, трудится в школе. Вернее, она ходит на работу тогда, когда не хворает. А болеет Соня постоянно. Даже не помню всех болячек — остеохондроз, мигрень, желудочные спазмы, плохой гемоглобин и еще много всего. Двадцать дней из месяца она проводит, бегая по поликлиникам, остальные ноет и жалуется. Соньке на самом деле трудно жить, она всегда находит объект для зависти.

Катюша, жена Гены, совершенно другая. Талантливый педагог, спокойная, уравновешенная и безумно логичная. К сожалению, у нее на самом деле слабое здоровье, за плечами две операции, но стойкая Катя предпочитает не распространяться о недугах.

Полярно разные во всем (Сонька — толстая и высокая, Катя — худенькая и мелкая), они совпадают в одном — обе самозабвенные неряхи.

Их гигантская пятикомнатная квартира с закоулками напоминает склад забытых вещей. Телефонная книжка отыскивается в холодильнике, носки таинственным образом прячутся в хлебнице. Впечатлительный Левчик, обнаружив колготки на кухонном столе, начинает моментально плеваться огнем. Генка, увидев расческу в компоте, молча вынимает ее и выпивает стакан — не пропадать же продукту. И вот теперь все семейство едет к нам.

Утром в аэропорту я увидела их сразу: Левчик с Сонькой возвышались над толпой.

— Ну наконец-то встретились, — завопил Левка, обнимая Маню и Наташку. — Сонька, погляди, какой ребенок большой.

— Лева, может, чемодан получишь? — напомнила жена.

— Конечно, ты у нас умная, а я дурак. Не напомнишь, без багажа уйду, что бы я один делал, разумная ты моя, — вызверился Левчик.

Сонька меланхолично закурила, Генка и Катюша тихо улыбались.

Мы расселись по машинам и покатили домой. Аркашка и Оля стояли в холле, тут же толпились животные.

Увидев кошек, Сонька вздохнула:

— Надо супрастин принять, у меня аллергия на кошачью шерсть.

— У тебя на жизнь аллергия, — отрезал муж.

Дети развели гостей по комнатам, потом Оля сказала:

— Звонила эта девочка, Ева Резниченко, хотела приехать. Не знаю, удобно ли, все-таки праздник.

Но желание что-нибудь узнать о бедной убитой было так велико, что я предложила:

— А давай позовем и Владимира с Нелли.

Стоматолог пришел в восторг:

— Как мило. Обязательно приедем, хочется посмотреть на близнецов.

— Возьмите обязательно Еву.

— А кто же останется с Юрой?

Они и вправду сделали из девочки прислугу.

— Обязательно возьмите Еву, хочу подружить их с Машей.

Услышавшая наш разговор Маня моментально отреагировала:

— Придет эта девочка? Ну та, которой хомяка даже не разрешают купить?

— Надеюсь, позови Ирку.

Праздничный ужин подали в восемь вечера. Сначала состоялось знакомство близнецов с Резниченко. Аркашка и Ольга принесли детей вниз. Владимир восторженно загукал, Нелли вежливо улыбалась, похоже, она и вправду не любила детей. Ева на этот раз была одета в роскошное сиреневое платье с длинными рукавами. На шее висела массивная золотая цепочка, одна щека казалась чуть припухшей.

Ваня и Аня мирно спали, позвали Ленку. Та спустилась в столовую, шмыгнула носом и пропела:

— С добрым вечером вам, люди добрые.

Генка ласково улыбнулся:

— Здравствуйте, это вы няня прелестников?

— Ага, — пробормотала Ленка, во все глаза глядя на Резниченко.

— Надо же, какая она стеснительная, — проговорила Катя, когда няня унесла близнецов.

— Где вы взяли эту девушку? — внезапно спросил Владимир.

— В агентстве по найму, — быстро проговорила Наташка, решив особо не распространяться на эту тему.

Все начали есть.

— Неправильно кухарка готовит кулебяку, — заявил Левчик. — Настоящий, подлинный пирог с капустой умела готовить только моя бабушка. Здесь есть один секрет, надо научить и вас.

Генка улыбнулся и молча взял еще один кусок. Катюшка посмотрела на Еву, сидящую перед пустой тарелкой.

— Положить вам что-нибудь?

Девочка показала на рыбный салат. Катюшка нацелилась ложкой, и тут Нелли злобно проговорила:

— Не кладите ей. У дочери аллергия на рыбу.

— Аллергия, — протянула Соня, — как плохо. Сама всю жизнь мучаюсь, того не съешь, этого не выпей. Апельсины, мандарины, креветки — не для меня. Одни страдания.

— Ты еще анализ мочи тут покажи, — завелся Левчик, — задницу продемонстрируй.

Аркашка хихикнул, и Левка сурово поглядел в его сторону.

Надвигающийся скандал предотвратила Маруся.

— Старый Новый год, — принялась она объяснять Резниченко, — такой совершенно особый праздник. Но все-таки Новый год, поэтому обязательно следует дарить подарки. Я, например, приготовила сюрприз для Евы, сейчас принесу.

Клетка выглядела потрясающе. На первом этаже беговое колесо, разные веточки, камушки. На втором — домик с окошками. Из дверцы торчала серенькая мордочка.

— Это Вилли, — проговорила Маша, — давай, выходи.

И она тряхнула клетку. Толстоватенький Вилли вывалился наружу, и в проеме показалась беленькая рожица.

— Прошу знакомиться, Дилли, — представила Маня. — А здесь, — она показала пакет, — корма и разнообразные хомяковые лакомства — грызальные палочки с укропом, зерна с медом. Нравится?

Онемевшая от восторга Ева закивала головой. Нелли в возмущении замахала руками:

— Нет, нет, от животных ужасный запах, не вынесу вони.

— Мамочка, — принялась упрашивать Ева, — Вилли и Дилли будут жить у меня в комнате, только в клетке. Ну, пожалуйста! — и она умоляюще сложила руки.

— Неприлично отказываться от подарков, — вмешалась Оля, — придется брать хомячат.

Владимир попытался успокоить жену:

— Ну, дорогая, посмотри, какие забавные зверьки. Может, ты их полюбишь.

— Этих жутких крыс? Никогда! Да у меня сейчас будет приступ астмы и страшно заболела голова, просто раскалывается.

Я взяла свою сумочку и вытрясла содержимое на журнальный столик. Где-то валялись таблетки от головной боли. Так, губная помада, ключи от машины, несколько конфеток, булавки, фотография убитой...

Нелли издала странный клокочущий звук и уставилась на снимок.

— Что это, что это? — повторяла женщина, без остановки тыча пальцем в снимок. Лицо ее покрылось капельками пота, глаза ввалились, и, всхлипнув, гостья кулем рухнула на ковер.

## Глава 6

Владимир позвонил с извинениями на следующий день.

— Простите, кажется, испортили праздник.

Я великодушно стала успокаивать огорченного мужчину:

— Ерунда, с каждым может случиться. Как самочувствие Нелли?

— Ужасно! Не пойму, чем ее так испугала фотография? Конечно, снимок более чем неприятный, но не до такой же степени, чтобы сознания лишиться. Вообще жена последнее время крайне плохо себя чувствует. Постоянные головные боли, раздражительность, скачки настроения. Думаю показать ее невропатологу...

Я выслушала жалобы и повесила трубку. Со второго этажа раздавались звуки нарастающего скандала. Хлопнула дверь, и красный от злости Левчик спустился в гостиную.

— Ну и придурки.

— Кто?

— Да все. Генка, Катька.

Вышеназванные «придурки» тихо вползли в гостиную.

— Очень хочется поехать посмотреть Суздаль, — сказала Катя.

— Прекрасно, — оживилась Наташка, — надо связаться с бюро экскурсий и заказать места в автобусе.

— Вот еще, — фыркнул Левчик, — не желаю никуда ехать. Представьте только: сначала трясешься в переполненной машине, где кого-нибудь обязательно тошнит. Затем гуртом бегаешь по музеям и слушаешь дурацкого экскурсовода, потом ночуешь черт-те где! Увольте, ни за что!

— Когда я еще попаду в Москву, — вздохнула Катюшка, — очень хочу побывать в Суздале, мы с Геночкой давно об этом мечтали, правда?

Генка согласно кивнул головой.

— И чего там смотреть? — завелся братец. — Одни развалины. Да я лучше любого экскурсовода расскажу об этих церквях.

И он трубно засмеялся. Мы с Наташкой переглянулись. Не существовало области, в которой Лева не был бы, по его словам, знатоком.

— И я не хочу ехать, определенно укачает, — вставила подошедшая Соня.

— Ну расскажи, расскажи, как блюешь в машине, — рассердился Левка.

Я в который раз удивилась Сонькиному долготерпению.

— Все-таки очень хочется посмотреть на Суздаль, — гнула свое Катя.

— Ой, да замолчи, сказал, не поеду, — взорвался старший брат.

— Никак не пойму, о чем спорите, — поинтересовалась Оля, — пусть Гена и Катя едут, а Лева с Соней остаются в Москве. Совсем не обязательно везде вместе бегать.

Такую замечательную мысль встретили с восторгом, и Катька побежала одеваться. Минут через пять она смущенно зашла ко мне в комнату.

— Дашенька, не одолжишь колготки? Стала одеваться и зацепила.

Я с радостью вынула из шкафа новую пару, и Катюша тут же принялась ее натягивать. Она подняла юбку, и я увидела на животе длинный шрам.

— Катька! Что это у тебя на брюшке?

Женщина замялась, потом проговорила:

— Представляешь, года два тому назад обнаружили миому. Конечно, опухоль доброкачественная, но все равно сделали полостную операцию, выпотрошили, как курицу. Потом пришлось почти год восстанавливаться. Шрам, конечно, остался, приходится на пляж надевать только закрытый купальник.

— Болит?

— Нет, просто некрасиво выглядит, ну и, конечно, тут же климакс начался — приливы и все остальное. Но сейчас все давно позади.

И она одернула вельветовую юбку.

В доме временно наступила тишина. Наташка вместе с одной частью Арцеуловых уехала в бюро путешествий. Старший брат с женой двинулись в ГУМ. Аркашка работал, Маня готовила доклад в Ветеринарной академии, Оля и Ленка гуляли с близнецами. Как хорошо дома одной! Тихо. Наслаждаясь покоем, я растянулась на диване, в руках — любимый роман Агаты Кристи, на столике сигаретка и чашка кофе. Прибежали собаки. Банди тут же вспрыгнул на диван, я погладила его крепкую шелковую спинку и почувствовала, как слипаются глаза. Сладкий сон закрыл веки. Но тут пришла Клеопатра.

Сначала кошка старательно топталась у меня на животе. Потом принялась тереться мордочкой о подбородок. Увидев, что хозяйка продолжает дремать, Клепа прижала холодный мокрый нос к моему уху. Вибриссы ужасно щекотали лицо. Кошка упорно вертела носом. Затем, понимая, что хозяйка не встает, она вытянула лапу, поставила ее мне на лицо и слегка выпустила когти. Клеопатра была целеустремленной и всегда добивалась своего. Сейчас она желала «Вискас».

Я приняла вертикальное положение и посмотрела на мучительницу.

— Ну и свинья ты, Клепа, придется вставать кормить.

Тут затрещал домофон. Да, отдохнуть не удастся. Это приехала с очередным заданием по французскому Ева. Девочка выглядела оживленной и счастливой.

— Вилли и Дилли просто прелесть. Целый день едят, потом спят так смешно на спине, растопырив лапки. Такие хорошенькие.

— Мама не очень ругается?

Ева захихикала.

— А ее нет.

— Как нет?

— Папа утром отвез маму в клинику нервных болезней, говорит, что у нее невроз и его следует лечить. К тому же для Юры позвали няню. Ой, они так ругались, когда от вас приехали, — поведал бесхитростный ребенок, — орали на всю квартиру. Правда, папа только шипел, ну а мама просто визжала, а потом плакать стала!

То, что Резниченко оказалась в больнице, казалось, радовало дочь.

— Надо съездить навестить ее, знаешь адрес?

— Адреса не знаю, но помню название.

Мы сделали задание, попытались разобраться в глаголах. Ева прилежно старалась вникнуть в тайны спряжений, когда телефонный звонок оторвал нас от работы. Пожилой женский голос попросил Еву. Девочка схватила трубку и сказала:

— Прости, Серафима Ивановна, задержалась. Не волнуйся, сейчас поеду домой.

— Кто это? — удивилась я. — Вроде ты никому не хотела рассказывать о занятиях.

— Серафима Ивановна, няня. Она безумно старая, еще папу нянчила. А теперь, когда мама в больнице, отец пригласил ее приглядеть за Юрой. Серафима Ивановна уже больше не работает, но папу обожает, поэтому и согласилась. Жить у нас она отказывается, ездит к себе в Ясенево. Это далеко, вот я и должна пораньше приехать домой, чтобы отпустить Серафиму Ивановну. Юра такой капризный, ни за что не останется с Людой, будет орать как заведенный. Да вы не волнуйтесь, няне можно доверить любой секрет. К тому же она терпеть не может маму и ничего ей не расскажет.

На следующее утро, купив красивую орхидею, я отправилась навестить Нелли. Многое в ее поведении казалось странным.

Конечно, фотография не из самых красивых, но и не ужасна. Лицо девушки вполне узнаваемо, и оно не обезображено. Что же так напугало Резниченко, из-за чего женщина лишилась рассудка? И потом, явная злоба по отношению к Еве, по-моему, мать просто бьет ребенка. Интересно, догадывается об этом Владимир?

Клиника располагалась в тихом уголке. Большой парк со старыми деревьями, которые летом, наверное, полностью укрывали здание от любопытных взглядов. Но сейчас, зимой, трехэтажный дом был виден как на ладони. Почти все окна второго и третьего этажа забраны решетками, в

воротах стояли два охранника. Они долго при-
дирчиво расспрашивали о цели визита, один связался с лечащим врачом.

«Ну и порядки, — подумалось мне, — как в
тюрьме».

Наконец разрешение было получено, ворота
распахнулись, и я въехала во двор.

В холле тихо сидело несколько человек, скорее всего родственников. Я подошла к справоч-
ному окошку.

— Где найти Нелли Резниченко?

— По какому вопросу? — прокаркал тучный
лысый мужчина.

Ничего себе заявление для больницы!

— Хочу навестить, передать цветы.

— Не положено, только родственникам.

— Я ее сестра.

— Фамилия, имя, год рождения?

Боже мой, где-то я уже слышала подобные вопросы!

— Дарья Васильева.

Бдительный страж подал пропуск, не забыв
отметить время входа: 12.10.

Я побрела по коридору, поглядев на клочок
бумаги: палата 18. Комната оказалась на втором
этаже, одна из тех, окна которых закрывала решетка. Нелли лежала на гигантской кровати и
читала поваренную книгу. Увидев меня, она изумилась:

— Даша? Как узнали, что я здесь?

— Одна маленькая птичка на ушко нашептала.
Вот. — И я протянула орхидею.

— Что за прелесть, — восхитилась больная, —
обожаю цветы, да еще розовые, мой любимый
цвет.

— Как самочувствие?

Женщина картинно прижала пальцы к вискам.

— Так болит голова. Всю жизнь мучают мигрени. С двенадцати лет раз в месяц укладываюсь в кровать с дикой болью. Просто ужас! В мозги втыкается тупая палка, тошнит, такая мука. Из-за проклятой болячки даже образование не сумела толкового получить, только школу кое-как удалось закончить. Вот у вас в гостях упала в обморок, а все Володя. Поедем, поедем, развлечешься. Какие развлечения с мигренью. Испортила праздник.

Я огляделась по сторонам: в комфортабельной палате отсутствовал телевизор.

— Да, — продолжала Нелли, — телевизор убрали, говорят, он вреден, радио тоже нельзя, и читать велели поменьше. Со скуки сдохнешь. Впрочем, родилась идея. Знаете, обожаю готовить, закончила даже специальные курсы для домохозяек. Рецептов знаю тьму, многие очень оригинальные. Вот вы, например, умеете правильно варить бульон?

— Помыть мясо, положить в холодную воду, посолить...

Нелли радостно рассмеялась:

— Уже две ошибки. Мясо класть в кипяток на несколько секунд; потом воду вылить и наполнить кастрюлю заново. Солить следует с умом — в начале варки, если хотите вкусный бульон, или в конце — тогда мясо будет лучше. Еще хорошо положить маленький кусочек рафинада.

— Сахара?

— Именно его, улучшится цвет и пропадет сальный привкус бульона. В кулинарии полно мелких хитростей. Вот я и решила, а не написать ли поваренную книгу, даже начала работу. Сейчас покажу.

С этими словами женщина отбросила одеяло и встала. Легкий халат распахнулся, обнажая живот, и я увидела большой белый шрам, точь-в-точь как у Катюшки. Проследив за моим взором, Резниченко вздохнула:

— Пришлось несколько лет тому назад удалить желчный пузырь. Теперь, конечно, могу носить только закрытый купальник, бикини отпадает.

Она пошла к шкафу, но тут дверь распахнулась, и вошел Владимир.

— Нелли, принес... — Он замолчал, увидев меня, и довольно бесцеремонно спросил: — Зачем приехала, Даша?

— Хотелось доставить госпоже Резниченко удовольствие, — я показала на орхидею.

— И о чем вы тут болтали?

— О ерунде, дорогой, — быстро вмешалась Нелли, — тебе неинтересно: рецепт бульона.

— Не припомню, чтобы сообщал вам адрес клиники, — продолжал злиться Владимир.

— В Москве не так много больниц подобного профиля, позвонила по справочным и сама узнала. Впрочем, наверное, утомила больную, — и я стала прощаться.

Владимир недовольно смотрел мне вслед.

В коридоре, сразу же за палатой Нелли, находился туалет для посетителей. Несколько минут понадобилось на текущий ремонт прически и макияжа. Затем я двинулась в обратный путь.

За дверью с надписью «Ординаторская» слышался разговор на повышенных тонах. Один голос явно принадлежал стоматологу.

— Плачу́ безумные деньги и требую хорошего выполнения работы. Ясно объяснил, что моя жена не желает никого видеть. Она перенесла стресс и нуждается в покое. А только что застал в палате весьма назойливую даму, как это прикажете понимать?

Другой голос, очевидно, принадлежащий врачу, робко возразил:

— Мы подумали, что сестру можно пропустить, женщина сказала...

— Никаких сестер, братьев, племянников и теток у Нелли нет, — гремел Владимир. — И с данной минуты в ее палату впускают только меня.

Я пошла к выходу, надеясь, что грубияна хватил апоплексический удар.

## Глава 7

Дома тоже шумели. В гостиной Левчик тряс перед заплаканной Сонькой куском разноцветного меха и грозно вопрошал:

— Отвечай сейчас же, что это такое?

— Шуба, — пробормотала жена.

— Ах, шуба, — взревел Левка, — шубка из кого будет? Кому принадлежала при жизни, шанхайскому барсу?

— Это камышовая кошка, — еще тише проговорила Сонька, — дикая камышовая кошка.

— Нет, — завопил Левка, — это самая обычная домашняя киска, которая гуляла в камышах, а ее там поймали, освежевали и тебе, дуре, продали. Как можно, не посоветовавшись со мной, покупать дрянь?

— А посоветовавшись с тобой, можно покупать дрянь? — съехидничала логичная Катька.

— Молчи лучше, кенгуру рогатая.

— Катька совершенно не похожа на кенгуру, — занудил Генка, — и где ты встречал кенгуру с рогами?

Левка побагровел, схватился за сердце и рухнул в кресло. Сонька кинулась за водой, Катюшка стала запихивать в зятя нитроглицерин. Пока буян переводил дух, мне рассказали печальную историю покупки шубы.

После посещения ГУМа старший Арцеулов устал и поехал домой. Сонька же пошла бродить по городу. Какой ветер дул ей в спину, неясно, но женщина забрела на вьетнамский рынок. Там и повстречался араб, торговавший шубами по баснословно низкой цене — всего две тысячи рублей.

Сонька примерила манто, и оно показалось очень даже ничего: белое в рыжих и черных пятнах. Мех выглядел натуральным, шелковистым и мягким. Любезный говорливый торговец объяснил, что это шкурки камышового кота. Исключительно ноский и прочный материал. Продается по такой смешной цене просто потому, что араб торопится уехать домой в Республику Бонго, где, кстати, и живут уникальные звери.

— Нигде в мире не встретите подлинного камышового кота, — вещал араб, охмуряя жертву, — только в джунглях Бонго осталась небольшая популяция, не сомневайтесь, исключительно удачная покупка.

Одураченная Сонька отдала деньги и довольная явилась домой. Здесь на ее голову упал карающий меч.

— Бонго, — возмущался муж, — просто географический кретинизм. Нет такой страны, образованная ты моя! Сходи в своей школе в пятый класс на урок географии, чучело гороховое. И где в джунглях камыши?

Бедная Сонька разрыдалась, Левка сосал нитроглицерин. Шуба одиноко валялась на диване. В комнату величаво прошествовала Клеопатра. Она подплыла к дивану и стала нервно обнюхивать обнову.

— Бабушку узнала, — хихикнул Левка.

Клепа несколько раз энергично фыркнула, потопталась и улеглась прямо на шубку. Ее шкурка абсолютно слилась с манто, сразу стало видно, что мех кошачий, даже пятна Клеопатриной расцветки. Увидев эту картину, Сонька заплакала еще громче. Левка же неожиданно пришел в отличное расположение духа.

— Хватит рыдать, — принялся он успокаивать Соню, — ну, дура ты, так помни всегда об этом. А шубка вроде и ничего, дешевенькая. У тебя в школе такие же идиотки работают, скажешь им про камышового кота, поверят как пить дать.

На следующий день произошло событие, начисто заставившее всех забыть злосчастную шубу: пропала Ленка.

Утром она, как всегда, погуляла с близнятами, уложила их спать после обеда и... исчезла. Во всяком случае, в доме няньки нигде не было.

Хватились Ленки часов в пять. Сначала Оля решила, что девушка устала и легла отдохнуть. Потом все-таки постучала к ней в дверь, но та не отвечала. Зайка заглянула внутрь — кровать аккуратно застелена, все вещи на месте, нет только хозяйки.

— Куда могла подеваться, — недоумевала невестка, — может, погулять пошла?

На дворе стоял противный, дождливый январский вечер, хорошая собака хозяина не выведет в такую погоду. Так что версию прогулки отвергли сразу.

— Может, по магазинам пошла? — предположил Аркадий.

Тоже маловероятно, украинка так и не выучила как следует русский и одна старалась никуда не ходить. Даже за обновками в ближайший универмаг повезла ее Наташка.

— Вдруг ее украли и теперь потребуют выкуп? — выпалила Маня.

Полный бред! Но Ленки не было, не вернулась она и утром.

После полудня пришлось позвонить Александру Михайловичу.

— Почему вчера не сообщили сразу? — принялся отчитывать полковник. — Сколько ей лет?

— Кажется, двадцать.

— Не надо беспокоиться, скорей всего, осталась у любовника на ночь. Выспится и придет.

— Да нет у нее любовников.

— Откуда можешь знать? Недавно был случай, задержали при облаве проститутку, а у той в номере за ширмой девочка лет двух играет. Ну, мамашу в камеру предварительного заключения, ребенка в приют. Вечером поступает заявление о пропаже дочери у депутата парламента. Пошла гулять с гувернанткой, и обе не вернулись домой. Всю милицию на ноги поставили, киднепинг заподозрили. И угадай, что оказалось? Бонна их подрабатывала на панели и девочку с собой брала, вроде на прогулку. За два часа несколько клиентов пропустит, и хватит. А ты говоришь — нет любовника. Подождем еще денек.

Но и на следующий день Ленка не объявилась. Близнецы орали в детской, Аркашка не пошел на работу, пытаясь помочь Ольге.

— Вернется шалава, ноги выдерну, — злился он, сворачивая закаканный пампес, — что за безответственность.

После обеда опять позвонили полковнику. На этот раз Александр Михайлович не шутил.

— У кого из вас нервы покрепче, пусть приедут в морг.

Я испугалась:

— Боже мой, она погибла.

— Не знаю пока, есть две подходящие кандидатки, надо посмотреть.

Мы с Аркашкой отправились на опознание. На одном из покрытых нержавейкой столов лежала молодая женщина. Жаль бедняжку, но, к счастью, жертва незнакома. На другом, странно вывернув голову с темно-русыми волосами на сторону, покоилась наша нянька. Тело ее, распростертое на прозекторском столе, казалось странно длинным.

— Это она, — пробормотал потрясенный Аркадий, — Ленка, какой ужас, вот бедняжка...

Мы поднялись в комнату для родственников. Александр Михайлович участливо взглянул на нас:

— Давайте заполним бланк опознания. Можете назвать фамилию, имя, год рождения?

Аркашка растерянно поглядел на Александра Михайловича:

— Зовут Лена, фамилию и год рождения не помню.

Александр Михайлович взглянул на меня.

Я отрицательно помотала головой. Александр Михайлович начал злиться:

— Пустили человека в дом и даже фамилию не знаете? Где вы ее вообще взяли?

Пришлось рассказать правду. Александр Михайлович пришел в полное негодование:

— Стоило заболеть на две недели, как тут же делаете кучу глупостей! Мало ли кто что расскажет! Так и пустили к себе, даже документов не посмотрели и детей доверили? Нет слов.

— Я видел ее паспорт, — принялся оправдываться Аркадий.

— Ладно, — вздохнул полковник, — поехали домой.

В холле нас радостно встречали собаки.

— Наверное, его нужно поменьше кормить, — заметил Александр Михайлович, пощипывая Хучика за жирные складки на шее. Мопс от восторга и удовольствия жмурил глазки.

— Александр Михайлович, — обрадовалась Наташка, — как здорово, что решили заехать, сейчас кухарка бланманже готовит.

— Не знаю, не знаю, — пробормотал полковник, — я при исполнении.

— А что ты исполняешь? — поинтересовалась Маня.

— Ну, хватит, — вышел из себя полковник, — показывайте комнату погибшей.

Наташка и Маня охнули от ужаса, и мы пошли на второй этаж. Ленкина спальня самая маленькая в доме — метров пятнадцать, не больше. Раньше здесь была бельевая, потом Наташка с Иркой превратили помещение в кладовую. Тут хранились банки с запасами, всякие травы, коренья. С появлением няни продукты убрали, но запах остался, и Александр Михайлович, войдя внутрь, тут же чихнул.

В спаленке не так уж много вещей — шкаф, стол, кровать, комод, пара стульев, кресло, торшер и небольшая тумбочка с ночником. Покрывало аккуратно застелено, под подушкой обнаружилась неожиданно красивая и, скорее всего, дорогая пижама. В шкафу висели носильные вещи. Кроме жуткого самовязаного свитера и юбки-обдергайки, в которых я привыкла видеть Ленку, на вешалках нашлось несколько красивых платьев, джинсы, блузки. Поразило нижнее белье — дорогое, красивое, но каких-то диких расцветок: красное, оранжевое, зеленое.

Паспорт увидели в комоде. Полковник развернул книжечку, с фотографии глянула серьезная Ленка.

«Оксана Криворучко, — медленно прочитала Наташка и изумилась: — Разве Лена — уменьшительное от Оксаны?» Следующим удивлением стал возраст: выходило, что няньке около тридцати, точнее, двадцать восемь с половиной лет.

— То-то Женя утверждал, что она не первой молодости, — удовлетворенно сказал Александр Михайлович, — к тому же, по крайней мере, уже один раз рожала.

Мы уставились на полковника во все глаза. Про ребенка Ленка не рассказывала. Но комод скрывал еще один секрет: под стопкой нераспечатанных колготок обнаружился довольно пухлый конверт. Внутри лежали деньги на общую сумму двадцать тысяч долларов. Ничего себе бедная сирота!

— Поглядите на белье, — сказал Александр Михайлович и двумя пальцами подцепил красный кружевной лифчик, — а потом подумайте, каким местом заработала ваша нянька деньги.

Мы молчали, пораженные открывающейся картиной.

— Как звали хозяйку, ну ту, что выгнала ее на улицу? — поинтересовался полковник.

— Кажется Алиса, — робко вспомнила Маня, — а может, Алена, в общем, как-то на А.

— Как-то на А, — передразнил приятель, — да вы просто куры безмозглые.

## Глава 8

Генка и Катюша уехали смотреть Суздаль. Левчик рылся в развалах торговцев книгами, Сонька рыскала по магазинам. Я застала ее в холле, примеряющей у зеркала шапочку из крашеного кролика.

— Смотри, какая прелесть, — восторгалась Сонька, поворачивая голову в разные стороны.

— Симпатичная, — без всякого энтузиазма сказала я, — кролик — чудесная парочка для кошки.

— Кролик? — возмутилась подруга. — Да глаза открой, это же розовая шиншилла.

— Кто? — изумилась я от души. — Розовая шиншилла? Всегда считала, что у этой несправедливо дорогой крысы серо-голубой мех.

— Действительно, — согласилась Сонька, — розовая шиншилла встречается крайне редко. Дело в том, что она обитает только в Австралии на почвах, богатых марганцевой рудой. Есть там всякие корешки, растения, и мех приобретает вот такой редкий отлив.

Из моей груди вырвался смешок. Несколько

десятилетий тому назад, году этак в 1960-м,бедные студенты-биологи освоили нехитрый фокус. Белых лабораторных мышей, стоивших пять копеек пара, поили несколько дней слабым раствором марганцовки. Шкурки грызунов приобретали приятный оттенок, и нищие студенты торговали ими на Птичьем рынке уже по рублю за штуку. Назывались диковинные животные: «Розовый австралийский мышь».

Не знаю, пил ли несчастный кролик перед смертью марганцовку, или тушку покрасили после кончины, но было ясно: Сонька опять наступила на грабли, поверив уличному торговцу. Хотя сама по себе шапочка выглядела не так уж и жутко.

— Остается только купить перчатки из мексиканского тушкана, — невольно вырвалось у меня.

— Мексиканский тушкан, — оживилась Соня, — никогда не слышала, что, очень дорого?

Без няньки очень трудно управляться с близнецами. Ольга похудела и осунулась. Ирка ложилась грудью на амбразуру, но ночью Кешка и Зайка оставались с детьми наедине. Спать они просто перестали и днем походили на лунатиков. Наташка проявляла редкую непреклонность:

— Давайте их на ночь ко мне, согласна качать крикунов, но в агентство больше не пойду, хватит. Сами вырастим, без подозрительных нянек.

Однако, повозившись ночку с Ванькой и Анькой, подруга стала посговорчивей:

— Хорошо, поищем няню по знакомым, но чтобы только с папкой рекомендаций. А пока поделим дежурства по-честному. В понедельник их трясу я, во вторник — Маруся, в среду — Дашка. Арцеуловым тоже нечего прохлаждаться, пусть

забирают к себе в четверг, ну а пятница с суббо-
той достанется родителям.

— А воскресенье? — спросила Маня.

Наташка призадумалась.

— Хорошо, пусть воскресенье тоже мое.

В разделении обязанностей была своя сер-
мяжная правда, и план мне очень понравился, но
только до 6 утра среды. Именно в это время в
спальню ворвалась невыспавшаяся Манька с пле-
мянниками.

— Вот, — радостно проговорила она, сваливая
кульки на кровать, — уже утро среды — твоя очередь.

Ванька и Анька мирно посапывали, пуская
пузыри.

«Что же, все-таки устают, — подумала я, —
милые дети прекрасно спят. Просто ангелы».

Анька открыла глаза, посмотрела, улыбнулась,
потом сморщилась и завопила. Следом немедленно заорал братец. Я лихорадочно кинулась к бу-
тылочкам, но, поев, изверги не утешились. Крик
усилился.

Я размотала Ванькины штанишки и обнаружила изумительно закаканную попку, такой же
пейзаж наблюдался и в Анькиных ползунках.
Сбросив испачканные памперсы в пакет, я потащила притихшего Ваньку в ванную, Анька продолжала заходиться на кровати. Пока я мыла
братца, сестричка притихла и принялась издавать
какие-то странные, похожие на громкое чавканье
звуки.

Когда мы с чистым и довольным Ванюшкой
вернулись в комнату, Анюта лежала на одеяле,
суча ножками. Попка ее была удивительно чистой, даже блестела.

Я так и села. Слышала, конечно, о таинственной связи между близнецами, но чтобы такое...
Анька довольно гулила. Из-под кровати высунулась морда ротвейлера. При первом взгляде на
пасть пса стало понятно, кто помыл девочку.

— Снап, — завопила я, ухватив ротвейлера за
гладкий загривок, — это не щенки, а дети!

Пришлось тащить упирающегося кобеля в ванну и мыть ему рот, щеки и нос мылом, чистить
зубы, чтобы избавиться от запаха. Снап чихал и
плевался, к концу процедуры мы оба вымокли до
нитки.

Вернувшись в комнату, обнаружила, что Анька пописала на одеяло, а Ванюшка освежил подушки.

Короче говоря, дня я не заметила. Дети ели,
писались и орали, спать не хотели ни под каким
видом. Поэтому, когда в шесть вечера оба вдруг
затихли и дружно засопели, я даже боялась поше-
вельнуться, чтобы не разбудить мучителей. Но
тут в спальню постучали: приехала Ева. Она уми-
лилась при виде детей:

— Какие лапочки!

— Только когда молчат. Очень тяжело с двумя, да еще с такими неспокойными.

— Надо нанять няню.

— Трудно отыскать хорошую, один раз уже
ошиблись.

— Хотите, попрошу Серафиму Ивановну, —
предложила Ева, — она, конечно, старенькая, но
бойкая и дело знает, еще папу нянчила. Серафима Ивановна всем понравится: она добрая и детей любит.

— А Юра?

— Люда справится.

И, горящая желанием помочь, Ева кинулась домой, уговаривать няньку.

Старушка прибыла в четверг, в самый драматический момент: Левка и Сонька купали детей. Из ванной неслись душераздирающие вопли.

— Корова безмозглая, — вопил муж, — проверь температуру воды поскорей. Аккуратней, аккуратней, ручку ему сломаешь.

У Арцеуловых никогда не было детей, и вид крошечных младенцев поверг сначала Левку в шок. Потом он робко взял Ваньку на руки.

— Ну и глупость, заматывать ребенка в памперсы, коже следует дышать, просто матерям лень пеленки стирать, — завелся Левка, нежно прижимая визжащего Ваньку к необъятному животу, — поэтому и кричит мой крольчоночек, усики-лапусики, сладенький, пойдем, дядя Лева объяснит маме и папе, что они идиоты.

И он вытащил братца из памперсов. Ванька замолчал и заулыбался розовым беззубым ротиком. Левчик умилился:

— Рыбонька любимая. — Потом повернулся к Соньке и рявкнул: — Ну, чего встала, как собака недоеная, сними с девчонки компресс из пис и неси ребенка в спальню. Да сбегайте за «Нестле».

— Мы их кормим «Семилаком», — робко сказала Наташка.

Левка поднял одну бровь и посмотрел на подругу, как на диковинное насекомое.

— Вы — «Семилаком», а я буду — «Нестле». Еще моя прабабушка кормила бабушку кашей этой фирмы. И не спорьте, только «Нестле».

То ли продукция зайца Квики пришлась близнецам больше по вкусу, то ли отсутствие памперсов подняло настроение, но весь четверг братец с сестрицей весело гулили, приводя Левку в полный восторг, чего нельзя было сказать о его жене. Бедная Сонька валилась с ног: сначала стирала пеленки, потом, по приказу мужа, гладила их с двух сторон, затем тщательно кипятила бутылочки и соски. Левка любил обстоятельность во всем. И сейчас оба сражались в ванной, проверяя температуру воды.

Серафима Ивановна оказалась сухонькой, бойкой, непохожей на старушку женщиной. Волосы ее, уложенные аккуратными колечками, переливались красивым рыжим оттенком, щеки рдели легким косметическим румянцем, губы покрывала помада элегантного коричневого тона.

Серафима Ивановна ловко вытеснила Арцеуловых из ванной, и в доме воцарилась восхитительная тишина, прерываемая только плеском воды.

Через некоторое время я заглянула на кухню и обнаружила там за длинным столом няню, Ирку и кухарку, лакомившихся кофе со сливками. Рядом словно изваяния застыли псы.

— Милые детки, — улыбнулась Серафима Ивановна, — двое сразу, так приятно для родителей. Подрастут немного, станут друг с другом играть. Давайте сразу обговорим условия. Вы меня будете кормить и платить жалованье, в среду — выходной. После семи часов вечера — ухожу домой.

— Поживите хоть несколько недель, — взмолилась я.

— К сожалению, не могу. Старая стала. Да и не согласилась бы вообще работать, но Кики очень просил вам помочь.

С трудом сообразив, что Кики — детское прозвище Владимира, я стала соблазнять няньку большим жалованьем. Серафима Ивановна дрогнула, но возразила:

— В принципе, можно и пожить, вот только проблема — у меня собачка, маленькая такая, йоркширский терьер, куда ее деть?

— Как куда? — изумилась Ирка. — Берите с собой, чем нам терьер помешает?

И на следующий день няня с Жюли перебрались к нам.

Через неделю, в субботу, приехал усталый Александр Михайлович, домашние накинулись на полковника, требуя новостей. Милиционер замахал руками:

— Погодите, погодите, дайте хоть поесть сначала.

Мы подождали, пока он утолит голод, и ринулись на него с новой силой. Александр Михайлович со вкусом закурил сигару, поднесенную услужливой Маней, и сказал:

— Нашел Криворучко Оксану. Ее привез из Киева вместе с другими украинскими девушками Николай Семенов, владелец «пип-шоу».

Я вздрогнула. «Пип-шоу». Сомнительное развлечение для сексуально озабоченных особ, представляет из себя зашторенные кабинки. Покупаете жетон, опускаете его в прорезь, занавески распахиваются, и перед взором на вертящемся кругу появляется девушка, исполняющая стриптиз. Кабинки индивидуальные, наслаждаетесь зрелищем в одиночестве, но одновременно из соседних кабинок танец наблюдают другие интересанты. Девушка работает без перерывов. Может повезти, и попадете на кульминационный момент — удаление парчовых трусиков. А можете включиться на стадии снятия шляпки. В любом случае через три минуты шторка закроется. Желаете продолжение — опустите новый жетон.

Конечно, это лучше, чем стоять в шубе на голое тело на Тверской. Клиенты «пип-шоу» не общаются напрямую с девушками, многие хозяева запрещают своим работницам давать мужчинам домашние адреса и телефоны. На деле же стриптизерки вовсю подрабатывают проституцией. Хорошую няньку нашли для детей!

— Привез он ее три года тому назад, — продолжал Александр Михайлович. — Полтора года девушка исправно трудилась, а потом исчезла. Просто не пришла на работу, и все. Оказывается, Ленка-Оксана довольно хорошо говорила на английском и русским владела в полном объеме — окончила в Киеве специальную школу.

— Она не из деревни? — разом поинтересовались Ольга с Аркадием.

— Нет, запросили Киев и узнали биографию, — сообщил полковник. — Родилась в столице, там же училась, танцевала в ансамбле «Современные ритмы». Потом, очевидно, соблазнилась заработком и нанялась к Семенову. Его «пип-шоу» называется «Современное варьете», находится на Монетной улице, и прикрыть его нам до сих пор не удается. Заведение имеет статус театра. Так же, как театр Кирилла Ганина. Откровенная порнография, а сделать ничего не можем. Здесь явная недоработка в законах. Более того, большинство стриптизерок из Украины — рабы. Им не отдают паспорта, обманывают при расчете. Однако Криворучко оказалась хитрой, она понравилась самому Семенову, и хозяин отдал ей паспорт. Куда украинка сбежала, где жила эти полтора года, он не знает. Не узнали и мы.

Александр Михайлович замолк. Аркадий вздохнул:

— Надо отправить двадцать тысяч долларов в Киев, найти родственников и передать им деньги.

В дверь постучали, и появилась Серафима Ивановна, ей понадобилась Оля. Когда женщины вышли, Александр Михайлович поинтересовался:

— Новая няня? Тоже на улице нашли?

Мы с Наташкой принялись в два голоса кричать о порядочности старушки.

— К тому же она скоро превратится в вашу родственницу, — таинственно пробормотала Маня.

— Как это? — изумился Александр Михайлович.

Маня захихикала. Выяснилось, что апатичный Хуч страшно оживился при виде йоркширского терьера. Жюли явно покорила ожиревшее сердце мопсика. Первые два дня Федор Иванович вздыхал платонически, потом изменил тактику. Жюли, пококетничав для фасона, сдалась, и собачки предались разврату.

Представив себе плод связи мопса с йоркширским терьером, я захохотала как безумная.

# СОДЕРЖАНИЕ

**Донцова Д. А.**

Д 67    За всеми зайцами: Повесть. — М.: Изд-во Эксмо, 2004.— 320 с.

ISBN 5-699-04459-0(ИД-Э)
ISBN 5-699-04523-6(ИД)

Невероятные события просто падают на голову симпатичной преподавательнице французского языка Даше Васильевой. Стоило поехать отдыхать, как пожалуйста — чуть ли не на ее глазах убивают «короля зубной пасты». Полиция готова закрыть дело за неимением улик, однако Даше хочется разобраться во всем до конца. Но это нелегко. Оказывается, смерти магната хотели все — жена, дочери, зять... Неизвестные злоумышленники вовсю пытаются помешать Даше, убивая свидетелей. Но она решает не сдаваться и расставить в этой запутанной истории все точки над i.

УДК 882
ББК 84(2Рос-Рус)6-4

**Оформление художника *В. Щербакова***

Литературно-художественное издание

**Донцова Дарья Аркадьевна**
**ЗА ВСЕМИ ЗАЙЦАМИ**

Ответственный редактор *О. Рубис*
Редактор *С. Хохлова*
Художественный редактор *В. Щербаков*
Технический редактор *Н. Носова*
Компьютерная верстка *И. Ковалева*
Корректор *З. Харитонова*

ООО «Издательство «Эксмо».
127299, Москва, ул. Клары Цеткин, д. 18, корп. 5. Тел.: 411-68-86, 956-39-21.
**Интернет/Home page — www.eksmo.ru**
Электронная почта (E-mail) — **info@ eksmo.ru**

Подписано в печать с готовых монтажей 14.01.2004.
Формат 84×108 $^1/_{32}$. Гарнитура «Таймс». Печать офсетная.
Бум. тип. Усл. печ. л. 16,8. Уч.-изд. л. 12,1.
Доп. тираж 5100 экз. Заказ № 1395

Отпечатано в полном соответствии
с качеством предоставленных диапозитивов
в ОАО «Можайский полиграфический комбинат».
143200, г. Можайск, ул. Мира, 93.

# Дарья Калинина

**в новой серии "Дамские приколы"**

# Любовник для Курочки Рябы

Если за детектив берется Дарья Калинина,
впереди вас ждет встреча с веселыми и обаятельными героинями,
умопомрачительные погони за преступниками
и масса дамских приколов!

Также в серии:
Д. Калинина «Сглаз порче не помеха»
«Шустрое ребро Адама»